ÉTUDES

SUR

L'HISTOIRE DE PARIS

ANCIEN ET MODERNE

PARIS. — TYPOGRAPHIE DE CH. MEYRUEIS

RUE CUJAS, 13. — 1871.

PRÉFACE.

Les morceaux historiques dont se compose ce volume des œuvres posthumes de Lucien Davésiès de Pontès sont de différents genres, quoique se rattachant tous au même sujet, et ils ont été composés, aussi, sous diverses influences et à diverses époques. Nous les avons réunis, dans un seul cadre, comme autant d'études qui se rapportent à l'histoire de Paris ancien et moderne.

Vers l'année 1839, Lucien Davésiès de Pontès conçut le projet d'écrire une histoire des révolutions de Paris. Il était alors partagé, pour ainsi dire, entre deux écoles historiques également brillantes et accréditées à cette épo-

1

que : celle d'Augustin Thierry et celle de M. de
Barante. Il allait de l'une à l'autre, et il se
flattait de pouvoir les combiner de manière à
fondre ensemble leurs traits caractéristiques et
leurs couleurs distinctives. C'était un nouveau
genre qu'il voulait créer, en racontant la chronique du quinzième siècle, comme l'auteur de
l'*Histoire des ducs de Bourgogne ;* en reproduisant les légendes des récits mérovingiens, comme
l'avait fait son illustre ami et son maître Augustin Thierry.

Lucien Davésiès de Pontès n'avait terminé,
dans ce double système, que deux chapitres ou
deux parties de son ouvrage : ce sont deux
tableaux, composés avec érudition et animés
d'un style pittoresque, dans lesquels il a repré-
senté Paris sous les rois des deux premières
races et Paris sous la sanglante domination des
Bourguignons et des Cabochiens. Les autres
chapitres qu'il avait ébauchés sont trop incom-
plets pour être mis sous les yeux du lecteur.

Les notes et les fragments, que nous avons placés à la suite des seuls chapitres de cette histoire qui se trouvaient en état d'être publiés, appartiennent à une autre époque de la vie de l'auteur et ne devaient pas faire partie du même ouvrage, bien qu'ils traitent aussi de l'histoire des révolutions de Paris depuis l'origine de cette capitale jusqu'à nos jours. C'est la révolution du 24 février 1848 qui a donné lieu à ce nouveau travail que Lucien Davésiès de Pontès consacrait encore à l'histoire de Paris. En présence des excès de toute nature qui avaient signalé l'avénement de cette république sortie d'une émeute dans les rues de la capitale; sous l'impression de l'horrible lutte des journées de Juin, il avait jugé, avec quelques bons esprits et quelques cœurs vraiment patriotiques, que, Paris étant un foyer permanent de troubles et de séditions, il fallait déplacer le siége du gouvernement et le transporter hors de la capitale, au centre de la France.

De là le grand ouvrage qu'il entreprit alors, pour prouver, par les leçons du passé, que Paris avait fait toutes les révolutions et dévoré tous les gouvernements, qui s'étaient succédé en France depuis plus de cinq siècles. Cet ouvrage n'a jamais été terminé, ni dans son ensemble, ni même dans quelques-unes de ses parties : tout est resté à l'état de notes, sauf une espèce de résumé qui fut imprimé, en 1850, sous ce titre : *Paris tuera la France ; nécessité de déplacer le siége du gouvernement.*

Le succès qu'obtint cette brochure aurait dû encourager Lucien de Pontès à continuer l'ouvrage d'où elle était tirée, mais la polémique violente, dont elle fut l'objet dans les journaux de Paris, lui fit craindre d'avoir dépassé le but, et les adhésions éclatantes, que lui envoyaient de toutes parts les journaux des départements, ne le décidèrent pas à reprendre la plume et à compléter son paradoxe historique et politique. Nous en avons extrait tout ce qui méritait d'être conservé, et nous sommes sûr qu'on regrettera de ne pas posséder en entier un ouvrage aussi original, aussi remarquable par le fonds que par la forme.

Ces études sur l'histoire de Paris, quoique ne renfermant que des morceaux détachés et des fragments imparfaits, suffiraient cependant pour placer Lucien Davésiès de Pontès au rang des historiens qui se sont produits avec le plus de talent autour d'Augustin Thierry et de M. de Barante.

P.-L. Jacob, bibliophile.

PARIS

SOUS LES ROIS DES DEUX PREMIÈRES RACES.

PARIS

SOUS LES ROIS DES DEUX PREMIÈRES RACES

La Nature semble avoir marqué la place de certaines capitales ; d'autres doivent leur prééminence à des causes extérieures et accidentelles. Il suffit de jeter les yeux sur une mappemonde, pour comprendre que Londres, Madrid, le Caire ou Constantinople, soient des métropoles ; mais la géographie n'explique pas comment Paris est devenu le siége du gouvernement de la France. La position de cette ville n'est ni centrale, ni accessible à la navigation maritime. La Seine et ses affluents n'intersectent qu'une région très-restreinte, moins richement dotée des avantages de sol et de climat que le reste du territoire français. Rien, dans une telle si-

tuation, de ce qui commande le choix des fonda-
teurs d'empires et l'adhésion instinctive des peuples.
Si Paris trouvait autour de son berceau les maté-
riaux nécessaires à son développement, les causes
de sa prédominance étaient ailleurs, et c'est à l'histoire qu'il les faut demander.

La Gaule, avant l'invasion romaine, était couverte de villes populeuses, au nombre desquelles on
comptait d'importantes métropoles (1). César, pour
la subjuguer, eut à prendre de force huit cents places (2), dont plusieurs l'obligèrent de recourir à
toutes les adresses de l'art des siéges. Mais Paris fut
le prix d'une seule bataille gagnée par un lieutenant
du proconsul. Lutèce, en effet, chef-lieu de la peu-
plade kimrique des Parises, était loin d'égaler en
importance militaire les principales villes gauloises:
confinée dans une île de la Seine, elle ne jouait
qu'un rôle secondaire dans la ligue générale des
cités, à laquelle toute la nation parisienne fournissait
à peine huit mille combattants.

(1) Diod. de Sic., liv. IV, p. 226, cité par Am. Thierry,
Hist. des Gaulois, ch. I, p. 25.
(2) Plut., *Jules César*, p. 715. — Am. Thierry, t. III, p. 234.

Le vieux Camulogène, chef de l'armée confédé-
rée des cités voisines, ne jugeant pas cette bourgade
susceptible de défense, y avait mis le feu, de peur
que l'ennemi ne s'y retranchât (1). César la laissa
relever ses maisons de bois et d'argile, mais il n'en
fit ni une colonie ni une ville julienne. Treize ans
plus tard, quand Auguste, réorganisant l'administration des provinces Chevelues, dépouilla de leurs
prérogatives ou de leurs noms les villes illustrées
par une grande prépondérance avant la conquête
ou par une résistance énergique pendant la lutte,
la médiocrité de Lutèce la préserva de ce glorieux
châtiment (2).

Bien que l'incorporation de la Batavie et la séparation de la Narbonnaise la rendissent pour lors
plus centrale qu'elle ne l'est aujourd'hui, ce ne fut
pas elle, mais le village de Lugdunum, de fondation toute récente, qui devint le chef-lieu de l'administration prétoriale et la résidence transalpine des
empereurs. Lutèce ne fut même ni une ville augus-
tale ni un de ces nombreux foyers de lumière des-

(1) César, livre VII, chap. LXII.
(2) Am. Thierry, *Hist. des Gaulois*, t. III, p. 281.

tinés à propager par l'enseignement les lettres et les
arts de Rome et de la Grèce (1).

Cependant les avantages de cette position ne pouvaient échapper à l'habileté administrative des conquérants. De temps immémorial, les Gaulois avaient
établi, au moyen de leurs grands fleuves et de por-
tages intermédiaires, trois communications principales, de la Méditerranée avec l'Océan. La Seine
était une de ces voies de navigation, et les Romains, reconnaissant le parti qu'ils en pouvaient
tirer pour le ravitaillement des huit légions can-
tonnées sur le Rhin, accordèrent à Lutèce des priviléges favorables au développement de son commerce. Le chef-lieu des Parises fut élevé au rang de
municipe.

Les corporations industrielles se multiplièrent
alors dans tout l'Empire, et des colléges de négo-
ciants, appelés *Nautes*, *Naviculaires*, *Scaphaires*,
jouissaient du monopole commercial de tous les
grands cours d'eau. Lutèce eut aussi son collége de
Nautes, qui, comprenant tous les habitants aptes aux

(1) Am. Thierry, *Hist. des Gaulois*, t. III, p. 281.

fonctions municipales, devint naturellement le cadre de la curie et finit par se confondre avec elle.
Les inscriptions et les débris d'un autel de Jupiter,
trouvés en 1711 sous le chœur de Notre-Dame, ont
démontré que, à la faveur des institutions romaines,
le commerce et l'industrie de cette petite ville
avaient acquis, dès le règne de Tibère, un certain
degré de prospérité (1). Mais ces progrès n'agrandi-
rent pas son existence politique. Durant la lutte en-
gagée pour l'établissement d'un empire Gaulois,
elle ne pesa d'aucun poids, ni dans le parti romain,
ni dans celui de la nationalité indigène, et, quand
les Gaules, au second siècle, acceptant leurs destinées nouvelles, travaillèrent avec une ardeur commune à leur transformation politique, Lutèce fut loin
d'égaler l'activité manufacturière d'Arras, de Lan-
gres et de Saintes, la richesse commerciale de Bordeaux et de Marseille, l'éclat littéraire de Narbonne,
d'Autun et de Toulouse, la magnificence de Vienne,
de Lyon, d'Arles, de Nîmes, et de toutes ces grandes cités, objets de la munificence des Césars.

(1) Gruter., *Inscript.*, tome Ier. — *Mémoires de l'Académie des
inscript. et belles-lettres,* tome Ier.

Ce fut l'obscurité de Lutèce, qui fixa saint Denis dans cette ville environnée d'épaisses forêts, et qui lui permit d'étendre sa propagande, de Rouen à Strasbourg, tandis que les missions chrétiennes de l'est et du midi de la Gaule recevaient de Décius la couronne du martyre. Saint Denis et ses héroïques vicaires ne succombèrent que huit ans plus tard, victimes de cette persécution d'Aurélien, qui n'épargna pas le moindre hameau de l'Empire.

D'abord, il est vrai, l'action civilisatrice de Rome ne s'était guère exercée que sur le midi de la Gaule, mais bientôt les camps de la Meuse et du Rhin, les garnisons, les colonies militaires, fournirent un nouvel aliment au commerce et à l'industrie du nord; Metz, Mayence, Cologne ou Colonie d'A-grippine, voyaient de jour en jour s'accroître leurs populations et leurs richesses. Rheims, Soissons, Strasbourg, qui employaient de nombreux ouvriers à la fabrication des armes, étaient devenus, au troisième siècle, de grands arsenaux. Depuis que les incursions des Germains causaient tant d'inquiétudes à l'Empire, la présence habituelle du général en chef faisait de Trèves le siége réel du gouvernement, et Lyon n'avait plus que le titre de *la Rome des Gaules.* Quant à Lutèce, elle ne participait nullement à ce progrès des villes septentrionales.

Cependant les fautes de Gallien suscitaient la révolte de l'armée rhénane et la création d'un empire Transalpin, composé de l'Espagne, des Gaules et des Iles Britanniques. Lyon avait pris une part active à cette révolution patriotique; mais, pour en être le foyer, il était trop exposé aux coups des légions italiennes, et la capitale, choisie par l'héritier de Jules César, ne pouvait convenir à un empereur gaulois. On lui préféra une ville située à l'extrémité occidentale du territoire, Bordeaux, dont l'existence ne datait pas de deux cents ans, mais qui s'était rapidement enrichie par son commerce avec l'Italie, l'Orient et l'Espagne. Les gouverneurs de l'Aquitaine et les Césars eux-mêmes l'avaient à l'envi dotée de ces somptueux édifices publics, élevés par l'administration romaine dans toutes les cités florissantes. L'empereur Tétricus y établit le siége du Sénat et du Gouvernement national (1).

(1) Voyez l'*Histoire de la Gaule sous l'administration romaine,* par M. Amédée Thierry.

Après la trahison qui mit fin à cette courte autocratie, Aurélien fixa définitivement à Trèves le centre de l'autorité impériale ; pensant avec raison avoir
plus à craindre de l'opiniâtre Germanie que des
Gaules soumises et épuisées (1). Le vainqueur de
Palmyre parcourut ces provinces, pour en réparer
les ruines. Il agrandit la citadelle de Dijon ; il releva, entre autres, pour couvrir le pays situé au sud
de la Loire, les murs de Genabum, qu'il appela de
son nom et qui remplit si glorieusement un rôle
périlleux. Mais il ne s'occupa point de Lutèce, ne
prévoyant pas l'importance qu'elle devait acquérir
ultérieurement par suite du progrès des Barbares
et de l'abandon des frontières rhénanes.

A la fin du troisième siècle commença pourtant
à poindre la célébrité de cette bourgade, oubliée jusqu'alors dans ses forêts, refuge des chrétiens et des
bagaudes. On appelait de ce nom gaulois les paysans rassemblés par la misère, exaspérés par le
désespoir et marchant au pillage sous la conduite de
deux chefs qualifiés du titre de César. Après avoir

(1) Aurel. Vict. — Eutrop.

saccagé des villes opulentes et, entre autres, Autun
dont la population avait dû chercher un asile dans
les cités voisines, ils avaient fait leur place d'armes
d'un château élevé par le conquérant des Gaules
au confluent de la Marne et de la Seine. Maxi-
mien-Hercule vint les combattre, à la tête d'une
armée, et, pour les écraser sous les ruines de leur
repaire, il fit construire une flotte sur les chantiers
des Parises (1).

Aux dévastations des paysans gaulois dans l'intérieur du pays avaient succédé les ravages des
Saxons et des Francs sur la côte occidentale. L'a-
miral vainqueur des brigands indigènes, Carause
le Ménape, avait fini par faire cause commune
avec les pirates étrangers. Ses largesses gagnèrent
la légion de l'île de Bretagne, et, maître de Londres, grande et riche métropole, il prit, plus sérieusement que les deux chefs des bagaudes, les
titres d'Empereur et d'Auguste. Comme il avait
entraîné dans sa révolte presque toute la flotte, il
fallut, pour la remplacer, établir de nouveaux

(1) Eutrop. — Aurel. Vict.

2.

chantiers de construction, à l'abri des attaques de
Carause et des Germains. Tous les ports de la navigation fluviale furent affectés à ces travaux ; aucune localité ne leur convenait mieux que le port
des Parises, et cette circonstance y appela de nouveau l'attention de l'administration impériale.

Enfin la tétrarchie de Dioclétien, par un admirable ensemble de vues et d'efforts, ayant réprimé
toutes les pirateries et tous les brigandages, le trésor central fournit aux provinces les moyens de réparer leurs désastres, et l'on construisit sur tant de
points, à la fois, que Constance Chlore dut mander
des ouvriers bretons pour relever les habitations et
les édifices d'Autun (1). Ce fut pendant cette pé-
riode de prospérité générale, continuée par Constantin, qu'un faubourg romain s'éleva sur la rive
gauche de la Seine, en face de Lutèce, et que ce
petit municipe eut enfin, comme tant d'autres, un
champ de Mars, un camp retranché, des arènes,
des thermes et un aqueduc.

(1) Eumènes, *Panegyr. Const.* et *Orat. pro restaurat. Schol.*,
cité par M. Amédée Thierry, *Histoire de la Gaule sous l'administration romaine*, tome III, chap. II.

Aux belles ruines du palais des Thermes se rattachent encore, dans les traditions populaires de
Paris, le souvenir de la présence des Césars, et
l'idée de la prééminence impériale de Lutèce.

Mais l'histoire réduit le fait de cette prétendue
prédominance au séjour momentané de trois empereurs, amenés, par les événements de la guerre,
sur les rives de la Seine. Quand Julien reçut de
Constance le gouvernement des Gaules, les Germains avaient pris quarante-sept villes, au nord et
dans l'est de ces provinces ; ils poussaient leurs incursions jusqu'à la Loire, et les légions avaient
abandonné la frontière rhénane. Le nouvel empereur, après un hiver passé à Vienne, reprit Cologne,
dans une première campagne. Il établit ensuite ses
quartiers à Sens, où, surpris par les Allemands, il
faillit tomber entre leurs mains. Sous l'impression
de ce danger, après sa fameuse bataille de Strasbourg, il jugea prudent d'éloigner encore son
quartier général, du théâtre de la guerre, et il vint
passer plusieurs hivers, avec une partie de son armée, dans le faubourg romain de la petite ville

des Parises (1). Ce qu'il aimait de cette bourgade,
qu'il appelait sa chère Lutèce, c'était la douceur
de son climat, ses bonnes vignes, son beau fleuve,
dont le cours serpentait entre des plaines et des
coteaux boisés (2). Le palais, situé entre le champ
de Mars et des jardins prolongés jusqu'à la Seine,
était une villa magnifique, où, loin de la cour et
dans l'intimité de quelques amis, l'impérial disci-
ple du Portique se délassait de la guerre par l'étude
et les controverses religieuses. Cependant le charme
de cette résidence n'était pas ce qui en avait déterminé le choix. Située sur un fleuve parallèle au
Rhin, au sommet de l'angle tracé par la marche
des invasions germaines, Lutèce devenait le dernier rempart de l'Occident et la clef des provinces
méridionales de la Gaule. Les Barbares suivaient-
ils le cours de l'Oise jusqu'à son confluent avec la
Seine, ils rencontraient à Lutèce le double obstacle
d'un camp retranché et d'une place insulaire, défendue, intérieurement, par des murailles et des
forts, extérieurement, par des tours construites à la

(1) Τῶν Παρίσιων τὸν πολίχνην. Julian., *Misop.*
(2) Julian., *Misop.*, p. 61.

tête de deux ponts. Débouchaient-ils par la vallée
de la Marne pour remonter ensuite celle de la
Seine ou de l'Yonne, ils laissaient sur leurs derriè-
res une position qui pouvait également inquiéter
leurs mouvements vers le sud et leur retraite vers le
nord-est. L'empereur était donc retenu près du
municipe parisien par les avantages de cette assiette
militaire, et nullement par la pensée d'y établir
définitivement le centre de son administration. Il
y résidait en 360, quand ses troupes le proclamè-
rent Auguste. Ammien Marcellin rapporte les instances des populations voisines, accourues pour
supplier Julien de ne pas se rendre aux ordres de
Constance qui le rappelait et de ne pas les abandonner aux coups des Barbares contre lesquels lui
seul pouvait les défendre. Mais, de la part que Lutèce prit sans doute à cette révolution si heureuse
pour elle, l'histoire ne dit pas un seul mot, tant
cette ville avait encore peu d'importance par elle-
même.

Elle fut aussi le quartier général de Valentinien,
pendant l'hiver de 365; mais, quand il eut remporté ses grandes victoires de Châlons-sur-Marne

et de Saltz, et couvert de forteresses toute la rive
gauche du Rhin (1), il replaça le siége de l'administration à Trèves, et ses successeurs l'y maintin-
rent. C'était de cette ville que partaient les ex-
péditions, dirigées par Arbogaste, en 389, contre
les Francs de Marcomer et de Sunnon; puis, en
393, contre les Cattes, les Bructères et les Hamaves.

Dans ce système de défense, qui consistait à
porter les capitales au-devant de l'ennemi, Paris
n'était plus qu'une place de réserve, et les empereurs des Gaules l'abandonnaient, comme les Au-
gustes quittaient Rome elle-même pour transférer
leur résidence à Milan et à Ravenne, position ré-
putée imprenable.

Gratien fut le troisième empereur qui fit quelque
séjour à Paris; mais, ne pouvant repousser les Burgondes ni les Goths, l'Empire les admit au partage
de son territoire et donna le titre de *patrice* à leurs
rois : « Aux armes! leur écrivait l'empereur, au moment de l'invasion des Huns : accourez au secours
de l'Empire, dont vous êtes des membres !»

_____

(1) Ammien, liv. XXVIII, ch. II.

La Gaule et l'Italie, pour ainsi dire, avançaient la tête, étendaient les bras, pour voir de plus près le danger, pour le repousser, pour le prévenir....

Vains efforts ! Tout l'Orient s'ébranlait : les peuples y semblaient surgir du sol, ils se pressaient, se refoulaient, depuis le Volga jusqu'au Rhin, et le moment était venu, où, suivant l'expression d'un poëte du temps, un océan d'hommes allait déborder sur la Gaule (1). Ce sont d'abord les Alains, les Suèves et les Vandales confédérés, qui, le dernier jour de l'année 406, traversent le Rhin, dégarni de troupes par la perfidie de Stilicon, et dévastent une partie de la Gaule pendant trois ans, pour se jeter ensuite sur l'Espagne. Ils sont suivis de près par les Burgondes, qui, du consentement forcé de l'empereur Honorius, occupent le territoire des Éduens et des Séquanais. Presque en même temps, les Visigoths, après avoir saccagé Rome, viennent s'emparer de l'Aquitaine et de la Narbonnaise. Les Alains erraient, en même temps, dans la Transalpine, sans établissement fixe. Les Francs, vers 420, s'em-

(1)   Si totus Gallos sese effudisset in agros
         Oceanus, vastis plus superesset aquis.
                              PROSP., *de Provid.*

parent du pays de Tongres et du cours inférieur de la Meuse. Les Armorikes avaient à la fois secoué le joug de Rome, et repoussé les invasions des Barbares ; d'autres confédérations nationales s'étaient formées, dans le même but, sous le nom de *Bagaudes ;* de sorte que la moitié des Gaules restait à peine aux Romains, et que le préfet de ces provinces avait été obligé de quitter Trèves, incendiée par les Francs (1), non pas pour rétrograder jusqu'à la Seine comme Julien, mais pour aller s'enfermer dans Arles, à l'autre extrémité de l'Empire.

Dans ce démembrement de la Transalpine, qui eut alors trois centres de gouvernement, Arles, Toulouse et Dijon, il n'est pas question de Lutèce, que les Vandales paraissent avoir épargnée, et qui peut-être faisait partie de la confédération des Armorikes.

L'an 451, Attila, qui se dirigeait sur cette place, s'en détourne tout à coup et va se jeter sur Orléans. A la voix de saint Aignan, le patrice Aëtius, Théodoric, roi des Visigoths, et les Francs établis entre

(1) Frigoridus, cité par Grégoire de Tours, liv. II.

le Rhin et la Meuse, arrivent au secours de la ville,
dont le bélier ébranlait déjà les murailles ; les trois
armées enveloppent celle du roi des Huns, la tail-
lent en pièces dans les plaines de Mery, et en rejet-
tent les débris au-delà des Alpes.

Clovis ne commit point la même faute. Les
Francs, avant lui, avaient poussé leurs frontières
jusqu'à la Somme, leurs incursions jusqu'à Angers
où ils rencontrèrent les Saxons, et Tournai, en
481, était le chef-lieu de la tribu qui obéissait à
Childéric.

Clovis adopta un plan plus régulier. Il passe les
cinq premières années de son règne à consolider
sa puissance, dont le siége est à Tournai ; puis, uni
à son parent, le roi des Francs de Cambrai, il livre
bataille à Syagrius, s'empare de Soissons, et guer-
roie encore pendant dix ans contre les garnisons
Romaines et contre les bagaudes, pour établir sa
tribu entre l'Océan, la Meuse, l'Armorique et la
Loire. Alors il se retourne vers la Germanie qui
le menace, s'empare du pays de Tongres et défait
les Allemands à Tolbiac, près de Cologne. En 500,
il va imposer à Gondebaud, roi des Bourguignons,

un tribut, que celui-ci cesse de lui payer dès qu'il a
repris des forces et vaincu son frère Godegésile,
allié du roi des Francs de Soissons. Puis, un beau
jour : « Je supporte avec grand chagrin, dit Clovis à
« ses guerriers, que ces Ariens possèdent une partie
« des Gaules. Marchons avec l'aide de Dieu, et,
« après les avoir vaincus, réduisons le pays en notre
« pouvoir. »

Ce discours plut aux soldats ; l'armée se mit
en marche et se dirigea vers le plateau de Poitiers où Alaric avait pris position. Le roi des
Visigoths vaincu et tué à la bataille de Vouillé,
son fils Amalaric s'enfuit dans ses états d'Espagne
et abandonna l'Aquitaine aux Francs. Clovis aussitôt envoya en Auvergne son fils Théodoric, qui
soumit toutes les villes depuis la frontière des Goths
jusqu'à celle des Bourguignons. Après avoir passé
l'hiver à Bordeaux et emporté de Toulouse tous les
trésors d'Alaric, le roi marcha sur Angoulême, en
chassa les Goths, entra à Tours et offrit de riches
présents à la basilique de Saint-Martin. De Tours,
il vint à Paris, l'an 508, et y fixa le siége de son
empire. C'est là qu'il reçut de l'empereur Anas-

tase les honneurs consulaires et qu'il fut proclamé Auguste (1).

Voilà Paris devenu pour la première fois une capitale. Mais comment faut-il l'entendre, et qu'était-ce, en réalité, que l'empire de Clovis? Une guerre continuelle dans toute la Gaule, du nord au midi, et, de l'occident à l'orient, une conquête mal assurée, qu'il fallait recommencer sans cesse.

Le domaine privé du roi, les terres allodiales de ses chefs de bande, en un mot la prise de possession du sol par les conquérants, ne s'étendaient guères au-delà de la Loire. Les Francs n'étaient établis définitivement et rapprochés de la population gallo-romaine, que dans la région comprise entre ce fleuve, la Somme et l'Océan. Quant à la Gaule méridionale, elle eut des garnisons franques, mais non des populations de cette race. Ces provinces avaient des gouverneurs, des comtes, nommés par le roi dont elles étaient plus ou moins régulièrement tributaires, mais elles ne lui appartenaient pas, et même la Septimanie où les Goths s'étaient maintenus, l'Auvergne et le

(1) Grégoire de Tours, *Hist. des Francs,* liv. II.

royaume Bourguignon qui s'étendait jusqu'à Marseille, étaient tout à fait indépendants de l'autorité
de Clovis. Il n'aurait donc pu, sans s'exposer à être
massacré, établir sa résidence dans une ville du
centre de la Gaule. Dans cette région même, l'autorité du roi était fort incertaine partout ailleurs qu'à
sa cour. Les propriétaires d'alleux, qui réunissaient
autour d'eux tous les Francs établis en Gaule, sauf
les présents apportés au champ de Mars et les
denrées fournies pendant les voyages du roi, ne
payaient à ce roi aucun impôt; ils ne le suivaient à
la guerre, qu'autant que cela leur convenait, ou, du
moins , quand la majorité des hommes libres avait
bien auguré de l'expédition projetée.

La plupart des guerriers préféraient, d'ailleurs,
aux concessions de terres, un butin qu'ils empor-
taient sur les bords du Rhin ou de la Meuse, en
dehors des limites du royaume et du pouvoir de
Clovis.

Ce pouvoir, au surplus, n'exerçait sur les Gaules
aucune action générale; la justice et l'administration continuaient à fonctionner partout d'après les
lois romaines; l'autorité royale ne consistait guère

que dans la nomination des comtes des villes et des
gouverneurs des provinces, ainsi que dans les coffres
remplis d'or monnayé et du butin de toute nature
qui permettaient au roi d'entretenir la truste la plus
nombreuse et d'attirer à lui les aventuriers dont il
pouvait avoir besoin. Cette autorité n'était, en un
mot, que personnelle et telle que peut l'exercer un
chef de guerre sur les tribus qui le reconnaissent
supérieur en intrépidité et en talent militaire.

Il est impossible d'attacher à une pareille domination l'idée de cette centralisation administrative,
de ce rayonnement extérieur d'autorité, qui constituent pour nous le caractère d'un roi et celui d'une
capitale.

La ville, où Clovis passa les cinq dernières années
de sa vie, n'était pour lui qu'une bonne position
militaire, et nulle autre, en effet, ne pouvait mieux
lui convenir. Le refoulement des peuples, de l'orient
vers l'occident, était loin d'être arrêté. Clovis avait
toujours à redouter l'invasion des rois francs de
Cambrai, du Mans, de Cologne, de Thérouane, et
d'une foule d'autres chefs de tribus, qu'il fit tous
égorger ou qu'il tua de sa main pour prévenir leurs

3.

attaques et pour s'emparer de leurs États. A Paris, où il avait retrouvé le palais et le camp retranché des Césars, il était mieux placé qu'il n'aurait pu l'être partout ailleurs, pour surveiller à la fois les invasions de l'est et les révoltes du midi. Voilà pourquoi cette ville devint son dernier campement, après la défaite et l'expulsion des Goths.

Mais les Francs étaient si loin d'attribuer à Lutèce l'importance politique d'une métropole des Gaules, qu'elle fut comprise, ni plus ni moins, comme les autres cités, dans le partage de la succession de Clovis le Grand, et que, lorsque le dernier survivant de ses fils, Clotaire, fut devenu l'unique héritier de ses États, il n'alla point se fixer dans la ville où s'étaient écoulées les dernières années du règne de son père. Il lui suffit de la posséder, et, pour lui, tant que les Saxons, les Bretons ou les Goths de la Septimanie ne le forcèrent point à prendre les armes, il passait son temps, avec toute sa cour, dans ses fermes royales, dans ses villages fiscalins de Braine, d'Attigny, de Verberie ou de Compiègne. Paris n'était pas plus alors la métropole des Gaules, que ne l'avaient été, sous les premiers successeurs

de Clovis, et que ne le furent encore depuis, les autres capitales des rois mérovingiens, Metz, Soissons,
Orléans et Châlons-sur-Saône.

Paris avait pourtant un avantage sur toutes ces
villes ; c'était celui qu'avaient reconnu Julien et
Clovis le Grand, d'être le meilleur point d'appui, la
meilleure base d'opérations des conquérants de la
Gaule, et, à ce titre, chacun de leurs successeurs en
enviait la possession. Aussi, après la mort de Charibert, roi de Paris, le plus entreprenant de ses frères,
Chilpéric, voulut-il s'emparer par force de cette place,
avant que le sort eût désigné les lots de chacun de
ses cohéritiers ; mais ceux-ci se réunirent pour la
lui enlever, et, comme il n'osa point leur tenir tête,
ils jurèrent, sur les reliques des saints, que Paris
leur appartiendrait à tous trois par indivis, qu'aucun d'eux n'y entrerait sans le consentement des
deux autres, et que l'infracteur de ce traité serait
dépouillé, non-seulement de sa part de Paris, mais,
en outre, du reste de ses États.

Quand, pour venger le meurtre de sa belle-sœur
Galesvinthe, Sighebert eut déclaré la guerre à son
frère Chilpéric, il établit ses quartiers à Paris, en

violation de son serment, parce que, dit l'auteur
des *Récits mérovingiens*, cette place était la base
nécessaire de ses opérations, soit qu'il voulût agir
à l'est contre Chilpéric, soit qu'il dirigeât ses efforts
au midi contre son neveu Théodebert, qui venait
de s'emparer de plusieurs villes de l'Aquitaine. Le
traité du 28 novembre 587 mettait sous la puissance de Gontran, roi de Bourgogne, le tiers de la
cité de Paris, territoire et peuple ; laissant un autre
tiers de la même cité sous le pouvoir de Childebert II, roi d'Austrasie, et le troisième tiers sous
la domination de Clotaire II, enfant de trois ans,
héritier de Chilpéric et roi de Soissons. Après la
mort de Gontran , décédé sans héritiers, en 593,
Paris appartint, par moitié, à cet enfant et à son
cousin Childebert II.

Marseille avait été partagée de même, à cause de
son importance commerciale, que ne pouvait com-
penser la possession d'aucune autre ville. Le partage
de Paris avait pour cause son importance militaire ;
on pensait déjà, dans ces temps reculés, que les
maîtres de Paris étaient maîtres des Gaules.

Ces guerres qui remplissent toute l'histoire de la ·

dynastie mérovingienne, et dont les deux principaux épisodes sont la lutte de Brunehault contre Fré-
dégonde et celle des maires du palais d'Austrasie
contre la dynastie régnante, n'étaient au fond
qu'un effet de cette impulsion des peuples orientaux
vers l'Occident, qui se continuait toujours, même
après l'établissement de la tribu de Clovis, et qui
devait finir par une seconde conquête de la Gaule.

La Neustrie, la France romaine, comme l'appelle Luitprand, l'emporta d'abord. Elle était pro-
tégée, contre les invasions des peuples Germains,
par l'Austrasie, qui les repoussait sans cesse ; la
conquête n'y avait pas détruit, comme entre le
Rhin et la Somme, les ressources de la civilisation.
Les Francs y étaient assez nombreux, pour maintenir ces ressources locales à la disposition du roi,
et, en même temps, trop isolés dans leurs terres,
pour opposer à son autorité, comme ils le faisaient
en Austrasie, les prétentions et les résistances d'une
puissante aristocratie. Les cités de Paris et de Soissons participèrent à la prééminence momentanée
de ce petit État, dont elles étaient, toutes deux au
même titre, les capitales, sans pourtant que les

royaumes de Bourgogne, d'Austrasie et d'Aquitaine cessassent d'avoir leurs métropoles et leurs maires du palais. L'Aquitaine, en 628, eut même un roi, dans Charibert, qui releva le trône de Toulouse, et dont la postérité, quoique détrônée, se dévoua résolûment à la cause nationale de cette province (1).

Mais bientôt l'Austrasie, la France germanique, prévalut, précisément par les motifs qui avaient fait d'abord son infériorité. Les maires du palais, ou ducs d'Austrasie, Pépin de Landen et ses successeurs, se firent aimer par leur esprit de justice, et l'aristocratie, dont ils représentaient les intérêts, et qu'ils parvinrent à discipliner, affermit le pouvoir en leurs mains. Les grands propriétaires de Neustrie, aussi mécontents de leur roi Théodoric III que de ses maires Ebroin et Berthaire, se liguèrent avec Pépin d'Héristal contre les descendants de Clovis ; le duc Pépin leva une armée, marcha en Neustrie contre le roi, le battit près de la ville de Vermand, s'empara de sa personne et de

____

(1) Frédégaire. — Dom Vaissette.

ses trésors, et gouverna sous son nom les deux royaumes, en 687 (1).

Cette révolution, qui devait bientôt détrôner les Mérovingiens, renversa en même temps, et pour des siècles, le trône qu'ils avaient établi aux bords de la Seine, et Paris dès lors perdit son importance militaire et cessa d'être une résidence royale. Elle était, en effet, trop éloignée des nations ennemies ou révoltées, que les maires du palais avaient à surveiller et à combattre. Les Frisons, les Saxons, les Allemands, les Suèves, les Bavarois, ne pénétraient plus au cœur de la Gaule, mais ils menaçaient toujours les frontières de l'empire Franc. Metz fut donc la résidence habituelle, ou plutôt le quartier général de Pépin d'Héristal et de son fils Charles Martel. De peur que les souvenirs du palais de Clovis ne rendissent à des fantômes de rois quelque regret du trône, les maires les obligeaient de vivre, dans une villa, d'une pension alimentaire, et de voyager lentement, de l'une à l'autre résidence rurale, dans des basternes, véhicule ordinaire des femmes.

(1) Continuateurs de Frédégaire.

Cependant les provinces de la Gaule méridionale n'étaient guère plus soumises que la Saxe et que la Bavière. Vainement le roi Charibert avait châtié les Gascons ; vainement Dagobert, Pépin d'Héristal et son fils Charles Martel portaient les ravages, par le fer et la flamme, dans le pays des Romains d'outre-Loire : la nationalité gauloise renaissait toujours en Auvergne, en Aquitaine, en Gascogne. Les ducs francs, investis du gouvernement de ces provinces, oubliaient leur origine, pour épouser la cause de leurs sujets, et pour soutenir une lutte acharnée contre les conquérants : ils refusaient les tributs, retenaient les revenus des terres qui appartenaient aux églises franques, donnaient asile à tous les transfuges d'Austrasie et de Neustrie ; ils portaient la dévastation et l'incendie au-delà de la Loire et de la Saône ; ils détruisaient les murs de leurs villes qui pouvaient tomber entre les mains des Francs ; ils appelaient à leur aide les Sarrasins, qui s'avancèrent jusqu'à Poitiers. Les huit dernières années du règne de Pépin-le-Bref sont remplies par ses guerres contre Waïfer, duc d'Aquitaine. Il sentit enfin qu'il fallait à son administration comme à

ses armes un point d'appui au centre de la Gaule : il
fit donc construire un palais à Bourges; il tint dans
cette ville un champ de mai ; après en avoir délibéré avec ses grands, il y laissa la reine Bertrade
sous la garde de ses leudes, et revint lui-même y
passer l'hiver (767), tandis que son armée prenait
ses quartiers en Bourgogne (1).

Bourges serait devenue la capitale des Gaules, si
l'opiniâtreté des peuples d'outre-Rhin n'eût forcé
Charlemagne à les conquérir, pour n'en être pas
conquis, et à faire une guerre germanique, comme
César avait fait une guerre gauloise. Cette guerre ap-
pelant sur eux pendant trente-trois ans tous les efforts
de Charlemagne, il fixa dans leur contrée le siége de
son vaste empire. L'Aquitaine, à son avénement,
s'étant révoltée pour la dixième fois, il était venu
la châtier et construire un château à Tours et un
autre à Fronsac, au confluent de l'Ille et de la Dor-
dogne; mais ce pays, tout imprégné de la civilisation romaine, s'honora d'obéir au génie, qui semblait appelé à la faire refleurir, et dont la cour était

(1) Dernier Continuateur de Frédégaire.

l'asile de tout ce qu'il y avait encore d'hommes
éclairés; qui, suivant l'expression d'Alcuin, fondait dans le pays des Francs une nouvelle Athènes,
et qui, partageant l'empire et l'admiration du
monde avec le calife Haroun-al-Raschid, était appelé le grand empereur, tant par les peuples de
l'Islam que par les nations chrétiennes (1). Les
bienfaits de son administration désarmèrent la
Gaule méridionale, avant que ses guerriers eussent
vengé le désastre de Roncevaux. Elle se rendit, non
à la violence, mais à l'esprit d'ordre et de justice ;
elle s'honora d'obéir au grand empereur ; elle s'in-
clina devant le grand homme auquel l'univers entier rendait hommage. Mais Charles se garda bien
d'assimiler et de confondre dans la même domination la France romaine et la Gaule romaine :
comprenant la première dans l'empire Germain,
qu'il gouvernait lui-même et dont la métropole
était Aix-la-Chapelle, il fit de la seconde un
royaume à part, dont il confia le gouvernement à
son fils Louis et dont Toulouse fut la capitale. Paris

---

(1) Chron. de Nithard.

était dès lors inutile comme place de guerre et ne comptait plus pour rien dans cet empire bicéphale. Enfin le royaume d'Italie devint l'apanage de Pépin, second fils de l'empereur, et sa capitale fut Milan.

Chacune de ces trois métropoles occupait, on le voit, une position centrale et parfaitement appropriée aux nécessités du gouvernement dont elle était le siége. Quant au cœur de l'immense Empire formé de ces trois états juxtaposés, il était partout où se trouvait l'empereur. Sa cour, ses ministres, ses savants, son école-modèle, sa chapelle même, le suivaient dans ses guerres et dans ses voyages continuels. Ses commissaires (*missi dominici*) venaient lui présenter leurs rapports sur l'administration de toutes les parties de ses États, et ils repartaient, dans toutes les directions, avec de nouveaux ordres. Les deux rois Louis et Pépin, eux-mêmes, allaien tous les ans auprès de l'empereur, en quelque lieu qu'il se trouvât, pour apprendre de lui à soumettre et à gouverner les peuples. Les assemblées générales, dont les délibérations précédaient presque toujours la promulgation des Capitulaires, se tenaient aussi tous les ans dans la ville où se trouvait Charle-

magne. Les grands corps judiciaires et administratifs n'étant pas encore constitués, il tenait lui-
même toutes les rênes du Gouvernement. Il concen-
tra dans ses mains toutes les affaires, beaucoup plus
complétement que ne le firent depuis Louis XIV
et Napoléon, quoique ce dernier, surtout, ait rappelé, par ses messages continuels au Conseil d'État
et aux ministres, la centralisation nomade du César
franc. Quant à la prééminence de Paris, il en fut
encore moins question que sous les derniers Mérovingiens. Pour la guerre, on n'avait plus besoin de
cette place, depuis que les Germains étaient incor-
porés à l'Empire; pour le commerce, qu'était-ce
que le cours de la Seine, au prix de cette ligne de
navigation, que l'empereur voulait établir à travers
l'Europe par la réunion du Danube et du Rhin?
Paris ne conserva plus que l'autorité du souvenir et
le prestige des vertus attribuées aux reliques de ses
églises. L'abbaye de Saint-Denis, où reposaient les
restes mortels de Pépin le Bref, reçut aussi les cendres des successeurs de Charlemagne, comme
Saint-Germain des Prés contenait les tombeaux
des rois de la première race, dont les images dé-

corent encore aujourd'hui le portail de cette
église.

La bataille de Fontenay, le traité de Verdun, la
dispersion des domaines fiscaux, l'indépendance
des comtes et la décentralisation complète des ressorts et des forces du Gouvernement, la multiplica-
tion et l'hérédité des fiefs, la soumission des arrière-
vassaux à leurs seigneurs et non au roi, enfin tous
les maux, que produisirent la division et l'incapacité
des successeurs de Charlemagne, amenèrent la déchéance de sa dynastie ; mais une des causes les
plus actives de cette révolution, ce fut l'état de révolte presque continuel de l'Aquitaine depuis l'é-
poque de son accouplement avec la Neustrie.
L'Aquitaine n'avait point bougé, tant qu'elle avait
formé un royaume séparé , sous le sceptre de
Louis le Débonnaire ; mais, quand ce malheureux prince , oubliant les leçons de Charlemagne, eut réuni l'Aquitaine à la France sous la
domination de Charles le Chauve, une partie des
Aquitains se joignirent à Pépin pour combattre
dans la personne de leur roi le souverain de la
Neustrie, et une partie des Neustriens se joigni·

rent à Lothaire pour combattre le roi d'Aquitaine dans la personne de ce même Charles le Chauve (1).

Il est impossible de ne pas reconnaître dans cette antipathie des races une des causes, ou, si l'on veut, un des moyens qui entretinrent d'interminables guerres entre les fils de Louis le Débonnaire. Les ravages des Normands auraient dû mettre d'accord et rapprocher les deux moitiés de la Gaule dans l'intérêt commun de leur défense; il n'en fut rien, car on vit un Pépin dévaster la ville de Poitiers et plusieurs autres lieux de l'Aquitaine, conjointement avec les pirates danois, et des Aquitains dévaster Chartres, au moment même où ces pirates y accouraient. La préoccupation constante des Aquitains était de conserver leur nationalité et de former un royaume à part. Plutôt que de n'avoir point un roi à eux seuls, ils élurent plusieurs rois, tour à tour : un enfant, le fils de Charles le Chauve, et son neveu Pépin, qui s'était fait moine en 856 (2). La Provence et la Bourgogne furent aussi détachées de l'Empire, à la mort de Lothaire, et eurent

(1) Nithard.
(2) Annales de Saint-Bertin.

pour souverain Charles, fils de ce dernier, tandis que Lothaire II reçut en partage le royaume d'Austrasie auquel il donna son nom (*Lotharingia* ou *Lorraine*), en 855.

Mais les invasions des Normands, ce nouveau fléau et le plus effroyable dont les Gaules eussent jamais souffert, rendirent à la place de Paris toute l'importance de son rôle militaire, et, par suite, l'élevèrent à une prééminence politique qui devait subsister et s'accroître jusqu'à nos jours.

Depuis plus de quarante ans, les Normands remontaient tous les fleuves des Gaules, ravageaient les campagnes, pillaient et brûlaient les villes, depuis les rivages de l'Océan jusqu'au cœur du pays. Ils enlevaient les populations, détruisaient les édifices et ne laissaient sur leur passage que le sol nu ou couvert de cendres et de ruines. Le défaut d'ensemble et d'unité rendait impuissants tous les efforts de résistance, tentés par Charles le Chauve, Louis le Bègue, Louis III, Carloman et Charles le Gros.

Les provinces, épuisées par ces effroyables dévastations, étaient encore écrasées d'impôts, pour acheter

la retraite de ces brigands qui revenaient toujours.
Paris, envahi plusieurs fois, avait été brûlé comme
Tours, Orléans, Bordeaux, Poitiers, Toulouse et
une foule d'autres grandes cités.

Aucune de ces cités ne pouvait s'attribuer de
prééminence politique, car les provinces manquaient alors de lien et de cohésion entre elles.
Des possessions éparses, enclavées les unes dans
les autres et assignées par le hasard à des princes
rivaux, ne comportaient pas de centre. Paris n'é-
tait donc point et ne pouvait pas être la capitale des
Gaules.

Clotaire II, Dagobert Ier, Clovis II, ni leurs successeurs ne résidèrent dans Paris même, mais
bien dans les domaines qu'ils possédaient autour de
cette ville, tels que Clichy, Garches, Épinay, Mes-
lay. Tous les rois fainéants vécurent d'une pension
alimentaire, dans l'une ou l'autre de ces terres.
Leur règne n'était plus, en quelque sorte, qu'une
villégiature, et quant aux souverains véritables,
c'est-à-dire, Pépin de Landen et ses fils, ils ne
quittèrent Metz et leurs domaines d'Austrasie, que
pour marcher à la tête de leurs armées.

Paris était seulement le chef-lieu ou plutôt la place d'armes de la Neustrie, comme Metz était celle de l'Austrasie et Châlons celle de la Bourgogne ; mais, à vrai dire, les Gaules n'eurent point de métropole sous les Mérovingiens, parce que l'administration de ces rois ne s'étendit guères au-delà des limites de leur résidence. Ils avaient conservé tout ce qu'ils avaient pu de l'administration impériale. Leur cour renfermait à peu près tous les dignitaires ou grands-officiers qui composaient celle des empereurs. Mais le mécanisme du gouvernement romain était trop savant et trop compliqué pour les grossiers conquérants de la Transalpine. Le trésor royal, qui était le trésor public, se remplissait des dépouilles et des tributs en nature des peuples vaincus, du produit des nombreux domaines royaux et des tailles de leurs serfs, des douanes de quelques ports maritimes et des redevances du commerce intérieur ; le système des contributions romaines était tombé en désuétude, et les hommes libres ne payaient plus le cens, ni l'indiction, ni la capitation.

Des évêques, des ducs et des comtes amovibles étaient toujours préposés à l'administration des provinces et des villes; mais le mauvais état des chemins, les absences et les guerres continuelles des rois interrompaient sans cesse leurs communications avec leurs agents; de sorte que ceux-ci se rendaient à peu près indépendants, administraient à leur profit personnel, et que le pouvoir royal s'isolait de plus en plus.

Si l'autorité des rois mérovingiens était méconnue dans les comtés voisins de leur résidence, elle était encore bien moins efficace dans les contrées qu'ils n'avaient pas colonisées. Rares étaient les rapports de ces contrées avec le pouvoir central : elles étaient possédées et rançonnées, mais non gouvernées par les monarques francs, et cette circonstance fut une des causes de la démarcation, de jour en jour plus profonde, qui s'établissait entre le nord et le midi des Gaules.

Cette différence, qui subsiste encore aujourd'hui, est le fait le plus persistant de notre histoire nationale, et il importe de la bien connaître pour juger des relations de Paris avec la France.

Quand les Burgondes et les Visigoths s'établirent, à titre d'auxiliaires, dans l'est et dans le midi

des Gaules, ils n'accaparèrent point toutes les terres,
mais les deux tiers seulement de ces terres, avec le
tiers des serfs. Encore, l'expropriation ne se fit-elle
pas sur toute l'étendue des territoires ; elle se fit de
telle sorte, que chaque Barbare eut une portion des
propriétés d'un Gaulois, mais tous les Gaulois n'eurent point à partager avec un Barbare.

En toutes choses, la loi des Burgondes et celle
des Visigoths furent impartiales ; elles firent des
conditions égales aux nouveaux et aux anciens habitants. Ceux-ci purent conserver l'usage du code
Théodosien. Alaric II en fit même rédiger une com-
pilation nouvelle et un commentaire qui réglait
la jurisprudence ; il s'ensuivit que les indigènes
n'eurent point intérêt à quitter leur loi, pour vivre
sous celle des nouveaux venus.

Or, la loi romaine défendait aux sujets de l'Empire de s'allier par des mariages avec les Barbares ;
la religion séparait également les Gaulois, qui
étaient catholiques, des Burgondes et des Visigoths
qui étaient ariens. Dans la Septimanie même, cette
séparation subsista, malgré les efforts du roi Re-
ceswinde pour abolir la roi romaine et amener la

fusion des races. Ces peuples, rapprochés sous l'autorité d'un même sceptre, restaient donc toujours distincts par l'état civil, par le sang, par la religion et par les lois.

Quoique la domination des Visigoths fût beaucoup moins oppressive que celle des Francs, les évêques du midi, redoutant pour l'orthodoxie de leurs diocèses le contact de l'arianisme et le retour de la persécution dont ils avaient été victimes sous Alaric, appelèrent Clovis dans leurs contrées et facilitèrent la conquête de la Gaule méridionale, à ce prince, qualifié par saint Remy de défenseur et de propagateur de la foi catholique (1).

Quand Clovis eut refoulé les Visigoths dans la Narbonnaise et en Espagne, il remplaça leurs garnisons, il s'empara des domaines de leur roi, tué à Vouglé, et des trésors que son fils Amalaric n'avait pu emporter; il confia aux évêques catholiques le gouvernement des villes et des provinces, ainsi que les biens de leurs prédécesseurs; mais il ne transporta point sa tribu dans ses nouveaux États, il

(1) *Recueil des Historiens des Gaules et de la France*, t. IV, p. 52.

n'en déposséda point les habitants en masse, et ceux-
ci, après son retour au-delà de la Loire , rentrè-
rent en possession d'une partie des terres délaissées
par la nation fugitive.

La Gaule méridionale fut possédée et rendue tri-
butaire, mais non pas colonisée, ni gouvernée par
les rois Francs; ce fut pour eux un domaine, livré
en quelque sorte à des fermiers, plutôt qu'un État
administré directement par ses maîtres.

Tous les hommes libres étant obligés de suivre
leur comte à la guerre, les luttes des princes mérovingiens mirent continuellement aux prises les populations méridionales, commandées, soit par des
Francs, soit par des Gallo-Romains. Dans le nord,
la guerre était entre l'Austrasie et la Neustrie; dans
le midi, entre le Vélai, l'Albigeois, le Gévaudan et
le Rouergue, d'une part; le Toulousain, le Bordelais et la Gascogne, de l'autre. La Septimanie était
déchirée par les divisions intestines des Visigoths.
Les villes et les campagnes étaient sans cesse rava-
gées. Des famines et des pestes ajoutaient leurs
fléaux à tous ceux de la guerre. Mais, dans l'abîme
de désordres et de malheurs où elles étaient plongées,

5

ces contrées conservaient, pures de tout mélange, leurs populations indigènes.

Autres furent les destinées de la Gaule septentrionale. Du Rhin à la Somme et à la Hève, sur ce sol incessamment foulé par les Barbares, la race belge avait entièrement disparu, pour faire place à une population franque. De la Somme à la Loire, aux Marches de Bretagne, dans cet espace où Clovis avait pendant dix ans établi ses Saliens et ses Ripuaires, la population se composait à peu près également de Francs et de Gaulois. Mais la modération n'avait pas présidé chez eux, comme chez les Visigoths, au partage des terres; les conquérants avaient pris tout ce qui leur avait convenu, et presque tout leur avait convenu. Leurs lois établissaient des différences profondes entre le Romain et le Barbare. La condition du vaincu devint intolérable, et il n'épargna rien pour devenir justiciable de la loi Germaine. Le code Théodosien tomba peu à peu en désuétude. Les deux races se rapprochèrent par les mariages et tendirent à une fusion complète; de sorte que les populations du nord et celles du midi, qui primitivement appartenaient à deux familles distinctes, aux familles *Celtique* et *Kimrique*, mais qui s'étaient confondues pendant cinq cents ans dans l'unité de l'administration romaine, se retrouvèrent, au septième siècle, plus différentes que jamais.

L'Austrasie fut appelée France germaine; la Neustrie, France romaine; mais, au-delà de la Loire, il n'y eut pas de France. On appela Romains d'outre-Loire les habitants des pays conquis entre ce fleuve et les Pyrénées. Leur territoire prit le nom d'Aquitaine, qui était celui de leur plus grande province.

Jusqu'à l'époque de la mort de Clotaire II, les rois mérovingiens n'avaient jamais transporté leur résidence dans cette contrée, où ils se fussent trouvés dépaysés, parce que la race franque ne s'y était pas propagée. Ils avaient confié le gouvernement de ces provinces à des ducs et à des comtes, qui avaient fini par en épouser la nationalité et par se rendre tout à fait indépendants. Dagobert Ier prétendit gouverner lui-même, du fond de l'Austrasie, ce royaume, qu'au mépris de la loi Salique il voulut garder sans partage. Son frère Charibert se retira

dans le midi et s'y créa d'autant plus facilement un
parti, qu'il avait épousé la fille du duc de Gascogne.
Une nouvelle guerre de succession allait éclater,
quand, par un partage enfin conforme à la division
ethnique de la Gaule, Dagobert céda l'Aquitaine à
son frère, qui réleva le trône de Toulouse, et fit de
cette grande cité la capitale de ses États. Celui-ci
n'avait pas encore régné trois ans, quand il fut tué,
ainsi que son fils aîné, par ordre de Dagobert, ambitieux de réunir l'Aquitaine à sa couronne. Mais deux
autres petits enfants du roi de Toulouse, Boggis et
Bertrand, furent dérobés aux coups des sicaires du
fratricide, par leur aïeul maternel, le duc Amand,
qui défendit leurs droits, les armes à la main. Dagobert envoya les milices de Bourgogne contre les
Gascons et reçut bientôt à Clichy les serments d'o-
béissance de leurs seigneurs vaincus. A la prière
d'Amand, il laissa toutefois en fief héréditaire, et
sous condition de tribut annuel, à ses deux neveux,
le duché d'Aquitaine, sauf l'Albigeois, le Gévaudan
et le Vélai. Les petits-fils de Clovis avaient déjà
commencé à vendre la possession et l'hérédité des
offices et des fiefs.

Ce fut là le premier apanage donné à des princes de la maison royale, ce fut la première création d'un grand fief; ce fut aussi le commencement d'une ère de paix et d'indépendance, qui dura quatre-vingts ans dans la Gaule méridionale, excepté dans la Septimanie, théâtre des guerres continuelles des Visigoths.

Les rois de Neustrie, comme les maires d'Austrasie, étaient, en effet, trop occupés dans le nord, pour contraindre leurs vassaux du sud à s'engager dans leurs querelles. L'Aquitaine, durant ce siècle de repos, avait réparé ses forces et senti tout le prix d'un gouvernement local qui séparait ses destinées de celles de la Gaule du nord.

Encore éclairée d'un pâle reflet de la civilisation romaine, encore imbue de ces principes d'humanité qu'elle devait au Christianisme, la Gaule méridionale se refusait aux étreintes des Barbares. Composé de presque toutes les qualités et de tous les défauts qui sont le fonds du naturel français, l'Aquitain éprouvait une antipathie profonde pour ces rois du nord, dont le sceptre était une hache, et pour ces Francs, d'un extérieur sale et repoussant, d'un esprit

5.

flegmatique et lourd, chez qui le gros rire de la jovialité tudesque cachait les plus féroces instincts du sauvage. Pendant soixante ans, sous les ducs Eudes, Hunald et Waïfer, descendants de Clovis, l'Aquitaine défendit son indépendance contre l'usurpation des petits-fils de Pépin de Landen. Mais elle avait un autre ennemi sur les bras, les Sarrasins, maîtres de l'Espagne et de la Septimanie depuis le commencement du huitième siècle. Ses forces s'épuisaient, tandis que l'Austrasie en recrutait sans cesse de nouvelles parmi les aventuriers d'outre-Rhin, et jetait sur la Gaule méridionale des armées innombrables. Elle fit face intrépidement à ses adversaires du sud et à ceux du nord. Eudes avait remporté à Toulouse une victoire éclatante sur Abdérame, avant que Charles-Martel défît à Poitiers ce roi des Sarrasins d'Espagne (1).

Vaincue, écrasée, l'Aquitaine ne fut point soumise par les armes. Les Gascons, dont les ducs étaient aussi des petits-neveux de Clovis, assaillaient encore l'arrière-garde de l'armée victorieuse de

(1) Continuateur de Frédégaire.

Charlemagne dans ces montagnes où l'épée de Ro-
land et les fers de son cheval ont laissé jusqu'à
nos jours leurs traces légendaires.

Cet éloignement naturel de la Gaule méridionale
pour les races germaniques contribua puissamment
à la dissolution politique, commencée par les rébel-
lions de la maison des Pépin. Eudes, fils de Boggis,
profitant de la lutte de Pépin d'Héristal et de
Thierry III, pour s'emparer de tout le territoire
compris entre la Loire, l'Océan, les Pyrénées èt la
Septimanie, n'eut pas de peine à obtenir le concours de ses vassaux, conquis depuis longtemps à la
cause nationale de leurs provinces; il se les attacha
encore davantage, en ratifiant l'hérédité de leurs
fiefs et de leurs offices, en leur distribuant les biens
que le clergé du nord possédait dans le midi.
Charles-Martel, après avoir vaincu le duc Eudes,
voulut donner des fiefs dans les États de ce prince,
pour y faire acte d'autorité; mais, de peur d'y compromettre une suzeraineté mal affermie, il ne les
donna, ces fiefs, qu'aux leudes qui les possédaient
déjà. Pépin le Bref, voulant rendre aux églises les
biens dont elles avaient été dépouillées par son père,

ne put obtenir que le duc Waïfer leur en fît restitution (1); de sorte que tout lien de vasselage fut
rompu entre la monarchie et les provinces méridionales de la Gaule, qui cessèrent dès lors d'être
dans la *mouvance* de la Couronne, pour relever seulement des ducs de Toulouse.

Bien qu'il eût d'abord suivi la politique belli-
queuse de son père et de son aïeul à l'égard des
Romains d'outre-Loire, Charlemagne reconnut
bientôt que ces peuples ne devaient pas être traités
comme les Saxons. Il comprit qu'il n'existait aucune affinité entre les provinces séparées par la Loire;
qu'il fallait, par conséquent, en faire des royaumes
distincts, et, pour ne pas différer de relever le trône
de Toulouse, il y fit asseoir son fils Louis, enfant
de trois ans. C'était réaliser cette indépendance, pour
laquelle l'Aquitaine combattait depuis un siècle.
Charles concentrait dans ses mains, à la vérité, la direction suprême des affaires de l'Aquitaine, comme de
celles de l'Italie, qu'il avait donnée à son fils Pépin,
comme de celles du royaume des Francs,' dont il s'é-

____

(1) *Lettre des évêques à Louis le Germanique*, édit. de Baluze,
t. II, p. 101.

tait réservé à lui-même le gouvernement direct, immédiat. Soit qu'il résidât dans son palais d'Aix-la-Chapelle, soit qu'il marchât à la tête de son armée, il était l'âme et le chef réel de ces trois royaumes, qu'il parcourait sans cesse et qu'il gouvernait de partout. Mais la patrie d'Eumènes et d'Ausone s'honora d'obéir à ce prince prodigieux, qui, suivant l'expression d'Alcuin, fondait une nouvelle Athènes dans l'empire des Francs, et que, dans leur admiration unanime, les nations d'Islam, de même que les peuples de Christ, appelaient le grand empereur.

Il n'avait jamais existé à Paris aucune centralisation, qui pût faire considérer cette petite ville comme la métropole des Gaules. Elle pouvait encore passer pour la capitale de la Neustrie, quand une ou deux fois par an elle ouvrait ses portes à un fantôme de roi. Mais, depuis que le dernier des Mérovingiens, Chilpéric III, fut rasé et enfermé dans le monastère de Saint-Bertin, c'est-à-dire depuis l'an 750, Paris ne fut plus que le chef-lieu d'un comté, considéré comme la plus petite des cités de la Gaule (*magnitudine cæteris urbibus inferiorem*) (1). Elle n'eut

(1) Michael Syncelle. — *Valesii Notitia Galliarum.*

plus avec l'Aquitaine d'autres rapports que ceux du
commerce ; mais le commerce de la Seine était de
peu d'importance, au prix de celui des grands fleuves
de la Gaule, et surtout du Danube et du Rhin, que
le César franc voulait réunir au moyen d'un canal !
Paris avait même perdu toute son importance militaire, depuis que l'Austrasie, gouvernée par la famille
des Pépin, était devenue pour les peuples germains
une barrière infranchissable ; depuis surtout que
Charlemagne avait fait une guerre germanique,
comme César une guerre gauloise, et que les Francs
avaient achevé la conquête de cette Germanie d'où
ils étaient sortis.

Tant que l'Aquitaine forma un royaume dis-
tinct, sauf quelques révoltes des Gascons, animés
contre la maison de Charlemagne par leurs *ducs*
mérovingiens, elle demeura soumise à Louis le Débonnaire et à son fils Pépin, pendant trente-sept ans.
Elle resta même étrangère aux guerres domestiques,
qui éclatèrent entre les princes carlovingiens pendant toute la durée de ces deux règnes.

Mais, dès que le faible Louis eut déshérité les fils
de Pépin décédé, en faveur de Charles le Chauve,

déjà roi de Neustrie et de Bourgogne, l'Aquitaine,
dans l'intérêt de son indépendance, défendit d'abord
les droits de Pépin II, et devint un foyer perpétuel
de dissensions et de révoltes. Bientôt cinq préten-
dants se disputèrent ce royaume, qui les soutint, les
combattit, les rappela et les expulsa tour à tour,
beaucoup moins par l'effet d'une inconstance dont
on l'accusait, que dans l'espoir d'assurer son indépendance. Il ne resta paisible, que lorsque Charles
le Chauve lui eut rendu son existence propre, en
plaçant, sur le trône de Toulouse, d'abord son jeune
fils Charles, et, onze ans plus tard, son fils Louis le
Bègue.

Les Carlovingiens étaient trop aveugles dans leur
ambition, pour tenir compte de cette antipathie des
races, et ce fut une des causes de leur chute, que
d'avoir voulu assimiler les pays où la noblesse parlait
roman à ceux où elle parlait tudesque.

Leur chute eut encore d'autres causes qui contribuèrent aussi à maintenir les provinces du midi
en état d'hostilité contre celles du nord. Louis le
Débonnaire, pour se faire des partisans, avait donné
presque tous les domaines fiscaux; Charles le Chauve

conserva, par ses Capitulaires, l'hérédité des offices et des fiefs (en 877). Il voulut même que tout homme libre, tout possesseur de terres, pût choisir, pour seigneur, qui il voudrait, du roi ou des autres seigneurs.

Les grands vassaux aquitains choisirent les seigneurs de leur pays, de préférence au roi. Le roi n'eut plus en Aquitaine que des arrière-vassaux, soumis directement à de grands vassaux, qui, ne tenant plus leurs fiefs du monarque, n'eurent pas de peine à se rendre indépendants.

Toutes les pièces du gouvernement de Charlemagne étaient encore intactes, sauf le sceptre impérial, brisé par la noblesse et par le clergé; mais elles étaient disjointes et n'engrenaient plus. Ce mécanisme admirable, au moyen duquel le mouvement se communiquait de l'empereur au dernier des hommes libres, par l'intermédiaire du roi, du duc, du comte et du vicaire, et, dans une autre filière, au dernier des serfs, par l'intermédiaire du commissaire impérial, du grand vassal et du vavasseur; ce mécanisme ne fonctionnait plus; les rouages en étaient désunis. La féodalité couvrait encore toujours l'Europe, mais elle avait perdu son moteur et ses mouvances.

Cette dislocation paralysait la monarchie et livrait le territoire aux Normands qui le déchiraient; mais, en même temps, elle fortifiait chacun de ses membres, forcés d'agir isolément, et elle lui donnait, pour ainsi dire, une vie individuelle.

Depuis qu'il n'y avait plus de roi, chaque province devint un petit empire; chaque grand vassal fut un monarque. Depuis qu'il n'y avait plus de souverain à la tête de l'État, il y en eut une foule dans les Gaules. Les ducs et comtes de l'Aquitaine prirent le titre de princes; ils devinrent les plus puissants seigneurs de l'Europe, et ce fut surtout au centre de la Gaule que se développa la puissance féodale. Il y eut un roi de Lorraine, un roi de Bourgogne, un roi de Bretagne, un roi de Provence, qui s'appela roi de la Gaule, par opposition au roi de France.

Un comte de Paris se fit investir de cette dernière royauté, par quelque évêque. Mais, à la fin du neuvième siècle, qu'était-ce que Paris, qu'était-ce que la France?...

Aucun roi de la seconde race n'avait résidé à Paris. Jamais cette ville n'avait été le siége d'un pouvoir assez étendu ni assez réel, pour qu'elle eût été considérée comme la métropole des Gaules. Elle prenait encore quelquefois, avec Soissons, le titre de capitale de la Neustrie, et elle conservait, dans le souvenir des peuples, une sorte de prestige. Ainsi, Gondebaud, dans ses proclamations aux villes d'Aquitaine, en leur annonçant qu'il allait régner sur les Gaules comme fils de Clotaire, leur déclarait qu'il ferait de Paris sa capitale. Mais cette cité, qui depuis longtemps était sans importance militaire, voyait même son commerce anéanti, depuis que les routes étaient couvertes de brigands et les rivières de pirates.

Quant à la France, proprement dite, c'était un duché qui s'étendait de Laon à Orléans, et de Pontoise à Montereau.

Quelle prépondérance un pareil État, un simple fief, décoré du nom de royaume, pouvait-il avoir sur l'Aquitaine, qui avait lutté contre l'Empire romain et qui repoussait d'autant plus énergiquement l'influence du nord, que les ténèbres de la barbarie s'é-

paississaient tous les jours dans cette dernière région? On a dit que Paris était devenu la capitale de
la France, comme les comtes de Paris étaient devenus rois de France, parce qu'ils avaient arrêté les
Normands. Il est vrai qu'après avoir été pris et brûlé
trois ou quatre fois par ces pirates, Paris soutint
contre eux un siége de deux ans, et qu'une poignée
de Francs, sous les ordres du comte Eudes et de
l'évêque Gozlin, y fit une vigoureuse résistance;
mais ils arrêtèrent si peu les Normands, que ces
barbares, renonçant à prendre une cinquième fois
cette pauvre cité mieux défendue par ses habitants que par ses murailles, la laissèrent respirer,
en vertu d'une capitulation, tirèrent leurs bar-
ques à terre, les transportèrent en amont de la
ville, et poursuivirent, sur les rives de la Seine, de
la Marne et de l'Yonne, le cours de leurs épouvantables dévastations.

Paris fut pour eux un si vain obstacle, que Charles
le Simple se trouva contraint de leur céder la partie
de la Neustrie, appelée aujourd'hui de leur nom, et
que leurs ducs y régnèrent en véritables souverains,
nonobstant la vaine formalité d'hommage, accomplie

par un officier de Rollon, lequel, sous prétexte de baiser le pied du roi, faillit le faire tomber à la renverse.

Le sceptre et la couronne de France étaient à terre : ils furent ramassés par un comte de Paris. Les autres feudataires ne s'en émurent point; mais le titre qu'avait porté Charlemagne mit au cœur des nouveaux rois une ambition démesurée. Les fils de Robert le Fort ne prétendirent à rien de moins qu'à la suzeraineté des fiefs d'Aquitaine, et ils s'attaquèrent tout d'abord au plus puissant, au comté de Poitiers et au duché de Toulouse. Eudes tenta vainement la conquête de ce pays, qui s'était déclaré en faveur de la maison de Charlemagne, depuis que cette dynastie avait été détrônée. On y datait les actes ainsi : « Depuis la mort de Charles, dans l'attente d'un roi. » Robert et Raoul ne furent pas plus heureux, malgré l'apparente soumission de la Provence et de la Septimanie, et les rois de France ne songèrent plus à mettre la main sur les États du midi. Ils se contentèrent, pendant deux cents ans, de la suzeraineté nominale, que des alliances leur donnèrent sur la Bourgogne et sur quelques fiefs de leur

voisinage. Loin d'ambitionner la domination de la
Gaule, ils avaient bien de la peine à se défendre
eux-mêmes contre les bandits qui occupaient tous
les châteaux des environs de Paris; qui se faisaient
des guerres continuelles et qui n'épargnaient pas
plus les gens du roi que les autres. Les règnes de
Hugues Capet, de Robert, de Henri Ier, de Philippe Ier, ne furent donc qu'une lutte permanente
contre les barons de leur voisinage. Il n'y a pas, sous
ces princes, de nation, ni d'unité de gouvernement.
Cette puissante aggrégation, qui devint le grand
peuple de France, devait être l'œuvre des siècles,
de la fortune et de la guerre, ou, plutôt, l'œuvre de
la civilisation et de la Providence.

Au titre de roi des Francs était attachée l'idée de
la suzeraineté sur tous les royaumes et sur tous les
fiefs de la Gaule. Ressaisir cette prééminence fut
l'ambition des premiers rois de la troisième race,
alors même qu'ils étaient réduits à défendre leur
petit État et leur capitale contre les seigneurs qui
ravageaient les environs de Paris. Ce pressentiment
de la puissance royale, qui parviendra un jour, à
l'aide de la féodalité, à constituer l'unité de la na-

6.

tion française, éclate déjà en termes magnifiques
dans les paroles de Suger, ce ministre d'un roi
(Louis VI) dont la vie se passa à réprimer les brigandages de quelques barons.

Sous la première race, la royauté fut, conformément à la loi Salique, une magistrature héréditaire,
personnelle, divisible. Il y eut plusieurs capitales
comme plusieurs rois, mais la Gaule n'eut pas de
métropole. Un pouvoir sans unité et sans fixité ne
pouvait avoir un centre.

Sous la seconde race, la royauté fut, conformément à la loi des Ripuaires, un pouvoir électif dans
une même famille ; assimilée d'abord à l'autorité
absolue des empereurs d'Occident, elle eut, comme
eux, la mission de repousser les Barbares, et, dans
ce but, elle fixa son siége sur les bords du Rhin.
Aix-la-Chapelle était alors sa capitale. Détrônée peu
à peu par la féodalité, sa métropole fut frappée de
la même déchéance, et les Gaules eurent encore
autant de capitales que de provinces et de souverains.

Sous la troisième race, la royauté dériva de la féodalité et devint comme elle un pouvoir personnel. Alors, il fallut une capitale au royaume, et cette capitale fut Paris.

LES BOURGUIGNONS ET LES CABOCHIENS

SOUS CHARLES VI.

LES BOURGUIGNONS ET LES CABOCHIENS

SOUS CHARLES VI.

Épisode de l'histoire de Paris.

———

Le roi Charles VI était fou. Prisonnier dans son
hôtel Saint-Paul, passant des mois entiers sans chan-
ger de vêtement, couvert de vermine et d'ulcères,
tourmenté d'une faim canine, sa misérable existence
se traînait entre les accès d'une démence furieuse et
les lueurs d'une raison importune. La reine Isabeau
de Bavière, qu'il avait choisie, pour sa beauté,
parmi toutes les princesses de l'Europe, oubliait ses
devoirs de régente, d'épouse et de mère, dans tous
les désordres d'une cour dissolue. Paris avait sans
cesse à supporter de nouvelles maltôtes. Les ducs

prenaient tout, et partageaient avec leurs serviteurs,
tandis que le roi et ses enfants manquaient du nécessaire. Au funeste exemple de ses dettes et de ses
rapines, le duc d'Orléans, lieutenant général du
royaume, joignait le scandale de ses relations avec
cette reine méprisée, pour laquelle il délaissait sa
noble femme, Valentine de Milan. Le duc de Bourbon, vieux chevalier nourri de loyauté et d'honneur, s'indignait de toutes ces turpitudes, sans pouvoir les réprimer. Un seul prince était assez puissant
pour tenir tête à tous les autres, mais son opposition, qui, désintéressée, aurait pu faire le salut du
royaume, en augmentait, au contraire, les malheurs
et les dangers. C'était un neveu du roi, le fils aîné
de Philippe le Hardi, le duc Jean, surnommé sans
Peur, sur le champ de bataille de Nicopolis.

Il tenait, de son père, mort en 1404, le duché de
Bourgogne, d'où relevaient la Champagne et la
Picardie. Sa mère, Marguerite de Flandre, morte la
même année, lui avait laissé les comtés de Flandre
et d'Artois. Il avait marié son fils à *Madame* Michelle,
fille du roi, et sa fille aînée au jeune dauphin de
Vienne, Louis, duc d'Aquitaine, héritier présomp-

tif de la couronne de France. Ses deux frères étaient :
l'un, comte de Nevers ; l'autre, duc de Brabant et de
Limbourg ; sa sœur avait épousé le comte de Savoie ;
il était, par sa femme, beau-frère du comte de Hainaut, de Hollande et de Zélande. A la puissance que
lui donnaient ses propres fiefs et ses alliances de
famille, l'austérité de ses mœurs et l'habileté de sa
politique avaient ajouté le dévouement de la population de Paris. Les projets de tailles rencontraient
toujours, dans le Conseil, une résistance opiniâtre,
de la part du duc de Bourgogne ; il empêchait la
levée de ces impôts dans ses États. Son influence à
Paris croissait tous les jours. Ne pouvant lui dispu-
ter Paris, la reine et le duc d'Orléans voulurent lui
enlever le Dauphin, qui était âgé de neuf ans, ainsi
que sa femme âgée de dix ans. Ils emmenèrent ces
deux enfants, pour établir à Melun le siége du gouvernement. Informé de leur départ, le duc Jean se
mit à leur poursuite et ramena son gendre aux cris
de joie du peuple. Puis, dans une assemblée des seigneurs, des prélats et des barons, en présence du
Dauphin, du roi de Navarre et du duc de Berry, il
fit donner lecture d'un manifeste, par lequel il décla-

7

rait que sa présence à Paris avait pour but de seconder le roi dans son gouvernement et de veiller à
sa sûreté ; de rétablir la justice dans le royaume, en
proie à tant de maux ; de sauver le Domaine, dont
les produits se perdaient par négligence ; enfin, d'assembler les États, pour pourvoir aux affaires du
royaume et aviser au gouvernement, car ceux qui
prétendaient l'avoir gâtaient tout. Les princes allèrent ensuite à l'hôtel Saint-Paul, et le duc de Berry
prit sous sa garde les enfants du roi. Le lendemain,
le duc de Limbourg entra dans la ville avec huit
cents hommes d'armes, et vint au Louvre offrir ses
services au Dauphin. On fit armer les communes et
les milices, et le duc de Berry fut nommé capitaine
de Paris. Une guerre civile allait éclater.

Le roi, qui jouissait pour lors d'un moment de
raison, défendit toute voie de fait, de part et d'autre,
et envoya une ambassade à la reine ainsi qu'au duc
d'Orléans, pour les engager à la paix, en leur représentant les maux qui pouvaient résulter de l'attitude
des deux partis ; car tout le plat pays était déjà couvert de gens d'armes qui pillaient et ravageaient tout ;
et l'on savait que le duc de Bourgogne était prêt à se

conformer en toutes choses au bon plaisir du roi.

Le duc d'Orléans et la reine dirent qu'ils avise-
raient, mais qu'ils n'avaient, quant à présent, rien
à répondre, après l'injure qu'on leur avait faite en
les séparant du Dauphin.

Cependant le duc d'Orléans mandait, de toutes
parts, des gens d'armes, dont plusieurs milliers
étaient déjà cantonnés en Brie, en Gâtinais, en So-
logne et en Beauce, sous les ordres du duc de Lorraine, du comte-marquis de Pont, du comte
d'Armagnac, du comte d'Alençon, du sire de Beau-
manoir, du comte du Perche, du seigneur de Chas-
tellux, etc. Cinq ou six mille chevaliers et archers
furent bientôt rassemblés entre Melun et le pont de
Charenton.

Le roi de Sicile, fils du duc d'Anjou, adopté par
Jeanne de Naples, se rendit aussi à Paris, accompagné de gens d'armes, et n'y entra qu'après avoir
juré la paix, à laquelle la reine ne voulait pas s'engager. L'évêque de Liége, frère du comte de Hainaut,
amena au duc Jean huit cents lances, douze cents
coustilliers et cinq cents archers. On comptait dans
la ville vingt mille chevaux d'étrangers. Deux mille

combattants du duché de Bourgogne s'arrêtèrent à
Lagny. Six mille chevaux du duc d'Autriche, du
comte de Wirtemberg, du duc de Savoie et du
prince d'Orange, campèrent autour de Provins.
Vers le pont Sainte-Maixence étaient ceux de Hollande, Zélande, Hainaut, Brabant et Flandres. Le
duc de Bourgogne disposait, en outre, du peuple de
Paris qui l'aimait, pensant qu'il le garderait des
impôts et des exactions.

Le duc de Berry fit tendre les chaînes de la rivière, aux deux extrémités de l'île Notre-Dame, et
réparer les portes de la ville qu'on n'avait pas fer-
mées depuis plus de vingt-quatre ans. Enfin, on
rendit au peuple les masses d'armes ou *maillots*
pris à l'Hôtel-de-Ville, d'où venait, aux révoltés de
1383, le nom de Maillotins.

Pour éviter la guerre civile, le duc de Bourbon
avait déterminé, par ses instances, la reine et le duc
d'Orléans à se rapprocher de Paris. Ils s'étaient enfermés dans le château de Vincennes. Le peuple
voulait les y assiéger; mais les princes furent par-
lementer avec eux. On reconnut que la paix n'était
possible que par l'acquiescement aux requêtes du

duc de Bourgogne. Tous les seigneurs présents la
jurèrent, à l'exception du duc d'Orléans, indigné,
disait-il, des mesures prises contre son autorité,
par un prince tenant de moins près que lui à la
Couronne. Le duc Jean parlait déjà d'un siége de
la place. Enfin, après bien des difficultés, le duc
d'Orléans jura la paix comme les autres. Les troupes
quittèrent alors Paris et les environs, qu'elles avaient
eu le temps de ruiner. La reine, accompagnée des
rois, des ducs, des seigneurs, des comtes, des
barons, montés sur des chevaux ferrés d'argent, fit
une entrée pompeuse, avec un cortége de litières, de
haquenées et de chariots couverts de drap d'or. On
tint conseil : on résolut la réforme de l'hôtel du roi
et de ceux de la reine et de ses enfants ; on fit mainte
ordonnance qu'on ne devait point observer.

A peine le duc de Bourgogne se fut-il éloigné pour
aller prendre possession de ses États, que les maltôtes
recommencèrent pour les folles dépenses de la reine
et de son duc. Un prédicateur, un jour, leur dit leur
fait ; après l'avoir entendu, le roi rappela le duc de
Bourgogne, qui, pour se rendre à Paris, laissa
toutes ses affaires de partage et de succession.

7.

Son retour effraya la reine et le duc d'Orléans.
Ils ne voulurent pas l'attendre et sortirent de Paris
par une porte, au moment où il entrait par une
autre.

Ils cherchèrent ensuite à faire enlever le roi, de
l'hôtel Saint-Paul, par des bateaux armés. Mais la
rivière fut barrée de chaînes de fer.

Le duc de Bourgogne fit assembler le peuple de
Paris, pour lui exposer le mauvais état du royaume
et lui promettre d'y porter remède, si les Parisiens
consentaient à marcher sous ses ordres contre les
troupes du duc d'Orléans. Ils répondirent qu'ils gar-
deraient bien leur ville, mais qu'ils n'en sortiraient
pas. On chargea le Dauphin du gouvernement;
c'était en charger le duc de Bourgogne lui-même.

S'il eût été sincèrement préoccupé de l'intérêt
public, il lui était dès lors facile de faire convoquer
les États généraux, qui se seraient chargés du gouvernement, comme ils l'avaient fait en 1357, après
la bataille de Poitiers. En manquant à cette promesse, si souvent renouvelée, il prouvait assez qu'il
avait plus à cœur les intérêts de sa grandeur personnelle que ceux du peuple. Un savant et saint

docteur en théologie, l'auteur supposé du plus beau
livre écrit de la main des hommes, maître Jean Gerson, chancelier de l'église de Notre-Dame et curé de
Saint-Jean en Grève, exposa les maux de la patrie et
la nécessité d'une réconciliation entre les princes.
Le duc d'Orléans consentit enfin à se rapprocher du
duc de Bourgogne, et à partager avec lui la lieutenance générale du royaume. Pour cimenter cette
nouvelle paix, on maria Jean, quatrième fils du roi,
à une fille du comte de Hainaut, et la jeune Isabeau
de France, veuve du roi Richard II, à Charles, fils
du duc d'Orléans. On leva ensuite une taille arbitraire par tout le royaume, et les deux princes rivaux
partirent, chacun de son côté, pour mettre le siége
devant Blaye et devant Calais. Mais ces deux places
furent ravitaillées; les assiégeants ne reçurent ni
vivres ni renforts, et·le mauvais temps les força de
revenir à Paris, sans avoir obtenu aucun succès.
Leurs dispositions réciproques n'en furent que plus
malveillantes. Le duc de Bourgogne accusait à tort
son cousin d'avoir partagé, avec le roi de Sicile, le
produit des tailles du Maine et de l'Anjou, destiné
à son expédition, et le frère du roi, quoiqu'il vînt

d'être nommé duc d'Aquitaine, ne pardonnait pas au duc Jean le partage d'autorité, qu'il avait exigé et obtenu. Son dépit se trahissait en mainte circonstance : il avait poussé la calomnie jusqu'à placer, dans la galerie de ses maîtresses, le portrait de la belle duchesse de Bourgogne, dont la ville et la cour respectaient la vertu. Cependant on ne négligeait rien pour empêcher une rupture, et les deux princes échangeaient des démonstrations d'amitié, d'autant plus fréquentes que leur haine était réellement plus envenimée.

Le 23 novembre 1407, vers neuf heures du soir, dans la vieille rue du Temple, le frère du roi cheminait, en chantant, sur sa mule, suivi de deux écuyers et précédé de quatre valets qui portaient des flambeaux.

Arrivé devant l'hôtel du maréchal de Rieux, il est assailli par des gens, embusqués dans un hôtel contigu à la porte Barbette. Il s'écrie : « Je suis le duc d'Orléans. — Tant mieux ! » répondent-ils, en le frappant à coups de haches et de massues. Il tombe. Un de ses serviteurs est tué, en voulant le couvrir de son corps. Alors un homme, enveloppé d'un

manteau, s'approche du prince, lui donne un dernier coup et dit : « Éteignez les flambeaux, éloi-
gnons-nous! Il est mort... » Les assassins prennent
la fuite et jettent des chausse-trapes derrière eux,
afin qu'on ne puisse les poursuivre.

Accourus au bruit, les gens des habitations voisines relevèrent le prince et le portèrent dans une
maison, où se rendirent bientôt le roi de Sicile, le
duc de Berry et le duc de Bourgogne. Le lendemain matin, le corps fut transporté aux Blancs-
Manteaux et enfermé dans un cercueil. Les deux
oncles du prince, ses cousins germains, le roi de
Sicile et le duc de Bourgogne, tous les seigneurs
de la cour, une foule nombreuse de chevaliers et
d'écuyers vinrent lui rendre les derniers devoirs. Il
fut enterré, avec toute la pompe due à son rang,
dans l'église des Célestins de Paris, dont il était
bienfaiteur.

Après la cérémonie, les quatre princes, qui avaient
tenu les cordons du poêle, décidèrent qu'une commission serait formée et une enquête dirigée par le
sire de Tignonville, prévôt de Paris, à l'effet de découvrir les auteurs de ce crime.

On soupçonna d'abord le sire de Canni. Les recherches des commissaires furent bientôt dirigées sur un porteur d'eau, vivant à l'hôtel d'Artois, qui était la demeure du duc de Bourgogne. Comme on ne pouvait faire aucune arrestation chez un seigneur de la maison de France, sans son consentement, les commissaires vinrent à l'hôtel de Nesle, où les princes tenaient conseil, demander au duc l'autorisation de prendre un homme qui était chez lui. Le prince, à ces mots, changea de couleur. Le roi de Sicile s'aperçut de son trouble, et le tirant à part, lui dit : « Beau cousin, savez-vous rien de ce fait? Dites-le-moi, car, aussi bien, l'homme de votre maison sera pris. — Eh bien ! répondit le duc de Bourgogne, c'est moi qui l'ai fait tuer; le diable m'a tenté. » Puis, il se retira, sans ajouter une parole. En descendant les degrés de l'hôtel, il rencontra le duc de Bourbon et lui dit qu'il ne sortait que pour un instant. Celui-ci, étant entré dans la salle, apprit, des princes qui pleuraient, l'aveu du meurtrier. Le duc de Bourbon leur dit qu'ils auraient dû le retenir et il les emmena chez le roi, pour provoquer les mesures que les circonstances exigeaient.

Pendant que les princes se rendaient à l'hôtel Saint-Paul, le duc Jean se hâtait de quitter Paris avec une nombreuse escorte. Les serviteurs du duc d'Orléans s'élancèrent à sa poursuite; mais ils furent arrêtés au pont Sainte-Maixence, que le fugitif avait eu soin de faire couper derrière lui. Le même jour, il arrivait à Arras. On décida que, puisqu'il s'était échappé, le duc de Berry, son parrain, irait le trouver, pour l'empêcher de « se faire Anglais. »

La vengeance avait sans doute dirigé les coups du meurtrier; mais l'ambition n'avait pas eu moins de part à sa résolution criminelle. L'Angleterre lui fournissait l'exemple d'une branche cadette, substituée, par le meurtre, à celle qui était en possession du trône; une imitation trop exacte du drame qui avait terminé la carrière de Richard II pouvait avoir en France de graves dangers pour l'usurpateur; mais, dans l'état de santé où se trouvait Charles VI, un régicide n'était pas nécessaire; ses enfants étaient en bas âge et d'une complexion frêle; le Dauphin, âgé de douze ans, était d'ailleurs gendre du duc de Bourgogne. Entre Jean sans Peur et le trône, il n'y avait réellement que le frère du roi, le duc d'Orléans. Quand le diable le tentait, c'était évidemment la couronne de France qu'il faisait briller à ses yeux. La tentation durait depuis longtemps; c'était elle qui lui inspirait cette politique de popularité, dont Paris avait été dupe. Charles VI pouvait dire du duc Jean, comme Richard de Bolingbroke : « Il « est notre cousin..... Nous avons observé la poli- « tesse dont il fait parade envers le menu peuple, « l'art avec lequel il s'insinue dans leur affection « par l'humilité et la persévérance de ses manières ; « quels respects il prostitue à des manants, cher- « chant à se concilier les plus pauvres artisans par « l'astuce de ses sourires et son apparente soumis- « sion aux rigueurs de la fortune, comme s'il vou- « lait emporter leur affection dans son exil. Il fal- « lait le voir ôter son bonnet à une marchande « d'huîtres ! Deux charretiers lui ayant crié : Dieu « vous conduise ! ont obtenu le tribut de son genou « flexible, accompagné d'un : Merci, mes compa- « triotes, mes bons amis !... comme s'il avait sur « notre Angleterre un droit de réversibilité, et « qu'il fût le successeur promis à nos sujets. » (*Richard II,* acte Ier, scène ive.)

Du reste, à cette époque, en Europe, il y avait
alliance entre toutes les branches cadettes des familles royales, contre les branches aînées.

Le crime n'avait pas été commis dans un accès
de colère. Le duc le préméditait depuis longtemps,
et il avait consulté, sur les moyens de l'exécuter,
les membres de son Conseil. Après s'être récusés,
ceux-ci finirent par lui dire de prendre, au moins,
le prétexte de l'intérêt public, et de s'assurer le dévouement des Parisiens. Il avait acheté l'hôtel Barbette, afin de pouvoir embusquer ses gens dans la rue,
où le duc d'Orléans passait en allant voir la reine.
Pour que son cousin fût sans défiance, il couchait
souvent avec lui, et, deux jours avant l'assassinat, ils
avaient entendu la messe et communié ensemble.

Tant de dissimulation et de scélératesse ne détacha point Paris de la cause du meurtrier. La population, au contraire, sembla vouloir donner son
approbation au crime, en remplissant les rues du cri
de : Vive Bourgogne !...

Indépendamment de la défiance que devait inspirer aux Parisiens un homme capable d'une vengeance si atroce, la politique leur aurait au moins ins-

piré la réserve et le silence, s'ils avaient suivi d'autres impulsions que celles d'une passion aveugle.

La royauté, en France, étant la représentation la plus puissante de la nationalité, le parti national était celui de la branche aînée. Tous les barons, tous les chevaliers, qui avaient fait le plus activement la guerre aux Anglais, Tanneguy-Duchatel, Boucicaut, etc., étaient de ce parti, auquel se rattachaient la plupart des provinces, dépendances directes de la Couronne ou apanages des princes du sang, la Normandie, la Bretagne, l'Orléanais, l'Angoumois, le Bourbonnais, le Berry.

Le duc de Bourgogne, au contraire, était depuis longtemps l'allié de l'Anglais; il avait souvent renouvelé, avec les rois de la Grande-Bretagne, des trêves commerciales pour les Frandres. En lui prêtant appui, Paris servait les intérêts de l'Angleterre.

Quant aux provinces méridionales, elles étaient à peine françaises, et la moindre circonstance pouvait les rendre à leur indépendance ou à la suzeraineté de l'Angleterre.

En admettant même que ces provinces restassent

toujours fidèles à la France, malgré l'avantage qu'elles pouvaient avoir à abandonner sa cause, Paris n'avait rien à gagner, s'il embrassait le parti du duc de Bourgogne ; car il se faisait la place d'armes de ce prince, et, devenant ainsi le but de la guerre, il allait attirer, d'un côté, ces bandes de Gascons et de Provençaux, qui détestaient si cordialement le nord de la France, et, de l'autre, ces Flamands, impatients de se dédommager de tout ce qu'ils avaient perdu dans la campagne de Rosebecq.

Sous ce règne de la démence et du crime, les Parisiens furent donc plus coupables que le duc et plus fous que le roi.

En prenant parti pour une des deux puissantes familles du sang royal de France, Paris assurait l'avantage à celle qu'il soutiendrait, mais il risquait de pousser l'autre dans les bras de l'Angleterre déjà maîtresse de la Guienne et de plusieurs places du nord. Cette défection était d'autant plus à craindre que les provinces méridionales de la Gaule, dont les forces militaires tenaient pour la maison d'Orléans, regrettaient encore le temps où elles ne dépendaient point du « royaume des lys. » Plus libres alors, plus civilisées, plus heureuses que les provinces septentrionales, elles n'avaient rien gagné en échange de leur nationalité : elles enviaient le sort de la Guienne, affranchie de l'autorité du roi de Paris, et soumise à un pouvoir qui s'exerçait de loin. Les barons d'Aquitaine recevaient des messages et des offres continuels, de la part des rois d'Angleterre et de France, qui se disputaient et obtenaient alternativement leur vasselage. Le comte d'Armagnac, chef de leur ligue, étant devenu le gendre du duc de Berry, les avait attachés à la cour de France, dans des vues plutôt personnelles que politiques; mais rien ne lui était plus facile que de rejeter tous ces petits seigneurs gascons, dans les rangs anglais, où combattaient déjà un si grand nombre de leurs parents et de leurs compatriotes.

D'un autre côté, en prenant parti pour la maison d'Orléans, Paris pouvait réduire le duc de Bourgogne à la dernière extrémité et ne lui laisser d'autre ressource que l'alliance anglaise pour sauver ses États et sa liberté.

La neutralité était donc la seule attitude qui convînt à la capitale. Elle aurait, d'ailleurs, profité du

besoin que les deux familles avaient de son appui,
pour exiger la convocation des États généraux, et le
rétablissement de l'ordonnance de 1355. Les États
généraux, gouvernant au nom du roi, comme ils
l'avaient fait en 1357, auraient vu les populations
empressées de reconnaître un pouvoir légal et pro-
tecteur. Ils auraient rallié toutes les forces vives du
pays, dont le rapprochement devenait d'autant plus
nécessaire, que la trêve avec les Anglais était déjà
rompue, et qu'une nouvelle invasion pouvait, d'un
moment à l'autre, aggraver les malheurs de la
guerre civile.

Sans parler du sens moral qui ne se révélait
alors que chez un petit nombre d'hommes d'élite, le
peuple de Paris, en épousant la cause de l'assassin
du duc d'Orléans, manquait absolument d'instinct
politique. Il préparait à la France vingt années
d'affreux malheurs, dont il devait être la première
victime.

Tacite parle de ce Lépidus, qui resta l'ami du
farouche Tibère, sans cesser de s'opposer à ses
cruautés. L'amitié de Paris pour le duc de Bourgogne ne fut point si courageuse. Le peuple ap-

8.

plaudit et s'associa aux cruautés de ce prince.

La duchesse Valentine était à Château-Thierry. Son désespoir fut déchirant. Elle vint à Paris avec ses enfants, dans tout l'appareil d'un deuil royal, et se jeta, en sanglotant, aux pieds de Charles VI. Sa douleur put raviver le cœur et la raison du roi, mais non rappeler le peuple au bon sens et à l'équité.

Le roi pleura, promit prompte et bonne justice. Le peuple cria : «Vive Bourgogne, à bas les Aides !..»

A son arrivée en Flandres, le duc Jean avait informé ses États des motifs de son action, en réclamant d'eux assistance et conseil. Conformément aux lois de la féodalité, ceux-ci lui avaient promis de le défendre contre tous, hormis le roi et ses enfants. Après avoir fait répandre un manifeste, à l'effet de se justifier et de noircir la mémoire du duc d'Orléans, le duc Jean réunit des troupes et se disposa à rentrer à Paris, où son parti grossissait de jour en jour. On n'avait nul moyen de lui en fermer les portes. Le Conseil du roi lui fit promettre l'impunité, s'il consentait à livrer les assassins qui s'étaient réfugiés dans ses États. Il fut intraitable et ne voulut rien

accorder, excepté une conférence avec les princes
dans les murs d'Amiens. Il se rendit dans cette
ville ; il y donna des fêtes, comme à l'occasion d'une
victoire, et soutint hautement que le roi et son
Conseil lui avaient de grandes obligations, à cause
de ce qu'il avait fait.

Étant retourné à Arras pour achever ses préparatifs, il ne tarda pas à se diriger vers Paris ; et, le 20
février 1408, malgré les ordres de Charles VI, il y
entra avec trois mille hommes d'armes, au milieu
des acclamations du peuple, qui criait *noël,* comme
à l'entrée d'un roi.

Personne n'osant résister à ses volontés, il obtint
une audience solennelle, dans laquelle, en présence
de tous les princes du sang, de la noblesse et d'une
multitude de bourgeois et de peuple, il fit proposer,
par maître Jean Petit, cordelier de Normandie, la
justification du meurtre du duc d'Orléans.

C'était un long factum, procédant par majeures et
mineures, hérissé de sophismes déduits des plus
doctes sottises de la scolastique et de la cabale,
exposant la théorie de l'assassinat dans un abomi-
nable grimoire. Entre autres griefs, l'auteur impu-

tait au duc d'Ordéans une conjuration avec deux
diables d'enfer, dans le but d'ensorceler et de faire
mourir de langueur le roi et ses enfants. Leurs ma-
léfices n'avaient rien de très-nouveau. On y retrouvait le cercle ordinaire de la magie, une dague et
une épée plantées en terre, un os de pendu porté
dans un sac cousu du poil dudit pendu, un anneau
déposé dans la bouche d'un mort... Maître Jean
Petit entrait, du reste, minutieusement dans le
détail des charmes et invocations, et, pour plus de
certitude, il donnait les noms et les signalements
des deux diables impliqués dans l'affaire. Il con-
cluait, par la reconnaissance, les honneurs et les
richesses, que le roi devait au meurtrier de son
frère.

Les contes du cordelier étaient d'une impudence
inouïe, même pour le temps. Ils trouvèrent peu de
créance. Mais le peuple de Paris n'en resta pas
moins dévoué au prince, dont il attendait l'abolition
des tailles.

Le roi même, retombé dans son désordre d'esprit, lui accorda des lettres d'amnistie et de réconciliation.

Quand la reine et les princes le virent disposer également de la faveur du roi et de celle du peuple, ils ne se crurent pas en sûreté à Paris, et ils allèrent s'enfermer dans Melun, avec une garnison levée à la hâte. Mais le duc obtint du roi des lettres qui rappelaient les princes auprès de lui : leurs armements n'étaient pas achevés ; force leur fut de les cesser et de revenir à Paris, laissant la reine à peu près sans défense et sans autorité.

Le duc de Bourgogne eut dès lors un pouvoir absolu. Il en profita, pour se faire payer, malgré la détresse des temps, la dot de Madame Michelle, femme du comte de Charolais son fils. Il destitua de sa charge le sire de Clignet de Brabant, amiral de France, créature du duc d'Orléans. Il donna à son ancien maître d'hôtel, Pierre des Essarts, le poste de prévôté de Paris, occupé pour lors par le sire de Tignonville. Ce digne chevalier, qui avait dirigé, comme on l'avait vu, l'instruction relative à l'assassinat du frère du roi, fut à la fois, dans cette circonstance, la victime de la vengeance du duc Jean et l'instrument de sa politique.

Le prévôt avait fait pendre deux écoliers. L'Uni-

versité protesta, non par pitié, car, au quinzième siècle, elle n'en avait pas toujours pour les innocents
eux-mêmes , et les deux suppliciés dont il s'agissait
avaient commis vol et meurtre sur le grand chemin;
mais ils étaient clercs, et, à ce titre, justiciables uni-
quement de la docte fille des rois. Aussi , le prévôt
l'avait-il, d'abord, dûment saisie de l'affaire, et ne
s'en était-il chargé que sur le refus de l'Université,
et parce que, disait-elle, elle ne reconnaissait pas
pour clercs de pareilles gens. L'évêque de Paris ex-
communie le prévôt, qui avait fait son devoir et qui
tint ferme. L'enseignement cessa. Voyant qu'on ne
cédait point, l'Université, au bout de six mois, vint
en corps déclarer au roi, que, puisqu'on ne tenait
aucun compte de ses droits ni de ses plaintes, elle
s'exilerait et qu'elle irait, brebis errante, chercher
un asile ailleurs. Le roi la rassura, lui promit bonne
justice, et de nouveaux priviléges. Alors il fut décidé, au Conseil, que le prévôt avait agi avec une im-
prudente précipitation, et qu'il irait de sa personne,
avec le bourreau, dépendre les deux étudiants, les
baiser à la bouche, et les conduire au parvis Notre-
Dame pour les rendre au recteur et à l'évêque. Tout

le clergé et tout le peuple de Paris contribuèrent,
par leur présence, à la solennité de cette réhabilita-
tion de deux scélérats et à l'humiliation d'un magistrat qui avait rempli son devoir.

C'était par de tels moyens que le duc de Bourgogne se faisait tous les jours de nouveaux partisans. Mais le peuple n'en était pas plus heureux ; on
n'en continuait pas moins à piller les marchands et
à faire main-basse sur les bateaux chargés de denrées pour l'entretien et l'usage de l'hôtel du roi et
des princes. D'États généraux, il n'en était plus
question, et le peuple ne songeait même pas à demander leur convocation, pour prix de l'appui qu'il
prêtait à son prince favori.

Au lieu d'affranchir les Parisiens, le duc Jean
s'occupa de faire rentrer sous le joug les Liégeois,
qui venaient de se révolter. Ils voulaient que leur
évêque, qui était Jean de Bavière, frère du comte
de Hainaut, fût prêtre et non laïque. Ils gagnaient
tous les jours du terrain et tenaient leur évêque as-
siégé dans Maestricht. Ce prince de l'Église, qui
voulait en conserver les honneurs, sans en remplir
les obligations, appela à son secours son beau-frère

le duc Jean, qui, dans l'intérêt de ses droits héréditaires, dut encore quitter Paris, après avoir pris
congé des bourgeois et des chefs de son parti.

L'entreprise dans laquelle il s'engageait l'expo-
sait à mille dangers; il n'avait pris aucune mesure,
pour garantir son pouvoir contre les éventualités
de son absence. La reine, d'accord avec les princes,
en profita pour rentrer à Paris, accompagnée de
trois mille hommes d'armes bretons.

Il fut décidé que la reine partagerait, avec le
Dauphin, la présidence du Conseil et le gouvernement de l'État. Après avoir ressaisi l'autorité, en
reprenant possession de la ville qui en était le siége,
elle voulut ruiner, par une condamnation formelle,
le crédit toujours puissant du duc de Bourgogne.
Elle invita donc la duchesse d'Orléans à demander
une seconde fois justice de la mort de son mari.

La duchesse, qui était à Blois, revint à Paris, avec
sa belle-fille, et le prince Charles, son fils, ne tarda
pas à les rejoindre, à la tête de trois cents hommes
d'armes. Une audience solennelle de « ceux des fleurs
de lys », du Parlement, de l'Université, et des bourgeois, leur fut donnée dans une salle du Louvre, pour

présenter leur réponse aux accusations portées par le duc de Bourgogne contre le duc d'Orléans. Maître de Serisy, religieux bénédictin, s'acquitta de cette tâche, en homme de savoir et de talent. Il démontra l'énormité du crime, la qualité de la victime; la scélératesse du meurtrier, ses promesses fallacieuses au peuple de Paris et ses projets d'usurpation; les dangers de la doctrine de maître Jean Petit, touchant le droit de tuer les tyrans; l'absurdité de la croyance à la nécromancie; enfin, la possibilité et la nécessité d'un châtiment exemplaire.

Son discours obtint l'approbation unanime de l'assemblée. Le chancelier invita Mᵉ Cousinot, l'avocat de Madame d'Orléans, à présenter ses conclusions.

Maître Cousinot demanda :

1º Qu'en présence du roi, des princes du sang royal, devant le peuple, le duc de Bourgogne, à genoux, sans chaperon ni ceinture, suppliât humblement Madame d'Orléans et ses enfants de vouloir bien lui pardonner son crime;

2º Qu'il fût ensuite conduit dans la cour du Palais et à l'hôtel Saint-Paul, pour demander pardon, sur des échafauds élevés à cet effet, y restant à genoux pendant la récitation des sept psaumes de la pénitence, des litanies et des prières pour le repos de l'âme de Monseigneur d'Orléans ;

3° Que le récit de cette amende honorable fût adressé à toutes les bonnes villes, par des lettres royales criées et publiées à son de trompe ;

4° Que ses maisons à Paris fussent rasées ;

5° Que tous ses titres et seigneuries fussent vendus pour fonder des colléges de chanoines et de religieux à Paris, à Orléans, à Rome et à Jérusalem, ainsi que des hôpitaux, des chapelles, des aumônes et autres œuvres de piété pour le salut de l'âme du défunt ;

6° Qu'il fût tenu en prison jusqu'à l'accomplissement de ces diverses expiations, et, ensuite, envoyé en exil outre-mer pendant vingt ans, sans pouvoir, à son retour, approcher de cent lieues de l'endroit où seraient la reine et les fils de Monseigneur d'Orléans.

Quand le Conseil en eut délibéré, le Dauphin répondit que la mort du duc d'Orléans, son oncle, lui déplaisait ainsi qu'à toutes personnes présentes, tant de sang que autres, et que les plaignants auraient justice. Tous « ceux des fleurs de lys » promirent leur aide à la duchesse et se déclarèrent parties formelles contre le duc de Bourgogne. Mais toutes ces démarches ne devaient aboutir qu'à de nouveaux malheurs pour la ville de Paris.

On n'obtenait rien, en effet, tant qu'on ne procédait pas à l'action criminelle par-devant la cour des Pairs. Le procureur du roi s'y refusa obstinément, à raison de son incompétence et des lettres de grâce accordées récemment au duc. Paris se déclarait ouvertement en sa faveur, et son gendre hésitait à se prononcer contre lui. Les princes mandèrent des gens d'armes de toutes parts et envoyèrent en même temps un message au duc Jean, pour le sommer, au nom du roi, de se désister de son entreprise et de venir répondre à l'accusation portée contre lui par la duchesse d'Orléans. Le duc n'en continua pas moins son expédition contre les Liégeois. Les Parisiens n'en furent que plus hostiles à la reine, et refusèrent de lui prêter de l'argent pour payer ses troupes. Les environs de Paris étaient ravagés; la ville prenait déjà une attitude menaçante, quand on ap-

prit que Jean Sans Peur, par une victoire éclatante,
venait de réduire à merci les communes du pays de
Liége.

Cette victoire, remportée à Hesbaie, plaçait la
Cour, dans la position où s'était trouvée la ville,
après la bataille de Rosebec. La reine et les princes
ne voulurent pas rester exposés à la haine du peuple
et à la vengeance du duc Jean, qui revenait, avec le
comte de Hainaut, à la tête d'une armée de douze
mille hommes. Ils se hâtèrent de quitter Paris et
de se rendre à Tours, avec le roi et le Dauphin.

Le duc Jean fit à Paris une entrée triomphale.
Toutefois, n'ayant pas la personne du roi en son
pouvoir, il crut prudent de négocier, et, à cet effet,
il envoya le comte de Hainaut à Tours. Ce seigneur
revint accompagné du sire de Montagu, grand-maître de l'hôtel du roi, qui était chargé de faire connaître au duc les conditions de la paix. Elles n'avaient
rien de rigoureux, puisqu'on exigeait seulement
qu'il fît amende honorable, qu'il demandât pardon
au roi, et qu'il s'abstînt, durant plusieurs années,
de paraître en sa présence.

Le duc s'emporta d'abord, jusqu'à menacer de

mort le grand-maître, auquel il reprochait le départ du roi et la dilapidation des finances. Puis, après lui avoir fait sentir le danger de son inimitié et les avantages de sa protection, il lui confia la négociation d'un traité, qu'il remit entre ses mains. Le grand-maître consentit à se charger de cette affaire et y réussit d'autant plus facilement, que la malheureuse duchesse d'Orléans venait de mourir de chagrin, laissant les intérêts de sa maison à la direction d'un jeune prince de seize ans.

Dès que le sire de Montagu eut rapporté à Paris le traité revêtu du sceau royal, le duc Jean quitta la capitale, en signe de soumission, et fut attendre à Lille le jour fixé pour une réconciliation solennelle. Mais les troupes qu'il avait laissées à Paris et aux environs recommencèrent leurs pillages ; et des députés de la bourgeoisie allèrent supplier le roi de revenir dans sa bonne ville. Il le leur promit, en leur faisant le plus gracieux accueil, tandis que le duc de Bourbon, ne connaissant pas les conventions négociées par Montagu, leur remettait un projet écrit, d'après lequel, en réparation de leur infidélité, les principaux bourgeois devaient se rendre au-devant du roi

9.

la corde au cou, criant merci, et se soumettant à toutes les réparations pécuniaires qu'on voudrait exiger. Mais d'autres châtiments étaient réservés aux Parisiens.

Le 9 février 1409, après s'être fait précéder du comte de Hollande et d'une troupe imposante, le duc de Bourgogne se rendit à Chartres et marcha droit à l'église, où l'attendaient le roi, les princes du sang, le Conseil de France, les plus grands seigneurs du royaume, une députation de tous les corps de l'État et des bourgeois de Paris. On avait dressé, pour la cérémonie, un échafaud près du maître-autel, afin que la foule ne pût approcher des princes, ni voir très-distinctement ce qui allait se passer. Le duc de Bourgogne et son avocat, s'approchant du roi, s'agenouillèrent, et ledit avocat, qui était le seigneur d'Ollehaing, prononça ces paroles : « Sire, voici Monseigneur le duc « de Bourgogne, votre serviteur et cousin, venu « par-devers vous, parce qu'on lui a dit que vous « étiez indigné contre lui, pour le fait qu'il a com- « mis et fait faire en la personne de Mgr d'Orléans, « votre frère, pour le bien de votre royaume et de

« votre personne, comme il est prêt à vous faire sa-
« voir quand il vous plaira; et pourtant, mondit
« seigneur vous prie, tant et si humblement comme
« il peut, qu'il vous plaise ôter votre ire et votre
« indignation de votre cœur, et le tenir en votre
« grâce. » Ensuite, le duc de Bourgogne dit au roi :
« Sire, de ce je vous prie. » Les princes suppliè-
rent alors le roi, en faveur du duc Jean. Le roi
dit : « Beau cousin, nous vous accordons votre re-
« quête et vous pardonnons tout. » Le duc pria
ensuite les fils du duc d'Orléans de lui pardonner.
Les pauvres enfants prononcèrent en pleurant les
paroles de réconciliation, qu'on leur avait pres-
crites.

Cette nouvelle réconciliation causa aux Parisiens une joie qui ne devait pas être de longue durée.

Le duc Jean précéda de quelques jours dans leur
ville le roi, la reine et les princes, excepté les fils de
la victime, qui remportèrent à Blois leur projet de
vengeance.

Plus de deux cent mille personnes vinrent au-
devant de Charles VI, en criant : Noël ! Son mal-

heur et sa bonté naturelle faisaient aimer ce pauvre roi, malgré les actes de rigueur et de cruauté,
que ses oncles lui avaient imposés dans le temps de
sa jeunesse.

Le duc Jean mit la paix à profit. Il maria son
frère, le comte de Nevers, avec une nièce du duc de
Lorraine, et son autre frère, le duc de Brabant, avec
la fille unique du marquis de Moravie, Mme Éli-
sabeth, nièce du roi des Romains, de Bohême et
de Hongrie. Il célébra ensuite l'anniversaire de sa
victoire de Hesbaie. C'étaient autant de fêtes magnifiques, par lesquelles, en amusant le peuple, qu'il
connaissait bien, il éludait les promesses qu'il lui
avait faites. Il procéda pourtant à la réforme du personnel et de l'administration des finances, parce que
les restitutions devaient enrichir le trésor dont il disposait. Encore, y apporta-t-il tant de violence et de
dureté de cœur, qu'il faillit se brouiller sérieusement
avec ses amis de Paris. Le surintendant des finances, l'heureux négociateur du traité de Chartres, ce
fils d'un clerc de la Chambre des comptes et de la
fille d'un avocat, qui avait l'hôtel le plus riche de
Paris et la plus riche vaisselle du royaume, laquelle

n'était autre que celle du roi ; le sire de Montagu,
le grand-maître de l'hôtel, était sans doute un grand
voleur, mais un voleur adroit. Tout en pressurant le
peuple, il avait su gagner sa capricieuse affection ;
et quand on apprit qu'il venait d'être arrêté, une
émeute terrible faillit éclater. Il fallut faire marcher
les hommes d'armes de Bourgogne. On avait besoin
de l'hôtel du sire de Montagu, de sa place surtout, de
son beau château de Marcoussis : on se dépêcha de
le juger par commission et de lui trancher la tête.
Pour apaiser les Parisiens, on leur rendit l'élection du prévôt des marchands, la milice bourgeoise,
la nomination des centeniers, des cinquanteniers et
des dizainiers. On restitua aussi aux bourgeois de
Paris le droit de posséder des fiefs en franchise, et
on donna aux plus riches d'entre eux les offices des
trésoriers destitués.

Le nouveau prévôt des marchands vint remercier
les princes, au nom de la ville. Toutefois, pour ce
qui était du réarmement des quartiers, il exprima,
de la part des bourgeois, le désir qu'il n'en fût plus
question. « L'autorité du roi, disait-il, suffit pour
nous maintenir en paix, et s'il survient quelque

guerre entre les princes, nous ne voulons pas nous
en mêler. » C'était malheureusement prendre trop
tard un parti sage.

Quand les gens de guerre de Bourgogne eurent
pris, à Paris et dans la banlieue, tout ce qu'ils pouvaient emporter, le duc les congédia. Il n'avait plus
besoin d'eux. En mariant la fille du roi de Navarre
à Louis de Bavière, frère de la reine, auquel il donnait le château de Marcoussis, il était parvenu à
conclure un traité d'alliance avec la reine elle-
même, le roi de Navarre, fils de Charles le Mauvais, le comte de Hainaut, le duc de Brabant, et l'é-
vêque de Liége. En assurant ensuite au vieux duc
de Berry la lieutenance et les revenus de la Guienne,
il se fit céder, par ce prince, et conférer, par Charles VI, la garde et le gouvernement du Dauphin.
Dès ce moment, il disposa du trésor, des troupes et
de l'autorité du roi.

Cependant, un autre mariage et d'autres alliances
politiques préparaient de terribles épreuves aux
Parisiens et aux princes dont ils avaient embrassé
la querelle.

Veuf depuis un an, le jeune duc Charles d'Orléans

épousa Bonne d'Armagnac, fille du comte Bernard et petite-fille du duc de Berry.

Bernard, comte d'Armagnac, de Fezensac et de Rhodez, n'était pas, par ses possessions héréditaires, l'un des seigneurs les plus puissants du midi de la France; mais son habileté à la guerre et dans les négociations, son activité, son énergie poussée souvent jusqu'à la cruauté, l'avaient placé à la tête de la confédération des barons de Gascogne. Le grand mariage qu'il avait fait, en épousant une cousine du roi, avait augmenté sa fortune et son crédit. Il devint l'âme et le chef du parti d'Orléans.

Un grand nombre de conseillers et d'officiers du roi vinrent se réfugier auprès du duc Charles. Ils avaient été obligés de fuir de Paris, pour éviter le sort du grand-maître, et le duc de Bourgogne, malgré les conventions du traité de Chartres, s'était emparé de leurs maisons et de leurs biens, parce qu'ils avaient été attachés à la maison d'Orléans. L'animosité du jeune prince n'avait pas besoin d'être excitée, mais il saisit avec empressement cette occasion de la satisfaire. Le duc de Berry,

mécontent de la tyrannie de son neveu de Bourgogne, et le comte de Clermont, fils du duc de
Bourbon, qui venait de mourir, mirent leurs forces
à sa disposition. Le connétable d'Albret, le duc de
Bretagne et le comte d'Alençon, signèrent à Gien,
conjointement avec ces seigneurs, un traité par lequel ils s'engageaient à prendre les armes, pour
marcher sur Paris, venger le meurtre du duc d'Orléans, et rendre au roi, qui devait être *empereur en
son royaume*, la franchise et pleine puissance de sa
justice et de sa seigneurie. Ils lui exposèrent et signi-
fièrent que leur résolution était prise dans l'intérêt
des droits de sa couronne et de sa majesté royale, et
ils adressèrent en communication, à toutes les bonnes villes et à tous les prélats de France, des lettres
par lesquelles ils protestaient de leur dévouement
et de leur respect pour leur souverain seigneur
le roi.

Le duc Jean n'était pas prêt à une si rude guerre. Il
manda des combattants dans les provinces qui n'é-
taient soumises ni aux princes ni à leurs adhérents.
Il envoya des ambassadeurs à tous ses alliés, et la duchesse en Bourgogne, pour demander aux États des

hommes d'armes et de l'argent. C'était l'argent,
surtout, qui lui manquait. Il voulut soumettre les
bourgeois de Paris à un emprunt forcé. Ils résistè-
rent. N'osant pas les irriter, dans un pareil moment,
il se contenta de spolier ceux qu'il désigna comme
attachés à la cause des princes.

En même temps, il négociait et tâchait de gagner
à prix d'or le duc de Bretagne et le connétable d'Albret; il envoyait au duc de Berry des députations
et des lettres suppliantes, signées du roi, du Dauphin et de lui-même. Le sire de Tignouville, notamment, vint représenter à ce prince, que le parti
vaincu ne manquerait pas d'appeler les Anglais, et
qu'il n'y aurait pas même de sécurité pour le vainqueur. Mais le vieux duc répondit qu'il ne poserait
les armes, que quand le duc de Bourgogne aurait
désarmé lui-même.

Pendant ce temps-là, les troupes des deux partis
s'emparaient de Paris et des environs qu'elles pillaient et ravageaient jusqu'à vingt lieues à la ronde.
La capitale était bloquée et affamée. Le séjour en
était devenu intolérable, et tous les habitants qui
avaient pu fuir s'étaient retirés à Meaux. Le prévôt

des marchands, Pierre des Essarts, y levait des taxes arbitraires, dont presque tout le produit restait entre ses mains. Les églises, les abbayes étaient dépouillées ; les campagnes étaient abandonnées par les paysans qui ne pouvaient faire ni vendanges ni semailles. Les Gascons du comte d'Armagnac se distinguaient surtout par leurs brigandages dans un pays qu'ils regardaient comme ennemi et d'où ils voulaient emporter de quoi passer dans l'aisance le reste de leurs jours.

Ces ravages durèrent depuis le mois d'août jusqu'au mois de novembre.

L'Université, qui, en soutenant le duc de Bourgogne, avait pour sa part contribué aux malheurs publics, s'efforça dès lors d'y mettre un terme : elle envoya au duc de Berry une députation qui n'en put rien obtenir. Elle s'adressa ensuite au roi, qui prononça la confiscation des biens des princes et de leurs adhérents. Cette mesure commença de les disposer à la paix. De son côté, le duc Jean, contre lequel un parti se formait dans Paris même et qui n'avait pas reçu de la province tous les secours qu'il attendait, sentit la nécessité d'éviter la guerre. On

signa enfin, le 2 novembre, à Bicêtre, dans le château
du duc de Berry, un traité par lequel on convint
que les princes se retireraient chacun chez soi ; qu'ils
ne pourraient rentrer à Paris l'un sans l'autre, ne
laissant auprès du roi que le comte de Mortagne,
frère du roi de Navarre ; que les villes et forteresses
seraient remises au gouverneur précédemment
nommé par le roi ; que messire Pierre des Essarts,
prévôt de Paris, serait désappointé et remplacé par
messire Bureau de Saint-Clerc. Le duc de Bourgogne fit également sa paix particulière avec le duc de
Berry, qui lui léguait en héritage ses terres d'Étampes, de Dourdan et de Gien.

Chacun donc retourna chez soi. Les bourgeois
arrêtèrent aux portes de Paris les chevaliers et gens
de guerre qui n'avaient point payé leurs dépenses,
et retinrent en gage les chevaux et les armures.
D'autres s'en allèrent chargés de butin. Toutefois,
Paris et l'Ile de France purent jouir de deux mois
de repos.

Ce premier échec du duc de Bourgogne fut, aux
yeux de ses ennemis, le commencement de sa punition et du déclin de sa fortune. Ils songèrent à pro-

fiter de leur avantage, pour reprendre dans Paris la
position qu'ils venaient de lui enlever ; car les traités, garantis par les engagements les plus sacrés,
n'étaient, de part et d'autre, que des concessions faites aux nécessités du moment et des moyens d'attendre l'occasion de recommencer les hostilités avec
succès. En vain le roi fit-il défense à tous les
gens de guerre de prendre les armes sans son ordre ; en vain envoya-t-il ses principaux conseillers
aux ducs d'Orléans et de Bourgogne, pour leur ordonner de laisser le peuple en repos, et de s'en remettre de leurs différends au jugement de la reine et
du duc de Berry. Les préparatifs de guerre n'en
continuèrent pas moins, au milieu des malédictions
de toute la France. Le duc d'Orléans adressa au roi
une longue lettre, dans laquelle il démontrait que
son honneur et l'intérêt de la couronne et du
royaume lui imposaient le devoir de s'armer pour
venger son père, puisque le roi n'était pas libre et
ne pouvait lui rendre justice. Tout cela était malheureusement vrai ; mais l'intérêt de la nation exigeait l'union de tous ses défenseurs, et aurait dû
prévaloir sur les intérêts des princes. Cette guerre

civile infligeait à la France tous les maux qui peuvent résulter à la fois de la monarchie et de la féodalité. Le duc d'Orléans envoya ensuite un défi au
duc de Bourgogne, et les Armagnacs se répan-
dirent de nouveau, comme un fléau destructeur,
dans la campagne autour de Paris.

La ville prit toutes les dispositions nécessaires
pour sa défense, et la faction bourguignonne força
le Conseil municipal à demander au roi que le
comte de Saint-Pol, gendre du duc Jean, fût nommé capitaine de Paris.

Ce seigneur fut secondé dans son commandement par Pierre des Essarts qui était rentré secrètement dans la ville.

LES CABOCHIENS.

Reconnaissant qu'il ne pouvait compter sur le concours des citoyens considérables et de la partie saine de la population, le comte de Saint-Pol chargea les bouchers de former et de commander une troupe de cinq cents hommes, qui fut décorée du nom de milice royale, et recrutée parmi la plus vile populace. Le choix étrange de ses chefs était déterminé par leur crédit sur le menu peuple. La boucherie était pour lors une des corporations industrielles les plus importantes et les plus riches. Les maîtrises en avaient d'abord été données à une vingtaine de familles, dont le nombre s'était successivement réduit à trois, les femmes et les bâtards n'héritant pas du privilége. Les Le Goix, dit la chronique, étaient trois frères, fils de Thomas Le Goix,

qui était boucher; bel homme, et, en son état, bon
marchand, demeurant, lui et ses enfants, et ven-
dant chair en la boucherie de Sainte-Geneviève,
bourgeois et natif de Paris. Ceux de Saint-Yon et
les Tibert étaient de la Grande-Boucherie, près du
Châtelet.

Ils recrutèrent leur troupe dans tous les corps de
métiers, mais surtout parmi les mendiants, les vagabonds, les sorciers et les voleurs. On y remarquait,
pour ses beaux discours, un chirurgien, nommé Jean
de Troyes, dont les enfants faisaient aussi partie de
la milice royale, et, pour sa férocité, un écorcheur,
nommé Caboche, qui était de la boucherie de l'Hô-
tel-Dieu, devant Notre-Dame, et qui acquit un tel
ascendant, que toute la troupe reçut le nom de Cabochienne. Ces brigands pillaient les maisons et
tuaient les citoyens paisibles, qu'ils disaient être du
parti du duc d'Orléans. Voyaient-ils dans les rues
un notable bourgeois, ils criaient : *A l'Armagnac!*
et à l'instant le malheureux était égorgé. Ou bien les
jetaient les gens à la rivière et répandaient le bruit
qu'ils s'étaient enfuis. Plus de trois cents avaient
réellement pris ce parti et s'étaient retirés, à Melun,

auprès de la reine, avec Charles Culdoë, prévôt des marchands, qui ne pouvait plus répondre de la tranquillité de la ville. Les Cabochiens exigèrent qu'on les admît dans le Conseil du roi, sous prétexte de l'éclairer sur les mesures à prendre; mais leur troupe assiégeait la porte de la salle et ils imposaient leurs volontés par la terreur. Ils obtinrent un mandement du roi, par lequel on leur abandonnait tous ceux qui tenaient ou favorisaient le parti du duc d'Orléans. Les prisons se trouvèrent bientôt remplies. Il fut ordonné à tous capitaines de ponts, ports et passages, d'ouvrir toutes les portes au duc de Bourgogne et à ceux de son parti. Les meneurs bourguignons retrouvèrent une bulle d'excommunication du pape Urbain, formulée contre les Grandes Compagnies du temps de Charles V, et ils en firent donner lecture tous les dimanches au prône, en l'appliquant aux Armagnacs et à leurs chefs. Ils exigèrent du roi et de l'Université des lettres qui reproduisaient cette excommunication et qu'ils envoyaient dans les bonnes villes. Non-seulement ils portaient la croix de Saint-André, qui était l'enseigne du duc de Bourgogne, mais le crucifix ne pouvait plus avoir d'autre forme, et les fidèles eux-mêmes devaient en reproduire le simulacre en se signant. Du reste, ils faisaient entendre au peuple et écrivaient aux bonnes villes, qu'ils voulaient faire un autre roi et priver de la couronne les enfants de Charles VI. Le changement de dynastie avait toujours été le moyen ou le prétexte des anarchistes, magistrats ou bouchers, et les prétentions de Jean sans Peur devaient être les mêmes que celles de Charles le Mauvais sous le dernier règne. Le lien qui rattachait les diverses provinces de la France n'était point Paris, c'était la royauté. En attaquant la royauté, Paris détruisait l'unité nationale.

Paris était livré à la tyrannie de ces factieux ; le Vermandois et la Picardie subissaient de telles dévastations de la part des Armagnacs, que les habitants de la campagne abandonnaient leur demeures et allaient se réfugier dans les forteresses. Ceux du Valois et du Soissonnais obtinrent du roi la permission de s'armer : prenant la croix de Bourgogne, ils tombèrent d'abord sur les troupes isolées des Armagnacs, puis ensuite ils dévalisèrent tous les passants. C'était la Jacquerie qui recommençait.

Les Flamands, que le duc Jean amenait au secours de Paris, avaient deux mille charrettes ; quand
elles furent pleines, ils prirent congé du duc et s'en
retournèrent en leur pays. C'était à la veille d'une
bataille décisive.

Le duc d'Orléans, voulant fermer à son ennemi
le chemin de Paris, avait mis des garnisons dans
les villes qui se trouvaient sur son passage. Le duc
de Bourgogne, que le roi appelait à son secours,
en lui donnant pleins pouvoirs sur tous les vassaux
de la couronne, vint d'abord assiéger Ham, que
le sire Bernard d'Albret se vit contraint d'évacuer,
pendant la nuit, après une résistance énergique.
La ville fut saccagée et brûlée par les Flamands.
Nesle, Chauny, Roye, se rendirent. Les deux armées allaient se rencontrer à Montdidier, quand
le duc Jean, abandonné, malgré ses instantes prières, par les communes de Flandre, dont le temps
de service féodal expirait, se vit contraint de ramener ses gens sur Péronne.

Les Orléanais, qui s'étaient dejà emparés des ba-
gages de son arrière-garde, pouvaient, en le pour-
suivant, remporter une victoire complète. Mais, aux

yeux des chefs, Paris était le but de la guerre, d'abord parce qu'il était le séjour du roi, et, ensuite, parce qu'ils voulaient y rentrer, pour reprendre leurs riches hôtels, rançonner les bourgeois, livrer la ville à leurs soldats pillards et s'emparer du pouvoir attaché à la résidence royale. C'était terminer la guerre et obtenir enfin la vengeance qui en avait été le prétexte.

Le Conseil municipal s'assembla et jura, tout d'une voix, de mourir plutôt que de tomber dans les mains des Armagnacs. La charge de prévôt de Paris fut rendue à Pierre des Essarts, qui se hâta d'envoyer des garnisons à Saint-Cloud, Charenton, Corbeil, Creil et Beaumont. La défense de Saint-Denis fut confiée à Jean de Châlons, prince d'Orange, qui s'y renferma avec quatre cents lances bourguignonnes, restées par hasard à la disposition des Parisiens.

Les bouchers, conduits par un des Le Goix, s'en allèrent piller et brûler le beau château de Bicêtre, appartenant au duc de Berry. Mais, depuis la retraite des Flamands, le duc Jean n'était plus en état de résister à l'armée des princes. Le comte d'Arma-

gnac, avant de s'avancer sous les murs de Paris,
attaqua d'abord Saint-Denis, où il prit le trésor de
la reine déposé à l'abbaye; puis, ensuite, il se rendit
maître de Saint-Cloud.

Alors le duc Jean s'adressa aux Anglais (1er septembre 1412). Il conclut une trêve marchande avec
eux, dans l'intérêt de la Flandre, et leur demanda
des troupes, en offrant de donner sa fille en mariage au fils aîné de leur roi Henri IV. Il lui faisait,
disait-on, hommage de la Flandre, et s'engageait à
lui faire rendre la Guienne et la Normandie.

Une partie de la garnison de Calais accourut à son
secours, et parvint à entrer avec lui dans la capitale. Un crime l'en avait fait sortir; un plus grand
crime l'y ramenait. Les Parisiens recevaient comme
alliés les étrangers qui devaient bientôt les traiter
en peuple conquis; et, comme ils s'étaient associés
à l'homicide, ils se rendaient également complices
de la trahison.

Les Armagnacs, après avoir perdu toutes leurs
positions autour de Paris, durent se replier au-delà
de la Loire. Ils ne purent même défendre Poitiers;
mais les princes vinrent s'enfermer dans Bourges,

qui résista à l'armée anglo-française, à la tête de laquelle marchaient le duc de Bourgogne et le roi (1).

La peste qui se répandit du camp dans la ville,

(1) Telles étaient la haine et la crainte inspirées aux Parisiens par la Bande (*Armagnacs*), qu'après le départ du roi pour le siège de Bourges, ils passèrent trois semaines en processions. Le détail de ces cérémonies, conservé dans le *Journal d'un Bourgeois de Paris*, est trop significatif, pour qu'on ne s'y arrête point.

« En ce temps, dit-il, furent faites les plus piteuses processions qu'on eût vues d'âge d'homme : — Le 30 mai, par ceux du Palais, suivis de bien trente mille personnes, tous nu-pieds. — Le dernier dudit mois et le 1er juin, par les Paroisses, les prêtres portant chacun un cierge en la main, tous pieds nus, précédés de bien deux cents petits enfants, tous pieds nus, et chacun portant cierge ou chandelle à la main ; tous les paroissiens, qui avaient puissance, une torche à la main, tous pieds nus, femmes et hommes. — Le 2 dudit juin, jour du Saint-Sacrement, comme à l'ordinaire. — Le 3, à Sainte-Geneviève, par toutes les Paroisses et tous les Ordres, tous nu-pieds, portant comme dessus, en compagnie de plus de cinquante-deux mille personnes. Il y eut plus de 4,000 torches allumées. — Le 4, par l'Université, à Sainte-Catherine-du-Val, tous, tant grands que petits, nupieds, portant chacun un cierge allumé en main. — Le 5, par ceux de Saint-Denis-en-France, tous pieds nus, à l'encontre desquels alla la paroisse Saint-Eustache, pour le corps de saint Eustache, qui était en l'une des chapes apportées par lesdits de Saint-Denis, et allèrent au Palais. — Le 6, par ceux de Saint-Martin des Champs, à Saint-Germain des Prés, avec plusieurs

11

et bientôt dans toute la France, obligea les deux partis à une nouvelle paix (15 juillet 1412).

Les princes s'efforcèrent de détacher l'Anglais du Bourguignon. Il est permis de croire qu'ils ne voulaient pas sacrifier la France, pour laquelle ils allaient bientôt mourir. Mais le comte d'Armagnac se souciait peu d'elle : il se chargea du traité, par lequel les princes devaient remettre à l'Anglais vingt pla-

Paroisses de la ville et du village, tous nu-pieds, avec luminaire comme devant, et par autres Paroisses et églises ailleurs. — Le 9, par plusieurs paroissiens, tous nu-pieds, avec grand reliquaire et luminaire, à Boulogne-la-Petite. — Le 10, procession générale, tous nu-pieds ; et y vinrent plusieurs paroisses des villages d'entour Paris et de très-loin, comme de plus de quatre lieues, aussi tous nu-pieds, chacun ayant cierge ou chandelle à sa main. — Les 11 et 12, autour des Paroisses. — Le 13, par ceux de Saint-Maur des Fossés, pieds nus, à Notre-Dame. — Le 14, par ceux de Paris, à Notre-Dame des Champs. — Le 15, autour des Paroisses. — Le 16, par les Paroisses aux Martyrs et à Montmartre. — Le 17, par les paroisses de Saint-Paul et de Saint-Eustache, tous nu-pieds, à Saint-Denis-en-France. Ceux de Meaux vinrent audit Saint-Denis, et ceux de Pontoise, de Gonesse et de par delà, à Paris, en procession. — Le 18, par le Châtelet. — Le 19, aux Paroisses. — Le 20, par quelques Paroisses, à Notre-Dame de Boulogne-la-Petite, en la manière que devant. »

Et le Bourgeois ajoute cette importante remarque : « Que, tant que durèrent ces processions, il plut tous les jours très-fort, excepté les trois premiers. »

ces dans le Midi, lui faisaient hommage et s'engageaient à lui faire recouvrer ses droits. On ne laissait,
aux ducs de Berry et d'Orléans, le Poitou, l'Angoumois et le Périgord, que leur vie durant. Le
comte d'Armagnac conservait seul ses fiefs à perpétuité.

Tel était le résultat de la politique de Paris. Pour
le prince qu'elle avait adopté, comme pour son ad-
versaire, la France n'était qu'un gage, une proie
offerte à l'étranger pour prix de sa protection.

Mais Paris devait expier les fautes qui attiraient
de si grands malheurs sur le royaume.

A la fin de l'automne de l'année 1412, Charles VI,
dans de ses rares moments de calme et de raison,
apprit que les Anglais avaient recommencé les
hostilités en Guienne avec des forces supérieures, et qu'ils seraient bientôt maîtres de plusieurs
places importantes de cette province, si l'on ne se
hâtait d'y envoyer une puissante armée. Le trésor
royal étant d'ailleurs épuisé, le Conseil du roi reconnut la nécessité de recourir à la bourse des particuliers, bien qu'ils fussent presque ruinés par les
guerres précédentes, et l'on résolut de mander, de la

part du roi, aux bourgeois des provinces du royaume, qu'ils eussent à envoyer à Paris un certain
nombre de députés, pour aviser aux mesures qu'il
serait possible de prendre dans des conjonctures
si critiques. Il fut aussi décidé que les bourgeois
de Paris assisteraient à cette réunion avec la vénérable Université : ce qui fut encore le prétexte et l'occasion de plusieurs belles processions religieuses.

Le 30 janvier 1413, le roi, assis sur son trône,
tint, en son hôtel royal de Saint-Paul, l'assemblée
générale des États, qu'on avait convoquée en son
nom. Il s'y trouva les ducs de Guienne et de Bourgogne, un grand nombre de comtes, de barons et
de prélats des diverses provinces du royaume, qui
avaient été mandés, de par le roi, afin d'entendre
les motifs de cette convocation. Le duc de Berry,
qui était gravement malade, n'y assista point.

Les députés des provinces de Reims, de Rouen,
de Lyon, attaquèrent les collecteurs et dispensateurs
des deniers publics, dénoncèrent hautement les in-
satiables cupidités et les ruses coupables, à l'aide
desquelles ces agents infidèles détournaient, à leur
profit et à l'insu du roi, des sommes considérables

qu'ils auraient dû verser dans le trésor, et ces députés ne craignirent pas de dire que, s'il plaisait à Sa Majesté de leur faire rendre ce que les gens de finances s'étaient indûment approprié, on aurait suffisamment de quoi poursuivre la guerre et subvenir aux réparations des maisons royales, qui pour la plupart tombaient en ruines.

Sur ce, l'on se sépara, et l'assemblée fut remise au 9 février suivant. Mais, ce même jour, le roi donna audience à la vénérable Université et aux bourgeois de Paris, dans les galeries qui entouraient les préaux de l'hôtel Saint-Paul. Maître Gratien parla d'abord, mais trop faiblement, et de nouvelles remontrances furent adressées au roi par Eustache de Pavilly, au nom de l'Université. Par suite de ces remontrances, des commissaires furent nommés, pour procéder à la réforme des finances et pour mettre un terme à la dilapidation des fonds publics. Les officiers qui avaient malversé, et entre autres Pierre des Essarts, ne voulant pas rester exposés aux vengeances du peuple, quittèrent Paris. La charge de prévôt fut confiée à Le Borgne de la Heuse, chevalier renommé pour sa valeur et pour son éloquence.

11.

Au jour convenu, le 9 février, les États généraux se réunirent, et leurs délibérations aboutirent à cette belle ordonnance du 15 mai 1413, la plus sage qui eût été rendue depuis celle de 1355. Elle concernait l'administration du royaume et complétait ainsi l'ordonnance du siècle précédent, laquelle était relative aux droits de la nation et surtout politique. Elle réformait le Domaine, la monnaie, les aides, la trésorerie des guerres, la Chambre des comptes, le Parlement, la justice, la chancellerie, les eaux et forêts, la gendarmerie ; on retrouvait dans ses dispositions l'expérience et le bon sens qui avaient dicté les doléances des députés de Reims, de Rouen et de Lyon. C'était, en deux mots, la pensée et l'œuvre de la France ; mais les fureurs des Parisiens la firent mettre à néant, le 5 septembre de la même année. C'était le droit et le bon sens national, prenant ses garanties contre la folie du roi. C'était la raison du pauvre fou, qui, dans ses moments lucides, annulait d'avance les actes qu'il pourrait accomplir dans de nouvelles crises de sa terrible maladie. On y reconnaît la bonté de ce malheureux prince, qui disait souvent : « Ne laissez pas d'armes à ma portée.

« J'aimerais mieux mourir, que de faire du mal à
« quelqu'un. »

Voici l'analyse de cette célèbre ordonnance de
1413, qu'on pouvait considérer comme une nouvelle constitution du royaume, que la nation française se donnait elle-même avec l'assentiment du
roi.

Domaine.

Aux nombreux trésoriers et généraux chargés de
l'administration des finances, tant de celles du pays
de Langue-d'oil que de celles du Langue-d'oc, tant
de celles du Domaine que de celles des Aides ordonnés pour la guerre, elle substituait seulement
deux bons prud'hommes, sages, solvables et suffisants, élus par le chancelier dans une assemblée
composée de membres de la Chambre des comptes,
de commis des finances, de membres du grand Conseil et du Parlement.

Elle établissait un seul receveur-général des Domaines, et un contrôleur, élus de la même manière.

Elle révoquait toutes les recettes extraordinaires du Domaine, obtenues par faveur et importunité, telles que celles des amendes du parlement, de l'émolument des monnaies, des nouveaux impôts, des fiefs acquis par non-nobles , des compositions des usuriers et autres contrats illicites, des restes dus à cause du Domaine, et autres. Elle prescrivait que toutes ces recettes fussent effectuées, selon l'ancienne Coutume, par les receveurs et vicomtes ordinaires, et par le receveur-général du trésor royal à Paris, ainsi que les reliefs, rachats, quints deniers, régales, gardes, punitions, condamnations des Lombards et usuriers, l'émolument du sceau royal, les revenus des eaux et forêts royales, les nobilitations, manumissions, amortissements, bourgeoisies, confiscations, forfaitures, épaves, biens vacants, et généralement *toutes autres choses touchant ledit Domaine.*

Elle défendait , sous peine d'amende arbitraire, aux gens des comptes et aux commis des finances, de laisser payer, sur les revenus du Domaine, aucuns dons ou autres charges extraordinaires, à quelque personne que ce soit, ni pour quelque mandement qu'ils aient du roi. Ceci était une mesure prise contre la rapacité des princes, et notamment du duc de Bourgogne, à qui Pierre des Essarts avait remis récemment deux millions.

Elle réglait le service mensuel et annuel des recettes, des dépenses et du contrôle.

Elle ordonnait au prévôt de Paris, ainsi qu'aux autres prévôts, baillis, sénéchaux et vicomtes du royaume, de remettre, entre les mains du receveur-général du Domaine, les confiscations, forfaitures, épaves, biens vacants, afin de réserver tous les revenus dudit Domaine pour la réparation des châteaux, forteresses, maisons, halles, fours, moulins, ports, passages et autres édifices.

Elle défendait à tous les secrétaires de faire et de signer aucun mandement relatif à des dons d'argent et à aucune charge extraordinaire sur le Domaine pendant trois ans. Elle défendait au chancelier de sceller aucune de ces lettres ou mandements, s'il en était fait par inadvertance; aux receveurs, baillis, vicomtes, etc., de payer, etc.

Elle révoquait et annulait les foires et marchés,

octroyés depuis quarante ans par importunité des re-
quérants, nonobstant les solennités accoutumées, et
avec affranchissement des aides et autres droits, au
grand préjudice des foires du Domaine.

Elle ordonnait qu'il ne serait dorénavant donné
de robes, qu'à ceux auxquels les prédécesseurs du
roi avaient coutume d'en donner depuis cinquante
ans. (Les lettres royaux du mois de février 1415 ac-
cordent, aux sergents de la Marchandise et du
Parloir-aux-bourgeois, cent sous parisis ou une robe
par an, de laquelle ils seront revêtus pour accom-
pagner les prévôts ou échevins.)

Elle diminuait le nombre des écritures (on s'en
plaignait déjà), pour prévenir les tours d'écrit.

Elle restituait au Domaine le *criage* de la ville de
Paris. (Voir le Glossaire de Laurière au mot CRIAGE.)

Elle réduisait les émoluments d'un grand nombre de prévôts, de receveurs, de concierges, de jar-
diniers, d'employés de toute nature, payés sur les
revenus du Domaine.

Elle supprimait aussi un grand nombre de charges
comme inutiles, ou du moins elle annulait leurs
émoluments, telles que :

Le poissonnier de mer;

La lingère (elle avait, par an, 18 livres 5 sous parisis et 100 sous parisis pour robe, sur la recette du Domaine de Paris), qui sera dorénavant payée par l'argentier du roi;

La guette de la tour de Chartres, car elle ne sert de rien;

Le gruyer de Champagne, car il n'y aura plus de gruyer, etc.

Puis, viennent des suppressions de traitement, qui concernent l'amiral de France, le premier président du parlement, le chancelier, les chambellans, le peintre du roi; puis, des diminutions imposées à des *châtelains*, capitaines de *chastels*, etc.

Elle réduisait à une seule le nombre des capitaineries qu'un capitaine pouvait obtenir, et elle enlevait toutes les autres obtenues par importunité.

Elle rétablissait l'ancien chiffre des taxations et gages dus aux conseillers, chevaliers, écuyers et autres officiers envoyés en missions.

Elle restituait au Domaine toutes les terres, seigneuries, justices et possessions, données par inadvertance ou arrachées par importunité ou autrement.

Monnaies.

Elle supprimait certaines monnaies, en établissait d'autres, et interdisait le cours des monnaies étrangères.

Aides.

Un seul receveur-général et un seul contrôleur des Aides, tant de Langue-d'oil que de Langue-d'oc.

Tous les deux mois, le receveur-général doit envoyer, à la Chambre des comptes, des états de recettes et dépenses, et le receveur du trésor royal doit envoyer le sien tous les mois.

Les meilleures mesures étaient prises pour le service des finances du Domaine.

Elle faisait rentrer dans les caisses publiques toutes les enchères apportées aux adjudications de la ferme des Aides.

Elle ordonnait de procéder sommairement et par brève expédition aux procès intentés aux pauvres gens et au menu peuple, à la requête des fermiers des Aides, sans souffrir qu'il fût fatigué, mangé, vexé par les sergents, commis et autres mangeurs.

Elle révoquait les sergents et commis extraordinaires, pour obvier aux vexations, travaux, mangeries et pilleries, dont le pauvre peuple avait été victime au temps passé.

Elle défendait aux receveurs-généraux de donner décharge des deniers qui n'auraient pas été versés entre leurs mains par les receveurs particuliers ou par les grenetiers; au chancelier, de sceller; aux secrétaires de chancelleries, de signer; aux gens des comptes, d'allouer des décharges octroyées par le roi, par la reine ou par le Dauphin.

Le bon roi Charles se liait ainsi les mains, à lui et à sa famille. Il faisait de l'ordre par la centralisation.

Les généraux des Aides avaient signé quantité de décharges sans dates; le receveur-général et le contrôleur les avaient datées ensuite, en les employant comme bon leur semblait. Souvent même les trésoriers et généraux, sortis de leurs offices, antidataient des décharges. — Défense aux commis des Aides de signer aucune décharge, si la date n'y est mise préalablement, ou quand ils ne seront plus en place, sous peine d'être punis de faux et d'avoir à répondre de ces décharges, soit par eux, soit par leurs hoirs.

Les huissiers, valets de chambre, sergents d'armes, officiers et autres personnes attachées à l'hôtel royal, se faisaient remettre des sommes d'argent par les receveurs particuliers et grenetiers en les molestant. — Défense à eux, de rien demander, et aux receveurs, de rien leur donner.

Défense aux commis, au receveur-général, au contrôleur des Aides, aux clercs et notaires ordonnés pour le service desdites Aides, de recevoir, de quelque seigneur ou personne que ce soit, aucune pension ni don corrompable.

Les conseillers-généraux des Aides ne pourront faire venir à Paris les receveurs et grenetiers, que deux fois par an, pour montrer leurs états. Ils devront les expédier promptement, sans les laisser séjourner à Paris ou ailleurs aux dépens du roi.

Les nobles se portaient, par leurs gens, adjudicataires des fermes des Aides et les obtenaient souvent à vil prix, parce qu'on n'osait renchérir sur eux. Ils les revendaient ensuite beaucoup plus cher et s'enrichissaient ainsi aux dépens du roi. — Défense aux nobles et à leurs gens, d'assister aux baux des fermes ; défense aux élus, de recevoir les enchères des nobles.

Plusieurs serviteurs du roi et seigneurs de son lignage avaient, par subtilité et voies obliques, exigé de lui finances, tant des deniers de ses coffres et de son épargne, comme d'autres. En conséquence, le roi supprime les officiers particuliers, appelés gardes de ses coffres ou de son épargne, autres que son receveur-général des Aides. Quant à la somme de dix écus d'or par jour, qu'il a accoutumé de recevoir pour faire son plaisir, ces dix écus d'or seront remis à un prud'homme de son choix, lequel les lui remettra à son plaisir.

Les dons qu'il aurait promis, pour mariages ou autres motifs, ne seront pas payés avant trois ans.

On avait mis en gage les fleurons de la couronne ; ordre à tous les conseillers, commissaires et gens des comptes, de retirer ces fleurons, par toutes les bonnes et raisonnables voies, des mains de ceux qui les retiennent. Défense à tous les sujets, d'être assez osés et présomptueux pour les prendre en gage,

quelque mandement que le roi puisse octroyer sur
ce, auquel il ne veut aucunement être obéi, sous
peine de perdre tous les deniers qu'ils auraient
prêtés sur ces gages.

Inventaires des vaisselles et joyaux d'or, d'argent
et de pierreries, étant dans les hôtels du roi et du
Dauphin, doivent être dressés par des commissaires; puis, remis aux gardes desdits joyaux et vaisselles, ainsi qu'aux gens des comptes.

Une ordonnance de réformation avait été rendue
le 20 octobre 1407, pour la restitution des dons
faits par le roi, mais elle avait été suspendue, et, depuis, de nouveaux dons avaient été obtenus, par
importunité, de la libéralité du roi, de la reine ou du
Dauphin. Ceux qui les ont reçus seront contraints
d'en restituer la moitié pour les frais de la guerre.
Toutefois, les conseillers et commissaires, chargés de
pourvoir au bien public du royaume, pourront augmenter ou diminuer lesdites sommes, selon les
états, qualités, mérites des personnes, et, aussi,
selon la nature et la valeur desdits dons et profits.
Du reste, ordre aux commissaires de ramener à exécution l'ordonnance de réformation de 1409.

Ordre au receveur-général, de restituer aux villes les sommes qu'on aurait prélevées sur elles pour la dépense du roi, de la reine ou du Dauphin.

Toutes les charges des élections du royaume se bailleront à ferme, au profit du roi.

Par faveur ou importunité de seigneurs du sang et lignage royal ou autres, il avait été établi une grande quantité de greniers et de chambres à sel ; il avait été, aussi, permis à un grand nombre d'officiers du roi, de gens d'église et autres, de prendre, dans les greniers royaux, du sel non gabellé, pour dépenses de leurs hôtels : par quoi les greniers anciens avaient été grandement diminués, et l'émolument de la gabelle du roi grandement amoindri, en telle manière que les assignations faites sur lesdits greniers, pour le fait de la guerre et des dépenses des hôtels du roi, de la reine et du Dauphin, n'avaient pu être payées.

En conséquence, suppression des greniers et chambres à sel établis dans trente-huit villes.

Remise aux receveurs des Aides, de tous les deniers provenant des condamnations et amendes prononcées par les commissaires, au fait du bien public et de la guerre.

Pour prévenir les oppressions, pilleries et roberies que le peuple a souffertes pour le fait de la guerre, les deniers, provenant des Aides, seront versés par le receveur-général, en un gros coffre, qui sera mis dans la grosse tour du Palais, ou ailleurs en lieu sûr et secret : lequel coffre aura trois clefs, une pour le chancelier, la seconde pour le président des comptes, la troisième pour les commis au gouvernement des finances; une moitié de cette somme sera dépensée pour la guerre et non ailleurs; l'autre moitié sera employée avec les deniers du Domaine, pour les autres nécessités du roi et du royaume.

Trésoriers des guerres.

Deux ou trois trésoriers des guerres sont inutiles. Il n'y en aura plus qu'un.

Les gens d'armes donnaient des quittances en blanc aux trésoriers des guerres. Le trésorier des guerres devra payer les gens d'armes comme autrefois et ne rien donner aux capitaines que ce qui leur appartiendra personnellement.

Défense au trésorier et à tous receveurs de gens de finances, de payer les gens de guerre, en chevaux, draps, vins et autres denrées, mais en argent comptant.

Défense au trésorier de détourner, pour quelque usage que ce soit, les fonds destinés à la solde des gens de guerre.

Réforme de la maison du roi, de celle de la reine et de celle du Dauphin.

Le roi avait donné à la reine, à titre de douaire ou autrement, les châteaux de Melun et de Crécy en Brie, avec certains autres : les Aides ayant cours en icelles, le roi lui en retire la jouissance durant leur mariage.

Interdiction des dépenses particulières mises à la charge des hôtels du roi, de la reine et du Dauphin, par suite desquelles les marchands ne pouvaient être payés de ce qui leur était dû.

La portée de ces ordonnances était immense.

En centralisant et en simplifiant les services publics, elles rattachaient par de nouveaux liens à la France les provinces conquises qui n'en étaient encore qu'un appendice extérieur, et elles fondaient l'identité, l'unité nationale, sur l'unité administrative.

Elles mettaient les habitants de tout le royaume à l'abri des extorsions et des concussions du fisc; elles affermissaient les libertés civiles et en étendaient les limites.

Il est à remarquer que les malheurs du pays et l'état de santé du roi avaient contribué à rendre ces règlements beaucoup meilleurs qu'ils n'auraient pu l'être dans des jours prospères, et sous le règne du monarque le plus sage. Les députés de 1413, sachant par expérience tous les maux qui pouvaient découler de la royauté absolue, s'étaient ingéniés à en prévenir le retour.

On conçoit qu'une pareille charte, heureux complément de la charte politique de 1355, ait été l'œuvre de la France, qui souffrait de tant de désordres, et non de la population de Paris, qui profitait de ces désordres et s'enrichissait dans l'anarchie. Cependant les Cabochiens et leur duc, ne pouvant empêcher les réformes, s'y associèrent, pour s'en attribuer le mérite, et pour en recueillir les avantages. Mais, en y touchant, ils y déposèrent des germes de destruction, et leurs excès fournirent bientôt à la cour des prétextes pour annihiler des franchises placées sous le patronage de ces brigands.

Pour juger ces résultats et leurs causes, il convient de présenter la suite des événements, sous l'influence desquels ces ordonnances furent, à trois mois d'intervalle, promulguées et abolies.

C'était dans une cour de l'hôtel Saint-Paul, qu'avaient été lues au roi les fameuses doléances de l'Université. Une foule immense avait assisté à cette lecture, et tout Paris eut ainsi connaissance des dilapidations de Pierre des Essarts. Le peuple conçut aussitôt une haine mortelle contre celui qu'il appelait son père, et demanda avec instances la nomination d'un autre prévôt. Le duc Jean profita de l'occasion pour le faire destituer, et Pierre des Essarts se réfugia, cédant à l'orage, dans Cherbourg dont il était capitaine.

Cet homme n'était pas de ceux qui renoncent volontiers au pouvoir. Dans l'amertume de ses regrets, il s'oublia jusqu'à dire que, si l'on voulait des restitutions, il fallait commencer par en exiger du duc de Bourgogne, attendu que sur un mandat royal il avait remis à ce prince deux millions en or, dont il avait quittance, et dont il ignorait l'emploi.

De ce jour, sa perte fut résolue.

Le Dauphin, qui ne pouvait plus se passer de lui, le rappela et lui ordonna de prendre possession de la Bastille avec une troupe de chevaliers et d'écuyers. Dès qu'on le sut renfermé dans la forteresse, les Cabochiens parcoururent tous les quartiers, en répandant le bruit d'un prétendu complot, tramé par Des Essarts, pour détruire Paris, après avoir enlevé le roi et le Dauphin. Ils arrachèrent ensuite au prévôt des marchands la bannière de la ville, avec l'autorisation de convoquer la milice bourgeoise sur la place de Grève. Toute la population eût été soulevée, sans le courage du greffier de la Maison commune, qui, malgré les plus effroyables menaces, refusa opiniâtrément de contresigner l'ordre de convocation déli-

vré par le prévôt, « attendu, disait-il, sans s'émou-
voir, qu'il avait juré au Dauphin, comme tous les
magistrats de la cité, de ne point faire prendre les
armes aux habitants, sans lui en avoir donné avis
deux jours d'avance. » Cet ordre se trouvant ainsi
annulé, un grand nombre de bourgeois et d'ouvriers
refusèrent, dès le même jour, d'y obéir.

Cependant, le lendemain matin, 28 avril, trois
mille hommes armés étaient réunis sur la place de
Grève. Les cinquanteniers, ainsi que les notables,
s'assemblèrent dans le Parloir-aux-bourgeois, pour
délibérer, suivant leur coutume, avec les échevins et
le prévôt des marchands. La convocation régulière
de la milice était la première mesure à prendre pour
disperser un attroupement séditieux ; mais le corps
municipal, comptant peu d'hommes de la trempe du
greffier, recula devant l'initiative de cette prise
d'armes, qui pouvait ne pas entrer dans les vues du
duc de Bourgogne. On se contenta de recourir aux
moyens de persuasion, et un membre de l'assemblée
se chargea de haranguer la foule qui couvrait la
place. Il rappela les tristes effets des derniers troubles, engagea les ouvriers à déposer leurs armes, à

vaquer tranquillement à leurs métiers, sans s'agiter au moindre vent comme des feuilles, et sans prêter l'oreille à des bruits répandus par la malveillance. Mais les meneurs de la sédition répondirent : « Nous avons en vain dévoilé la trahison au roi, aux princes, aux conseillers. Leur inaction nous donne le droit de nous charger nous-mêmes du châtiment. » Aussitôt ils entraînèrent à la Bastille leur troupe commandée par trois chevaliers bourguignons, les sieurs Léon de Jacqueville, de Heilly et de Mailly. Le duc Jean les avait envoyés à l'émeute pour en diriger les mouvements; et ils investirent la citadelle, de manière à empêcher Des Essarts de s'enfuir.

L'ancien prévôt ne se crut pas en état de soutenir un siége et ne vit de salut que dans une capitulation. Il ouvrit une fenêtre, exhiba les lettres-patentes par lesquelles le duc d'Aquitaine l'avait chargé du commandement de la Bastille, protesta de la droiture de ses intentions à l'égard du roi, du royaume et de la ville, promit enfin de ne jamais revenir, à moins d'être rappelé par le peuple. Il eut beau les supplier à mains jointes, les émeutiers ne lui répondirent que par des cris d'extermination et firent serment de ne pas quitter la place, qu'il ne se fût livré à merci pour être puni comme il le méritait.

Pendant ces pourparlers, le peuple accourait en foule. Des cinquanteniers même et des dizainiers, intimidés par les menaces des bouchers, arrivaient à la tête de leurs compagnies. Le rassemblement fut bientôt de vingt mille hommes, et leur exaltation croissant avec leur nombre, ce ne fut plus seulement l'assaut qu'ils résolurent, mais la démolition de la Bastille. Cet acte révolutionnaire n'aurait pas eu dès lors les immenses résultats qui devaient suivre son accomplissement, trois cent soixante-seize ans plus tard ; mais il aurait, au moins, favorisé l'émancipation des Parisiens.

Comme il ne convenait pas au duc Jean de désarmer le pouvoir qu'il convoitait, il les détourna de leur projet de destruction, par une diversion concertée d'avance et qui rentrait dans ses desseins. Ils allaient s'élancer à l'assaut, si les chevaliers ne fussent parvenus à calmer leur fureur, et si le duc Jean, arrivé sur les lieux, ne se fût offert pour caution de Des Essarts et n'eût promis de le déterminer à se

rendre sans résistance. « Il ne fallait point, leur
disait-il, commettre un crime de lèse-majesté, en
attaquant une forteresse du roi. » Il répéta sa promesse avec serment et disparut de la scène. Peu
d'instants après son départ, dix mille hommes,
laissant la moitié des assiégeants autour de la citadelle, furent menés par L. de Jacqueville à l'hôtel
Saint-Paul où le duc les avait précédés.

Le Dauphin venait d'apprendre, de son beau-père,
que le peuple voulait arrêter les seigneurs de sa
cour. Comme on lui conseillait de se mettre à la
tête de ses chevaliers et de ses serviteurs, en arbo-
rant sur la porte de son palais la bannière aux fleurs
de lys d'or, on entendit les hurlements infernaux
des émeutiers qui accouraient à la suite de leurs
capitaines.

Quand ils eurent planté l'étendard de la ville devant la porte et cerné le palais de tous côtés, toutes
leurs voix se confondirent en un seul cri : « Le duc !
Nous voulons parler au duc !... » Tremblant pour
sa vie et pour celle de ses familiers, le prince n'osa
point refuser cette étrange audience. D'après le
conseil du duc de Bourgogne, il parut à une fenêtre

et leur dit : « Mes bons amis, pourquoi tout ce ta-
« page et que voulez-vous? Je vous écoute, et suis
« prêt à faire tout ce qu'il vous plaira. » Alors
maître Jean de Troyes, l'orateur de la bande, com-
mandant le silence du geste et de la voix :

« Très-excellent seigneur, ce sont vos bourgeois
« et sujets qui se recommandent à votre Altesse
« Sérénissime. Réunis pour le bien du royaume et
« dans l'intérêt de votre honneur, ne vous effrayez
« pas de les voir armés, car ils n'hésiteraient pas à
« vous défendre au prix de leur vie, comme vous
« savez qu'ils l'ont déjà fait. Mais ils ne peuvent
« souffrir qu'à la fleur de votre royale jeunesse,
« vous soyez détourné des traces de vos aïeux, par
« les mauvais conseils et les continuelles obsessions
« de quelques traîtres. Tout le royaume sait com-
« bien vos familiers s'appliquent à corrompre vos
« mœurs. La vénérable reine, votre mère, s'en
« afflige, sans aucun doute, ainsi que tous les
« princes du sang royal; ils craignent qu'avant
« l'âge viril, vous ne deveniez indigne du trône.
« C'est pourquoi, vouant ces flatteurs à l'animadver-
« sion de Dieu et des hommes, nous avons plusieurs

« fois supplié les principaux conseillers du roi de
« les éloigner de votre service. Comme on a jusqu'à
« présent éludé nos prières et passé outre, nous de-
« mandons derechef qu'on nous livre les traîtres
« pour en faire justice. »

Quoiqu'il eût l'extrême déplaisir d'entendre la
foule approuver par des cris frénétiques les paroles
du chirurgien Jean de Troyes, le Dauphin fit d'a-
bord bonne contenance. « Je vous prie, dit-il,
« braves bourgeois et sujets de Monseigneur le roi,
« de retourner à vos métiers et de refréner votre
« colère ; car j'ai toujours tenu jusqu'à présent
« pour fidèles les seigneurs dont je suis entouré. »
— « Si vous en connaissez, qui aient manqué à
« leur devoir de fidélité, ajouta son chancelier,
« Jean de Vuilly, nommez-les, pour qu'ils soient
« punis comme ils le méritent ? » — « Voici leurs
« noms, lisez ! » lui répondit Jean de Troyes, en lui
présentant une liste d'environ cinquante gentilshommes, à la tête de laquelle figurait le nom du
chancelier lui-même. « Lisez, répéta le chirurgien,
« lisez à haute et intelligible voix ! » Force fut à
Jean de Vuilly de s'exécuter, et, quand il eut achevé

la lecture de la liste, les séditieux crièrent qu'ils exigeaient qu'on leur livrât ces traîtres.

A cette sommation, le Dauphin ne put se contenir : « Beau-père, dit-il, d'une voix émue de crainte « et d'indignation, tout ceci se fait par vos conseils, « puisque ce sont les gens de votre hôtel qui mè- « nent cette foule, mais vous vous en repentirez; « tout n'ira pas toujours à votre bon plaisir. » Il fit jurer au duc Jean, sur une croix d'or de sa fille, qu'on ramènerait les prisonniers sains et saufs à l'hôtel Saint-Paul, dès que la tranquillité serait ré-tablie (1). Puis, il alla cacher dans la chambre du roi sa confusion et ses larmes.

A peine était-il enfermé dans l'appartement, que les factieux en brisent les portes, et, fouillant tous les réduits du palais, arrêtent le duc de Bar, cousin du roi, le chancelier du Dauphin, son chambellan, ses quatre valets de chambre, son écuyer tranchant, et sept autres personnes attachées à son service. Sans nul égard pour le rang ni le sexe, ils arrachent brutalement, des mains de la duchesse de Guienne,

(1) Chron. d'Alain Chartier, de Fenin, et du Moine de Saint-Denis.

un des valets de chambre qu'elle voulait sauver.
Puis, faisant monter à cheval tous leurs prisonniers, ils les emmènent à l'hôtel d'Artois, escortés
du duc de Bourgogne et de plusieurs gentilshommes de son parti. Un habile constructeur de ma-
chines de guerre, appartenant à la maison du
duc de Berry, se trouva sur leur passage : ils l'égor-
gèrent, sous prétexte qu'il avait menacé d'incendier
Paris avec un feu inextinguible. Ils noyèrent ensuite
un secrétaire du roi, nommé Raoul de Brissac,
parce que, disaient-ils, il avait divulgué les secrets
de son maître. Puis, ils tuèrent Courtebotte, fou
du duc de Guienne, et un inconnu qui s'exprimait
librement sur leurs crimes.

Le lendemain matin, les séditieux, tandis qu'ils
conduisaient au Louvre les seigneurs qu'ils avaient
arrêtés, firent rappeler à Paris, par la voix des hé-
rauts, au nom du roi, et sous peine d'un bannisse-
ment perpétuel, les absents que leur fureur n'avait
pu atteindre. Ils pressèrent ensuite le duc de Bourgogne de tenir sa promesse en leur livrant l'ancien
prévôt des marchands, et ce prince vint engager
Des Essarts à se rendre, s'il ne voulait être mis en

pièces par la multitude qui l'assiégeait dans la Bastille. Le malheureux n'osait pas descendre au milieu de ces forcenés : « Ami, lui dit le duc, sois
« sans crainte ! Je te le jure par ma foi, c'est moi
« en personne qui serai ta sauvegarde. » Des Essarts se remit alors entre les mains du duc Jean, qui
lui fit un signe de la croix sur le dos de la main, et
l'envoya, sous bonne escorte, d'abord au petit Châtelet, ensuite au grand Châtelet, pour qu'il fût plus
sûrement gardé.

Les bons bourgeois, débordés par la populace,
redoutaient, d'un côté, ses excès, et, de l'autre, les
châtiments que tant de crimes pouvaient attirer sur
la bourgeoisie elle-même. L'hôtel d'Artois, l'hôtel
Saint-Paul, le parti orléanais, le peuple, tout leur
était un sujet de crainte, tout les contraignait à cette
politique de ménagements et de conciliation, unique et impuissante ressource des partis faibles.
Le Conseil de Ville gronda donc les Cabochiens,
adressa au duc d'Orléans des protestations de sympathie et de respect, supplia l'Université de justifier
aux yeux de la cour ces violences qu'il condamnait
lui-même.

En même temps, il flattait le duc de Bourgogne,
en offrant un dîner magnifique à ses sujets les
bourgeois de Gand, qui venaient chercher, pour les
emmener en Flandre, le comte et la comtesse de
Charolais.

Paris et Gand fraternisèrent. Les Parisiens, dans
ce banquet de l'Hôtel de Ville, adoptèrent le chapeau
blanc des Gantois en signe d'alliance et de liberté.
Les bourgeois, le Parlement, l'Université, la cour,
furent forcés de porter cette coiffure. On l'imposa
aux princes, au Dauphin, au roi lui-même, comme
un témoignage de leur affection pour la bonne ville
de Paris. Des commissaires furent envoyés dans les
autres villes, pour les engager à imiter cette mode ;
elles l'adoptèrent toutes en effet. Le chapeau blanc
devint, dans le royaume, le signe des franchises municipales, et, pour ainsi dire, d'un premier essor
vers les conquêtes constitutionnelles. Mais, à Paris,
il fut l'emblème d'une licence stérile et des fureurs
sanguinaires de la démagogie. Un jour que le duc
de Guienne, étant à sa fenêtre, avait laissé tomber
sa cornette en écharpe, de l'épaule gauche au côté
droit : « Voyez donc, dirent des bouchers qui pas-

« saient, ce bon enfant de Dauphin qui fait de son
« chaperon la bande des Armagnacs? Il finira par
« nous mettre en colère ! »

On ne se contentait déjà plus d'insulter de loin
l'héritier du trône : la foule envahissait son hôtel;
le guet y entrait le soir comme dans un lieu suspect. Un Cabochien chapitrait le pauvre prince, en
présence d'une multitude de truands et de valets
de boucherie, avides du spectacle de la puissance
humiliée. Ces remontrances publiques n'avaient pas
d'autre but ni d'autre effet, que l'abaissement de la
branche régnante. On répétait au Dauphin que, s'il
ne se corrigeait pas de son libertinage et de ses autres vices, il perdrait son droit de primogéniture,
et, de peur qu'il ne se corrigeât, le duc de Bourgogne maintenait auprès de lui de jeunes gentilshommes qui l'entretenaient dans ses goûts dissolus.
Eustache de Pavilly lui-même, ce rude sermon-
neur, demandait à des intérêts de parti, qui n'a-
vaient rien de commun avec les intérêts du trône
et de la patrie, les inspirations d'une éloquence
alors qualifiée de cicéronienne.

Au dire des honnêtes gens, le carme trouvait le

profit de sa bourse dans sa connivence avec les Saint-Yon et les Le Goix (1). La manière dont il parlait au Dauphin de la mort du duc d'Orléans, autorise à penser qu'il avait eu part aux largesses du meurtrier. Quoi qu'il en soit, un ami désintéressé du pays, tout en rappelant les devoirs des rois à l'héritier de la couronne, aurait aussi rappelé les devoirs des peuples à cette foule qui venait lâchement l'outrager.

Les violences dont le duc de Guienne était l'objet n'avaient d'autres limites que celles des caprices et de l'ambition des Cabochiens. Ils le forcèrent de rappeler auprès de lui son ancien chancelier, Jean de Nielle, qu'il avait révoqué, et de confier à des commissaires de leur choix le procès de ses familiers ; de nommer capitaine de Paris ce Léon de Jacqueville, qui avait arrêté, sous ses yeux, ses bons serviteurs, et deux équarrisseurs, Denys de Chaumont et Simon Caboche, capitaines du port de Saint-Cloud et du port de Charenton. Enfin, le jeune comte de Vertus s'étant échappé pour aller rejoindre son frère, ils

(1) Chron. de Fenin, de Juvénal des Ursins et du Moine de Saint-Denis.

entourèrent l'hôtel Saint-Paul, de gardes et de sen-
tinelles, chargées d'empêcher la fuite du Dauphin.

Leur tyrannie s'exerçait, du reste, sur la ville
comme sur la cour. Ils jetèrent en prison soixante
bourgeois des plus riches, parce qu'ils n'avaient pas
voulu prendre les armes sans l'autorisation du roi,
et surtout parce qu'ils pouvaient se racheter par de
fortes rançons.

Le duc de Guienne éprouvait un secret plaisir à
voir la bourgeoisie victime à son tour de la tyrannie
des bouchers ; mais il n'était pas lui-même au terme
de ses tribulations.

Le 12 mai, Eustache de Pavilly, entrant à l'hôtel
Saint-Paul à la tête d'une députation cabochienne,
harangua le roi, et non-seulement justifia les excès
du 28 avril et des jours suivants, mais encore pro-
voqua de nouvelles arrestations. Il compara la cour
à un jardin où les fleurs et les herbettes étaient
étouffées par les ronces et les orties. Quand il eut
achevé sa métaphore, Léon de Jacqueville et les
principaux meneurs parurent, à la tête de dix mille
hommes, pour arracher de l'hôtel royal ce que
l'orateur appelait des plantes parasites. Aux cris de

cette multitude furieuse, le Dauphin crut sa vie menacée, et les gens qui l'entouraient furent saisis d'un
pareil effroi, quand maître Jean de Troyes dit au
prince : « Vous voyez tout ce peuple, Excellence : il
« réclame, pour les mettre en prison, ces traîtres, ces
« familiers de votre palais, qui vous poussent à tous
« les vices. Il faut arracher ces mauvaises herbes ,
« de peur qu'elles ne flétrissent votre jeunesse en
« sa fleur, et n'étouffent les vertus qui en seraient
« les doux fruits. »

En vain le duc pria, protesta de l'innocence de ses
serviteurs : le vieux tribun nomma ceux que le peuple demandait, et aussitôt Jacqueville monta dans
les appartements, avec seize hommes armés, pour
arrêter ces seigneurs, au nom du roi, dont il préten-
dait avoir l'ordre verbal. Il fit d'abord huit prisonniers, au nombre desquels était Jean de Nielle, ce
chancelier qu'on venait d'imposer au prince, et le
duc Louis de Bavière, frère de la reine, qui ne se
mêlait point de politique et ne songeait qu'à son
prochain mariage avec une sœur du comte d'Alençon. Ni sa promesse de retourner en Allemagne, pour
ne plus remettre les pieds en France, ni les prières

du Dauphin, ni les larmes de la reine Isabeau ne
purent obtenir l'élargissement de ce prince étranger. Loin d'être touchés du désespoir de la reine, qui
voulait partager la prison de son frère, ils arrêtèrent
ses femmes, mesdames de Noviant, de Montauban,
Du Châtel, du Quesnoy, et onze demoiselles, cachées,
à demi mortes de frayeur, dans les combles de l'hôtel. Toutes furent jetées en prison, sous prétexte
qu'elles avaient connaissance du complot de Des
Essarts. Les émotions de cette journée faillirent
coûter la vie au Dauphin et à sa mère.

Il y avait, parmi les prisonniers, deux jeunes gentilshommes Armagnacs, que la distinction de leurs
manières et de leur esprit signalait à la haine du
duc Jean et de ceux qu'on pouvait appeler, suivant
l'expression de Charles d'Orléans, ses assassins ordinaires : c'étaient Jean du Mesnil et Jacques de la
Rivière, fils de l'ancien ministre de ce nom. Accusés
de complicité dans la conspiration et jugés par des
commissaires, ils furent tous deux condamnés à
mort. Mais Léon de Jacqueville voulut se procurer
le plaisir de tuer de sa propre main La Rivière dans
la prison. Le mort et le vif furent conduits au sup-

14

plice dans la même charrette et exécutés l'un après l'autre devant une foule à laquelle tant de cruauté arrachait des larmes.

D'autres prisonniers, qu'on n'osait livrer au bourreau, furent de même égorgés au fond de leurs cachots et jetés ensuite dans la Seine.

Ce fut sous l'influence de ces événements, que se fit la promulgation des ordonnances du 26 mai 1413. Le duc Jean l'avait retardée autant que possible, parce qu'il profitait des abus plus que personne ; mais il sentit la nécessité de colorer toutes ces atrocités par le prétexte du bien public. Les Cabochiens entrèrent donc en armes, le 24 mai, dans une salle où le roi tenait conseil avec les ducs de Guienne, de Berry et de Bourgogne, et maître Jean de Troyes demanda que les ordonnances de réformation, déjà promises au peuple, fussent publiées dans un lit de justice. Le chancelier Arnaud de Corbie ayant déclaré cette mesure conforme aux intentions du roi et de son Conseil, les factieux requirent l'expulsion de tous les seigneurs incarcérés et leur remplacement à la cour par des hommes dévoués à la cause du peuple. Le chancelier promit la nomination de

ces candidats, si le roi les en jugeait dignes. Ils priè-
rent, en troisième lieu, Sa Majesté d'avoir pour
agréable tout ce qu'ils avaient fait dans son intérêt,
disaient-ils ; de n'en garder aucun ressentiment, et
de leur témoigner toute sa bienveillance par des
lettres-patentes scellées de son sceau.

Le vieux duc de Berry eut la faiblesse d'appuyer
cette insolente prétention, et les autres princes suivirent son exemple. Mais les Cabochiens ne voulurent pas confier la rédaction de ces lettres aux secrétaires du roi ; il fallut, malgré les représentations
du chancelier, en charger un de leurs partisans, nommé Guillaume Barraut. Enfin ils exigeaient que,
dans un but d'économie, le roi, toutes les fois qu'il
quitterait Paris, emmenât avec lui la reine, ses enfants et toute leur maison. Le chancelier, à bout de
patience, leur dit qu'à cet égard ce ne serait pas eux
que Sa Majesté consulterait, mais ses parents et les
seigneurs de sa cour. Sur cette réponse, ils prirent
congé du roi et des princes, et résolurent de se venger du seul homme qui leur eût opposé dans le
Conseil quelque résistance.

Ces lettres de remerciements, qu'ils avaient demandées, furent enregistrées et publiées le lendemain 25. Elles ratifiaient tous leurs actes, et prouvaient à toute la France que la signature du roi était à la disposition d'une bande de pillards et d'égorgeurs.

Le 26, le roi, coiffé du chapeau blanc, ainsi que les seigneurs de sa suite, se rendit solennellement au Palais, et, prenant place sur son trône, en chambre du parlement, fit lire à haute voix, par le greffier de la cour du Châtelet, les ordonnances dont nous avons donné plus haut l'analyse.

Les princes et les prélats jurèrent tous de les observer fidèlement, et, deux jours après, l'aumônier du roi en démontra la sagesse dans un sermon qui fut l'expression de la satisfaction générale, car tout le monde sentait les avantages de cette centralisation administrative, de ces garanties données aux franchises municipales, à la sûreté des personnes et des propriétés.

De si utiles réformes étaient de nature à consolider le pouvoir du duc de Bourgogne, qui avait l'habileté de les prendre sous son patronage ; mais les Cabochiens violèrent, de la manière la plus révoltante, ces mêmes ordonnances dont ils avaient requis la publication.

Le sire de Heilly, maréchal de Guienne, était ve nu à Paris pour demander des troupes et de l'argent. On fixa, pour la forme, le taux d'un emprunt forcé, et, au mépris des ordonnances du 26 mai, qui réservaient le recouvrement de tous les subsides aux receveurs et aux vicomtes ordinaires, Guillaume Le Goix, Simon Caboche, Denys de Chaumont, et Henry de Troyes, fils de maître Jean de Troyes, furent chargés de la levée de cet impôt.

Faisant comparaître devant eux les bourgeois, les marchands, les officiers du roi, les membres du Parlement et de l'Université, tous les habitants supposés riches, ils les taxaient arbitrairement, et, quand ils n'en obtenaient pas un versement immédiat, ils les jetaient en prison, ou bien ils leur envoyaient des sergents et des garnisaires, malgré la suppression des *mangeurs*, prononcée par les susdites ordonnances.

Ils arrachèrent ainsi des dépôts, appartenant à des orphelins ou à des églises. Juvénal des Ursins fut taxé à deux mille écus, qu'il ne pouvait payer. On

14.

le fit enfermer au petit Châtelet; il en appela au
parlement; il lui fallut donner la moitié de la somme, avant d'aller en prison, et fixer un temps pour
le payement du reste. Le vénérable Jean Gerson ne
voulait pas céder à ces violences, contraires, disait-il,
aux lois divines et humaines: il fut obligé de se réfugier sous les voûtes de Notre-Dame, pendant
qu'on saccageait sa maison. L'Université, toutefois,
fit respecter ses priviléges; elle avait trop d'influence sur le peuple de Paris, pour que ces brigands
ne redoutassent point sa colère. Elle obtint, par des
menaces énergiques, la restitution de ce qu'on lui
avait pris; mais, en définitive, les Cabochiens rem-
plirent leur mandat de telle façon, qu'on les vit,
au bout de quelques jours, étaler un luxe insolent
et mener un train presque royal.

Les capitaux étant passés entre les mains des bouchers, la bourgeoisie ne fit plus de dépenses, le crédit tomba, le commerce et le travail cessèrent; les
maîtres congédièrent leurs ouvriers qui perdaient
leur temps à faire le guet jour et nuit.

Bientôt le mécontentement devint général comme la misère. Dans une séance du Conseil de Ville,

les Cabochiens furent traités hautement de viles
canailles, de suppôts de métiers infâmes, indignes
de l'autorité dont on les avait revêtus et dont ils
avaient fait un abus impie contre le roi et le duc
de Guienne.

Retorquant l'accusation : « Pourquoi donc , di-
« rent-ils , avez-vous envoyé vos gens avec nous? »
— « Nous les avons envoyés, firent les bourgeois,
« pour obéir à l'autorité royale que vous aviez au-
« dacieusement usurpée ; nous ne nous attendions
« pas , d'ailleurs, aux crimes que vous avez com-
« mis. » Cette explication n'était pas très-exacte.
C'était surtout l'apathie et l'intimidation, qui avaient
rendu la bourgeoisie complice des Cabochiens.
Quant au menu peuple, il les avait suivis de confiance et d'entraînement , et il n'en était que plus
courroucé contre eux.

Ils remirent une somme de quatre-vingt mille
écus d'or au sire de Heilly, qui put enfin partir pour
la Saintonge. Mais cette restitution tardive et in-
complète, qui leur laissait les moyens d'entretenir
leur luxe princier, ne suffit pas pour les réhabiliter
dans l'opinion publique ; leur popularité déclinait

de jour en jour, et l'on entendait le peuple dans les rues vouer ces bouchers gorgés d'or à tous les supplices de Judas.

Informés de ce nouvel état des esprits, par des messagers secrets du duc de Guienne, les princes Orléanais députèrent, de Verneuil, des chevaliers porteurs de paroles de paix. Ils mettaient leurs personnes et leurs biens à la disposition du roi ; mais ils désiraient conférer avec lui, hors de Paris où ils ne pouvaient être en sûreté. Les envoyés recommandèrent les requêtes de leurs maîtres à la bienveillance des ducs de Guienne, de Berry et de Bourgogne. Ces seigneurs les congédièrent, avec la promesse de s'entremettre auprès du roi, dès qu'il serait rendu à la santé.

Le Dauphin et son oncle appelaient, en effet, de tous leurs vœux le retour de leurs parents ; mais le duc Jean se promettait bien de ne rien épargner pour raviver la discorde et pour fermer à ses cousins les portes de Paris.

Il résolut d'abord de se débarrasser de Des Essarts, dont l'arrestation irritait fort le duc de Guyenne et qui pouvait devenir un ennemi dangereux. Les

Cabochiens accumulèrent les chefs d'accusation, pressèrent le jugement et ne cessèrent leurs instances qu'après la condamnation. Brisé par la torture et traîné sur une claie au dernier supplice, le malheureux adressait, en souriant, ses adieux à la foule. Il comptait encore sur la promesse du duc de Bourgogne ou sur un soulèvement de ce peuple si mobile, instrument de son élévation et de sa perte, qui, peu de jours auparavant, voulait le mettre en pièces, et qui maintenant le pleurait à chaudes larmes. Un geste, un cri l'aurait sauvé. Mais personne ne donna le signal libérateur. Pierre des Essarts, surintendant des finances, capitaine et prévôt de Paris, grand-bouteiller, grand-fauconnier, maître des eaux et forêts, grand-général, capitaine de Cherbourg et de Montargis, fut décapité. Sa tête resta exposée au bout d'une pique, comme un épouvantail et un défi ; et, suivant une prédiction du duc de Bourgogne, son corps fut pendu au gibet où lui-même avait fait attacher le cadavre de Montaigu.

Le Dauphin concertait avec les quarteniers et les principaux bourgeois le renversement d'une tyrannie devant laquelle tout tremblait. Le duc Jean surveillait ses démarches et il voulut lui en faire sentir les dangers. Dans la soirée du 9 au 10 juillet, on dansait à l'hôtel Saint-Paul : Jacqueville entre, va droit au prince, lui reproche les scandales et les dépenses de ses plaisirs, le tance, l'insulte, le menace. Indigné de l'audace de cet insolent, le sire de la Trémouille lui dit qu'il avait tort de parler de la sorte au fils du roi, et qu'une telle impertinence lui convenait à lui moins qu'à personne, vu le petit lieu dont il était. Jacqueville répond par un démenti. La querelle s'échauffe. Le Dauphin s'élance sur le capitaine de Paris et le frappe de trois coups de dague , qui l'auraient tué sans un haubergeon caché sous sa robe. La garde cabochienne, qui faisait le guet, comme à l'ordinaire, autour de l'hôtel, informée de ce qui s'y passe, accourt furieuse, force les portes, se précipite l'épée à la main au milieu du bal. Le duc Jean alors s'interpose et met fin à cette scène, en suppliant à mains jointes ses amis de ne pas souiller l'hôtel du roi par un horrible massacre.

Le lendemain, le Dauphin tomba malade et cracha le sang. Mais le roi recouvra la raison, apprit la

démarche des princes Orléanais et se hâta de leur
envoyer des ambassadeurs à Verneuil.

Les princes ne désiraient que la paix et l'union ;
ils se mettaient entièrement aux ordres du roi et
proposaient de se rendre auprès de sa personne, en
quelque lieu que ce fût, excepté pourtant dans la
ville de Paris.

Le duc de Guienne invita les envoyés à faire part
de cette réponse aux notables, réunis à l'Hôtel de
Ville pour délibérer avec les échevins et les chefs de
la milice urbaine. Au moment où l'assemblée allait
exprimer sa satisfaction, Jacqueville, Denys de Chaumont et Simon Caboche envahirent la salle, avec une
centaine d'hommes armés, en criant : « A bas cette
paix fourrée ! Nous n'en voulons pas ! » Puis, com-
mandant le silence et lançant aux envoyés des regards farouches, Caboche, couvert d'une brillante
armure de chevalier, parla ainsi à l'assemblée interdite :

« Comment, vous qui avez toujours approuvé
ce qu'a fait le roi, pouvez-vous conseiller la paix
avec ceux qui guerroyaient contre lui, il n'y a pas
encore deux ans, et qui détruisaient le royaume

pour faire un autre monarque? Si leurs offres étaient
sincères, ils ne laisseraient pas Louis Bourredon et
Clignet de Brabant, qui marchaient sous la bannière
orléanaise, occuper si longtemps Puiseaux, Beaune,
Pithiviers et les autres forteresses royales qu'ils
ont prises dans le Gâtinais. Ils ne laisseraient pas
piller encore tous les jours les sujets du roi et ravager
tout jusqu'à Étampes. Ils veulent voir le roi pour
mettre leurs personnes et leurs biens à sa disposition,
et ils lui demandent une entrevue partout ailleurs
que dans sa capitale! Que veut dire ceci? sinon
leur haine mortelle et leurs mauvais desseins contre
Paris. S'ils ne l'ont pas détruit l'année dernière, ce
n'est pas faute d'envie, vous le savez. Ils vous promettent d'oublier tout, et ils vous appellent leurs
amés et féaux? Ne vous y fiez pas, car c'est à seule
fin de se venger. Ils ne vous pardonneront jamais
d'avoir dépouillé de leurs richesses et fait périr dans
les supplices leurs serviteurs et leurs sujets. Que
les absents comme les présents le sachent donc bien :
une fois maîtres du roi, de monseigneur le duc, et
de la reine, les princes n'auront pas de cesse qu'ils
ne vous aient enlevé les chaînes de vos rues et toutes

vos armes; ils aboliront alors vos anciennes libertés, vous feront à tout jamais porter le bât de leurs
maltôtes, comme ils l'ont toujours fait, et s'engrais-
seront de votre misère, à notre honte éternelle. Par
le sang de Jésus-Christ, répandu goutte à goutte! s'il
en est ici, quelle que soit leur qualité, d'assez hardis
pour consentir à cette paix, nous les tenons dès ce
moment pour traîtres au roi et à la glorieuse ville
de Paris! »

Caboche avait raison. Les princes, dans les notes
secrètes remises par leurs députés au duc de
Guienne, ne dissimulaient point leurs projets de
réaction et ne reculaient pas devant la pensée de
mettre la ville de Paris à feu et à sang, si elle ne
rentrait pas dans le devoir. Mais l'équarrisseur
Caboche inspirait tant de haine, qu'on oubliait,
en l'écoutant, les légitimes intérêts dont il prenait
la défense. Pour éviter une collision sanglante, on
leva la séance, sans lui répondre. Mais, le même
jour, les dix-sept quarteniers, préposés au commandement des cinq divisions militaires de la ville,
réunirent secrètement l'assemblée; ils y convoquè-
rent les cinquanteniers et dizeniers sous leurs or-

dres, et la paix fut votée à l'unanimité des voix,
moins celles des quatre chefs de la populeuse paroisse de Saint-Eustache.

Le lendemain, le Dauphin promit aux bourgeois
de hâter la conclusion du traité, et de marcher à leur
tête, s'il devenait nécessaire de recourir à la force.

Ces diverses manifestations déterminèrent les
commissaires à mettre en liberté les dames et les
parentes de la reine, après leur avoir, toutefois,
fait jurer de garder le silence sur leur détention et
sur leur délivrance. Ils allaient même ordonner
l'élargissement des deux princes et de tous les seigneurs détenus comme eux, si Jean de Troyes et
ses complices ne s'y fussent opposés.

Voyant le pouvoir leur échapper, les Cabochiens
résolurent de le ressaisir par la terreur. Ils dressè-
rent une liste de bourgeois, qui devaient être, à la
première émeute, rançonnés, bannis ou égorgés.
Ils adressèrent aux villes de Picardie des lettres, par
lesquelles le roi représentait les princes comme des
traîtres indignes de vivre, et sommait les bourgeois
et les nobles de se lever en masse pour exterminer
sa famille. On lisait dans ces factums : « Le gou-

vernement actuel nous convient ; nous n'en voulons pas d'autre. Notre fils le duc de Guienne n'est
pas plus tourmenté maintenant qu'il ne l'était dans
le sein de sa mère. » Un chevalier, nommé Jean de
Moreuil, se chargea d'aller prêcher cette nouvelle
croisade, aussi méritoire, disait-il, que si elle était
dirigée contre les ennemis du Christ. En même
temps les Cabochiens informèrent les gens de Paris,
par la voix du héraut, que les princes voulaient détruire leur ville , tuer les bourgeois les plus considérables , et faire épouser leurs veuves à des valets.
Une levée de deux mille hommes fut ordonnée dans
la capitale et dans la banlieue , pour marcher sous ·
les ordres de Jacqueville, contre les bandes de Louis
Bourredon et de Clignet de Brabant. Mais, au moment où cette troupe allait entrer en campagne ,
l'état des affaires changea.

Le complot des bouchers avait, en transpirant,
ranimé l'énergie des bourgeois. Leur plus coura-
geux défenseur, l'avocat-général Juvénal des Ursins, cherchait des hommes prêts à se dévouer
comme lui, pour le rétablissement de l'ordre et de
la paix. Il y songeait jour et nuit. Il entendait dans

ses rêves une voix qui l'y exhortait. Le bon seigneur recommanda sa femme et ses onze enfants à
la grâce de Dieu, et se jeta résolûment dans cette
entreprise. Il allait tous les jours deviser des affaires politiques avec le duc de Berry, qui, depuis le
sac de son hôtel de Nesle, demeurait au cloître
Notre-Dame, chez son médecin. « Eh bien ! disait
le vieux prince, fort peu cabochien, quoique par
prudence il ne quittât jamais son chapeau blanc :
serons-nous toujours soumis à la domination de
ces méchantes gens ? » — « Ayez espérance en
Dieu : bientôt vous les verrez détruits et confon-
dus ! » répondait Juvénal.

Il rencontra, un jour, chez le duc, deux quarteniers, marchands de draps de la cité, nommés
Étienne d'Ancenne et Gervaisot de Mérilles, qui,
par de fréquentes relations avec leurs cinquanteniers et dizeniers, s'étaient assurés de la haine du
peuple contre les Cabochiens. On s'expliqua à cœur
ouvert ; on jura de s'exposer, corps et biens, pour
renverser les bouchers. On convint que le seul
moyen d'y parvenir était de pratiquer le peuple et
de le soulever contre eux.

Le duc de Berry, de son côté, agissait auprès du roi, qui le chargea d'aller à Pontoise avec huit bourgeois, membres du Conseil privé, pour traiter de la paix. Le duc de Bourgogne lui-même reçut l'ordre de prendre part à cette négociation. Toute la ville en désirait la réussite, et, pour l'obtenir, le clergé récita des prières publiques et célébra des messes solennelles.

Dès la première conférence, Mᵉ Guillaume Saiguet, député par le roi de Sicile, rappela, dans un discours plein de savoir et de bon sens, les torts des deux partis. Empruntant à Platon les principes qui devaient mettre un terme à la guerre civile et qui auraient dû la prévenir : « Il y a deux règles inva-
« riables, dit-il, pour ceux qui sont appelés au gou-
« vernement de l'État. Ils doivent, d'abord, se pro-
« poser le bien public comme but de tous leurs
« actes, et le préférer à leur intérêt privé ; ensuite,
« considérer l'État comme un seul corps, dont ils
« sont la tête et dont leurs sujets sont les mem-
« bres, de telle sorte que, si un membre reçoit une
« blessure, la douleur s'en fasse ressentir jusqu'à
« la tête. » Malheureusement, Platon ne fut pas

15.

plus écouté à Paris, qu'il ne l'avait été jadis à Sy-
racuse, et, malgré ses conseils, la guerre allait se
rallumer entre les Valois, comme autrefois au sein
de la famille de Denis.

Toutefois, après quatre jours de débats et de difficultés vaines ou réelles soulevées par le duc de
Bourgogne, les négociateurs finirent par s'entendre
sur la rédaction d'un quatrième traité de paix.

Le 1er août, les articles de cette convention furent lus au roi. Au moment où le Conseil allait en
délibérer, Jean de Troyes, les Saint-Yon, les Le Goix
et Caboche, entrèrent précipitamment, en requérant :
« Qu'ils vissent les articles, et, sur iceux, qu'ils as-
sembleraient ceux de la ville, car la chose leur tou-
chait grandement. » Le chancelier répondit que le
roi voulait la paix ; qu'ils en connaîtraient les conditions, mais qu'elles seraient soumises préalablement à l'examen du Parlement, de l'Université, du
Chapitre, de la Chambre des comptes et de la bonne
ville de Paris [1].

Depuis l'établissement du régime féodal, il était

1) Registres du Parlement.

inouï, dans les pays de Langue-d'oil, de consulter, sur un traité de paix, tous les manants d'une ville, bourgeois et gens de métiers ; mais cela n'était pas plus extraordinaire que de voir des bouchers et des équarrisseurs siéger dans le Conseil du roi.

Il y eut donc, le lendemain mercredi, au Parloir-aux-Bourgeois, une assemblée d'environ mille personnes, dans laquelle les Cabochiens prirent place en grand nombre, quoique beaucoup d'habitants des divers quartiers s'y fussent rendus pour leur tenir tête.

Maître Jean Rapiot, avocat au parlement, exposa la nécessité de rétablir la concorde, et déclara qu'il approuvait les articles, d'accord sur ce point avec le prévôt des marchands et les échevins. L'un d'eux, Robert du Bellay, parla dans le même sens et finit par dire que des méchants et des traîtres pourraient seuls voter contre la paix. Maître Jean de Troyes répliqua par un démenti, ajoutant qu'on leur proposait une paix fourrée ; qu'il fallait, au moins, rappeler aux seigneurs d'Orléans, de Bourbon, d'A-lençon et à leurs alliés, leurs méchancetés et leurs trahisons, afin qu'ils fussent bien pénétrés de la

grâce qu'on leur faisait en se réconciliant avec eux :
« D'ailleurs, dit-il en terminant, on doit d'abord nous
lire ici le traité. » Les Cabochiens comptaient faire
aboutir la discussion à un vote négatif. « Non , dit
un bourgeois; la matière est grande et haute. Il
vaut mieux en délibérer-dans les quartiers. Que les
quarteniers convoquent demain jeudi les habitants
des quartiers aux lieux ordinaires de réunion, et qu'on
lise les articles dans chaque assemblée ! » — « Oui,
dans les quartiers ! » s'écria-t-on de toutes parts.
— « Délibérons sur-le-champ , dit un des Saint-
Yon : il y a urgence. » On recommença de crier :
« Dans les quartiers ! » — « On délibérera ici, et
tout de suite, dit l'un des Le Goix, et quiconque le
voudra voir le verra. » — « Il y en a qui ont trop de
sang ! cria Henri de Troyes, fils du chirurgien ; il
faut leur en tirer à coups d'épée. » Alors un charpen-
tier du cimetière Saint-Jean , nommé Guillaume
Cirace, se leva et dit que , puisque la majorité voulait voter dans les quartiers , il fallait bien qu'il en
fût ainsi. « On va voter séance tenante et à ta face ! »
lui répliquèrent les Le Goix et les Saint-Yon. —
« On votera dans les quartiers! répliqua Cirace d'un

ton ferme, et, si vous voulez l'empêcher, il y a dans
Paris autant de frappeurs de cognées que d'assom-
meurs de bœufs. » Les bouchers se le tinrent pour
dit et se bornèrent à demander l'ajournement de la
convocation des quartiers au samedi suivant. Ils
espéraient pouvoir , dans ce délai , mettre à exécution leur projet de massacre. Mais cette proposition
fut également repoussée.

Le lendemain, de grand matin, Jean de Troyes,
qui était concierge du Palais et y demeurait, se hâta
de réunir les quarteniers de la Cité, pour s'assurer
leur concours. Le quartier fut promptement assem-
blé au cloître Saint-Éloi, et Guillaume d'Ancennes
ainsi que Gervaisot de Mérilles allèrent prévenir
Juvénal qu'on paraissait vouloir brusquer le vote
avant son arrivée. Il arriva, toutefois, assez à temps,
pour entendre les calomnies accumulées contre
les princes par maître Jean de Troyes. Celui-ci,
après avoir capté, par un bon accueil, l'assentiment
de l'avocat-général, lui demanda s'il ne pensait point
qu'il convînt de montrer cette cédule au roi et à
son Conseil, avant d'approuver la teneur du traité.

« Il me semble, répondit Juvénal, que, puisqu'il

plaît au roi, que tout ce qui a été dit et fait de part
et d'autre soit oublié et comme non avenu, il ne
faut plus rien en rappeler. Cette cédule est toute sé-
ditieuse et faite pour empêcher la conclusion de la
paix, que le peuple doit désirer. » — « Oui, la paix, la
paix ! » s'écrièrent les assistants, tout d'une voix. Et,
sans plus demander d'autre opinion, le seigneur de
Traignel dit : « Bien ! il faut avoir la paix. Qu'on
déchire la cédule de maître Jean de Troyes ! » Elle
fut aussitôt arrachée de ses mains et mise en pièces.

On apprit dans toute la ville ce qui venait de se
passer au quartier de la Cité, et, excepté ceux des
Halles et de l'hôtel d'Artois, tous les autres votèrent
de même par acclamation et sans délibérer, tant ils
avaient hâte d'être débarrassés de Caboche et de sa
bande.

Dans l'après-midi, l'avocat-général se rendit à
l'hôtel Saint-Paul, avec un grand nombre de notables. Il dit au roi, que ses bons bourgeois de Paris
le suppliaient de conclure une paix durable, et, pour
ce, de charger monseigneur de Guienne des mesures à prendre. Le roi trouva cette requête raisonna-
ble et répondit qu'il y serait fait droit. Mais le duc

Jean dit au seigneur de Traignel : « Juvénal, Juvénal, entendez-vous bien ! Ce n'est pas la manière de
venir ainsi. » — « Il n'y avait pas d'autre moyen de
conclure la paix, répliqua l'avocat-général, vu la
conduite que tenaient les bouchers. Vous en avez été
averti autrefois, et vous n'y avez voulu entendre. »
Ils allèrent ensuite chez le Dauphin, qui leur déclara
qu'il voulait la paix et qu'il le ferait bien voir. Il
fut convenu que le prince se ferait remettre les clefs
de la Bastille et qu'il chevaucherait le lendemain
par la ville.

Le peuple était déjà tout disposé à la paix. Les
bourgeois, à la tombée de la nuit, allumèrent des
feux de joie dans les rues et se promenèrent en armes, aux cris de : « La paix ! Vive la paix ! »

Le duc de Bourgogne n'osa point refuser les clefs
de la Bastille. Ses gens en sortirent, et Simon Caboche, prenant avec lui quatre cents hommes d'armes et les arbalétriers de Paris, alla s'emparer de
l'Hôtel de Ville.

Le lendemain matin, Juvénal, après avoir entendu
la messe, se rendit chez le duc de Berry qui venait
de l'envoyer chercher. Il avait concerté, dans la nuit,

avec les quarteniers, les mouvements de la journée.
Tout allait dépendre de l'attitude des deux quartiers
qui n'avaient point approuvé les conditions du traité.
Il importait donc d'imposer aux Cabochiens, par un
grand déploiement de forces, en évitant toutefois
un choc qui pouvait amener une collision générale.
« Eh bien ! Juvénal, demanda le prince, que faites-
vous et que dois-je faire moi-même ? » — « Monseigneur, répondit l'autre, passez la rivière, allez à
l'hôtel de monseigneur de Guienne, dites-lui de se
tenir prêt à monter à cheval pour se porter sur le
Louvre par la rue Saint-Antoine. Il délivrera mes-
seigneurs les ducs de Bavière et de Bar, et ne vous
souciez, car aujourd'hui j'ai espérance en Dieu, que
tout se passera bien et que vous serez paisible capitaine de Paris. J'irai trouver les autres et je les amè-
nerai tous à monseigneur le Dauphin et à vous. »

Pendant que le duc de Berry se conformait à ces
instructions, Juvénal alla chercher les compagnies
de la Cité, pour les réunir à celles de Saint-Germain
l'Auxerrois et marcher en force vers l'hôtel Saint-
Paul.

C'était ce que le duc de Bourgogne voulait empê-

cher. Il offrait aux bourgeois sa médiation pour apaiser les troubles et les engageait à mettre bas les armes, en leur représentant les dangers de la lutte et
en leur promettant d'obtenir du roi tout ce qu'ils
voudraient. « Nous nous battrons, s'il le faut, répon-
daient-ils, mais le Dauphin nous attend, et nous
avons des ordres du roi. » Le duc allait alors près
du Dauphin et le suppliait de renoncer à une démonstration qui pourrait faire couler le sang. Mais
bientôt les miliciens entrèrent en foule dans la cour
de l'hôtel, et le duc de Guienne, emmenant avec lui
les ducs de Berry et de Bourgogne, se dirigea vers
le Louvre, par la rue Saint-Antoine, à la tête d'une
armée qui aurait suffi pour chasser les Anglais du
royaume.

Quand il fut à la porte Baudet, l'avocat-général
se détacha de la colonne, et se porta lui sixième,
sur la place de Saint-Jean-en-Grève, où il trouva les
Cabochiens à la tête d'une troupe nombreuse rangée
en bon ordre. Comme il passait au milieu d'eux,
le neveu de maître Jean de Troyes arrêta par la bride
le cheval de maître Jean, fils de Juvénal des Ursins,
et lui demanda ce qu'ils avaient à faire : « Suivez-

16

« nous, ainsi que monseigneur le Dauphin, répon-
« dit le jeune homme, et vous ne pourrez faillir. »
Toute la troupe Cabochienne, voyant que les quartiers bourguignons ne bougeaient point, s'achemina
vers la rivière, à la suite du seigneur de Traignel qui
la conduisit au Louvre. Le duc de Guienne y était
déjà arrivé. Il avait délivré les ducs de Bavière et de
Bar, qui devaient, disait-on, être décapités le lendemain, ainsi que les prisonniers du Palais et de
l'Évêché. Le prince revint par la Grève, pour se
rendre dans la Cité et mettre aussi en liberté ses
serviteurs, qui remplissaient les prisons de la Con-
ciergerie et des deux Châtelets. Près de Saint-
Germain l'Auxerrois, un tapissier, qui reconnut
maître Jean de Troyes, s'écria, en tirant son épée :
« Ribaud, traître, à ce coup, je t'aurai ! » A cette
menace, les Cabochiens se jetèrent dans les rues ad-
jacentes et se dispersèrent dans toutes les directions.

On demanda à l'avocat-général si l'on irait fermer
les portes, pour les empêcher de sortir de Paris :
« Laissez tout ouvert, dit-il : s'en aille ou demeure
qui voudra ! Nous ne voulons que paix et concorde. » Mais tout le monde n'était pas animé de si

bonnes intentions ; quelques-uns même avaient grande envie de frapper le duc de Bourgogne. Le duc s'en doutait et envoya demander au seigneur de Traignel s'il était en danger. Juvénal le sauva, en répondant à haute voix qu'il ne courait aucun risque et qu'il n'eût garde; qu'ils mourraient tous, avant qu'on ne touchât à sa personne.

Le Dauphin entra à l'Hôtel de Ville, avec les princes, le prévôt des marchands, les échevins et Juvénal. L'avocat-général rappela en peu de mots les désordres du gouvernement qui venait d'être renversé, et l'on procéda, séance tenante, à la composition d'un nouveau pouvoir. Andriet de Pernon, prévôt des marchands et deux échevins furent maintenus dans leurs fonctions. Les échevins de Troyes et du Bellay furent remplacés par Guillaume Cirace et Gervaisot de Mérilles. Le duc de Berry eut la capitainerie de Paris; le duc de Bavière, le commandement de la Bastille, comme lieutenant du Dauphin ; le duc de Bar, le gouvernement du Louvre, et le sire Tanneguy-Duchâtel, le gouvernement de la prévôté de Paris.

De retour à l'hôtel Saint-Paul, le duc de Guienne,

en remerciant les bourgeois qui l'avaient accompagné, leur recommanda d'arrêter ceux qui s'étaient montrés contraires à la paix.

Les bourgeois n'étaient déjà que trop disposés à la vengeance. Ils rougissaient de la lâcheté qui les avait laissés si longtemps sous le joug d'une poignée de brigands. Ils regrettaient de ne pas les avoir exterminés tous jusqu'au dernier, et, pour en faire maintenant justice, ils se mirent à les chercher par toute la ville.

Ainsi le traité de paix était enfreint, avant d'avoir été proclamé, car une des clauses portait qu'aucun particulier ne serait recherché pour ce qui s'était passé, sous prétexte de justice ou autrement.

La ville était dans la joie. Les ducs de Guienne et de Berry la parcoururent, le lendemain, avec un brillant cortége de chevaliers et de bourgeois. « C'était, disaient les gens, bien autre chevauchée que celle de Jacqueville et des Cabochiens. »

La paix fut publiée par la voix du héraut, ainsi qu'une ordonnance qui prohibait, sous les peines portées contre les voleurs, la dénomination de *Bourguignons* et d'*Armagnacs*.

Te Deum, sonneries de toutes les cloches, processions de toutes les paroisses, sermons, festins, réceptions solennelles ; telles furent les manifestations qui précédèrent et suivirent l'arrivée des députés.

Aussi, le roi leur déclara-t-il que, malgré l'exception stipulée dans les articles, Paris serait le lieu de l'entrevue, attendu que les ducs et comtes n'avaient plus rien à craindre dans cette ville délivrée des séditieux, et qu'ils ne pouvaient nulle part être mieux reçus. On craignait qu'après tant d'offenses, les princes ne consentissent point à rentrer à Paris ; l'enthousiasme fut au comble, quand on apprit qu'ils voulaient tout oublier et que leur haine contre les Parisiens s'était changée en affection.

Le duc de Guienne révoqua son chancelier, créature des factieux, et donna la charge à Mᵉ Jean Juvénal, qui avait pris une part si active à la délivrance de la ville. Mais là se bornèrent ses bonnes inspirations, et, regrettant de ne pouvoir se venger des principaux Cabochiens, il fit renouveler, sans discernement ni justice, le personnel de toutes les administrations, et arrêter, en infraction au traité,

16.

des bourgeois qui avaient pris part aux émeutes.
Beaucoup prirent la fuite pour éviter le même sort.
La populace, qui avait pillé la maison des Armagnacs, allait piller celles des Bourguignons, quand
le roi fit défendre, sous peine de mort, de s'introduire, sans ordre, dans le domicile des fugitifs ou
des détenus.

On trouva deux listes de proscriptions, sur lesquelles les noms de plus de quinze cents seigneurs
et bourgeois étaient marqués d'un R, d'un B ou
d'un T, selon qu'ils devaient être rançonnés, bannis ou tués. On eût arrêté la nuit ceux de cette dernière catégorie, comme pour les mener en prison ;
puis on les eût jetés, sans bruit, à la rivière.

On pendit le bourgeois qui avait assassiné le
pauvre Courtebotte, c'était un de Troyes, coupable
de plusieurs meurtres, et les frères Coilles, bouchers, qui avaient noyé maître Raoul de Brissac.

Mais ces actes de justice ne suffisaient pas au ressentiment du Dauphin. Il lui fallait des représailles.
Il fit faire le guet autour de l'hôtel d'Artois, et on
y arrêta, par son ordre, quatre familiers du duc de
Bourgogne. Ce prince n'était plus appelé au Con-

seil, et l'on parlait déjà de son arrestation. Ne voyant plus de sûreté pour lui dans le retour d'opinion qui emportait les Parisiens, il résolut de fuir et d'enlever le roi. Dans ce but, il l'emmena, un beau jour, chasser au bois de Vincennes ; mais Juvénal les rejoignit avec cinq cents chevaux. Le duc eut beau se fâcher et dire « qu'ils volaient l'oiseau, » force lui fut de lâcher sa proie. Le roi se laissa tranquillement ramener dans sa bonne ville de Paris, tandis que son cousin, suivi d'une faible escorte, piquait des deux sur la route de Flandre.

Ce départ consterna les gens qui savaient prévoir. Le peuple courut au-devant des princes qui revenaient à Paris « en bel arroi ». Ils s'arrêtèrent à la porte Saint-Jacques pour jurer paix et amitié aux habitants. Leur entrée fut triomphale. Chaque rue était garnie de bourgeois armés de toutes pièces pour leur faire honneur et passage, et les acclamations de la foule accompagnèrent jusqu'à l'hôtel Saint-Paul ces ennemis de la veille, naguère objets de tant de haines et de malédictions. Le lendemain, au Palais, ils jurèrent publiquement, à genoux, la main sur la vraie croix, d'observer tous les articles

de la paix. Mais ils ne devaient pas être plus fidèles
à leurs serments, que les Parisiens à leurs opinions
politiques. Tous les meneurs bourguignons et cabochiens ayant été déclarés criminels de lèse-
majesté et bannis de France, leurs biens furent con-
fisqués, leurs femmes même furent renvoyées de
Paris, et conduites par des sergents, loin de leurs
maris, dans l'Orléanais. Tous les offices avaient été
confiés aux serviteurs de la cause orléanaise. Le duc
de Guienne les combla de biens et de faveurs, et
ses prodigalités à leur endroit furent telles , que
l'honnête Juvénal des Ursins dut refuser de sceller
ses mandements. Le duc lui retira alors les sceaux.
On rendit l'épée de connétable à Charles d'Albret,
et la charge d'amiral à Clignet de Brabant, coupable de si atroces brigandages. Paris se fit Armagnac. Le chapeau blanc fut remplacé par le chaperon mi-parti rouge et noir, et la croix de Saint-
André, par la bande blanche, dont on affubla même
les images des saints. Pour avoir déchiré celle de
Saint-Eustache, un jeune homme eut le poing coupé
et fut banni à perpétuité. Les petits enfants eux-
mêmes étaient sûrs d'être battus, quand ils chan-

taient, par habitude, le refrain des rues de Paris :
« Duc de Bourgogne, Dieu te tienne en joie! »
C'était maintenant contre lui, qu'on faisait des
chansons, et l'on disait que le duc de Bavière (puisqu'il était certain qu'on lui aurait tranché la tête
le lendemain du jour où il fut délivré) avait lâchement fait de ne pas soudainement tuer le duc de
Bourgogne. Princes et peuple s'ingéniaient à provoquer la colère de ce dangereux ennemi.

Mais le plus déplorable des actes qui signalèrent
le nouveau vertige de la cour et de la ville, ce fut
l'abolition de ces ordonnances du mois de mai, qui
corrigeaient tant d'abus et introduisaient tant d'a-
méliorations dans les services publics. Sur la demande des princes, peu de jours après leur retour,
le roi tint un lit de justice, dans lequel le chancelier
déclara : « que lesdites ordonnances avaient été
« arrachées du roi par les obsessions de certains
« intrigants. » Cela n'était pas vrai. C'étaient les
députés des trois ordres et les grands corps de l'É-
tat qui avaient provoqué ces réformes au nom de
la France, et les intrigants n'avaient fait qu'en demander la publication, alors qu'elle ne pouvait plus

être ajournée. Le chancelier ajouta : « que, ces or-
« donnances ayant été faites sans l'assentiment des
« princes des fleurs de lys et restreignant, suivant
« leur opinion, l'exercice de l'autorité royale, le
« roi avait jugé à propos qu'elles fussent annulées
« et déchirées, en présence de toute l'assemblée. »

Ces prétextes étaient absurdes. L'assentiment des
princes n'avait jamais été nécessaire pour valider les
édits royaux. Qui les empêchait, d'ailleurs, de signer ces édits? Quant aux restrictions apportées par
le roi lui-même à son pouvoir, dans cette espèce de
charte octroyée, elles lui étaient encore plus utiles
qu'à son peuple.

Plus tard, Louis XII donna ce noble exemple,
lorsqu'il ordonna, par son édit de 1499, qu'on
suivît toujours la loi, malgré les ordres contraires à
la loi, que l'importunité pourrait arracher au monarque.

Ce n'était pas l'omnipotence du roi, c'était leur
propre despotisme que les princes voulaient maintenir, comme l'avait prédit Caboche. Et, en rappor-
tant, sans la moindre apparence de nécessité, ces
ordonnances, qu'ils appelaient fort improprement

cabochiennes, ils replongeaient la France dans le chaos de l'arbitraire, pires, en cela, que les Cabochiens, car ceux-ci violaient les lois, mais ne les abrogeaient pas.

Ces lois ne trouvèrent pas un seul défenseur dans cette haute bourgeoisie parisienne, qui les avait tant vantées et qui était représentée par tant de membres au Parlement, à la Chambre des comptes, à la Sorbonne, au Conseil du roi! Ces bourgeois avouaient naïvement qu'ils s'étaient ainsi pliés à la volonté des princes, pour être sûrs de garder leurs places. L'Université, qui aurait pu protester, du moins par son silence, contre les excès de la réaction, les approuva complétement, par des lettres dressées dans une assemblée générale tenue solennellement à Saint-Mathurin le 1er décembre; et le peuple, qui la veille délibérait dans ces questions, comme les Leudes des rois francs, sur le choix de la paix ou de la guerre, le peuple, qui formait une puissante armée, et qui n'en avait plus aucune à redouter, car celle des princes était licenciée, le peuple, qui par conséquent était maître de la situation, et pouvait non-seulement maintenir le code administratif de 1413, mais restaurer la charte de 1355, le peuple de Paris entendit, sans murmurer, proclamer dans ses carrefours la destruction de ce dépôt national, confié à sa vigilance et à son courage.

Dans de telles circonstances, l'abandon des conquêtes constitutionnelles du pays était plus coupable encore que la faiblesse des Maillotins se laissant désarmer par les vainqueurs de Rosebec.

Les Parisiens avaient eu peur et avaient souffert. Las d'agitations et d'inquiétudes, ils tombèrent aux pieds d'un pouvoir qui leur promettait du repos, et se laissèrent dépouiller des seules garanties qui pouvaient assurer leurs franchises personnelles.

On maria des princes, on reçut des ambassades. Les bals, les processions, les tournois, se succédèrent, et Paris s'endormit, au bruit des fêtes, sur une pente qui l'entraînait à l'abîme.

LES
RÉVOLUTIONS DE PARIS.

NOTES ET FRAGMENTS.

I.

PARIS JUGÉ ET CONDAMNÉ

APRÈS L'INSURRECTION DE JUIN 1848.

« Paris, dont la postérité admirera le courage
« héroïque contre les rois, et ne concevra jamais
« l'ignominieux asservissement à une poignée de
« brigands, rebut de l'espèce humaine, qui s'a-
« gitent dans son sein et le déchirent en tous sens
« par les mouvements convulsifs de leur ambition
« et de leur fureur !... etc. » (VERGNIAUD.)

« Les Girondins demandaient la translation de
« l'Assemblée nationale à Rouen. » (LAMARTINE,
Hist. des Girondins.)

« Ils haïssent Paris, parce que Paris est la tête
« de la nation et renferme un peuple immense, la
« terreur des traîtres et des intrigants ! » (C. Desmoulins.)

« Si vous refusez l'Appel au peuple, vous avez
« un mouvement des départements contre l'exécu-
« tion de votre jugement ; si vous accordez l'Appel
« au peuple, vous aurez un mouvement à Paris, et
« des assassins tenteront d'égorger, sans vous, la
« victime. » (Buzot.)

« Mais pourquoi une opinion exciterait-elle des
« troubles dans Paris? Parce que ces amis de la
« liberté menacent de mort les citoyens qui ont le
« malheur de ne pas raisonner comme eux. Serait-
« ce ainsi qu'on voudrait nous prouver que la
« Convention nationale est libre? Il y aura des
« troubles dans Paris, et c'est vous qui les annon-
« cez! J'admire la sagacité d'une pareille prophé-
« tie! Ne vous semble-t-il pas, en effet, très-diffi-
« cile, citoyens, de prédire l'incendie d'une mai-
« son, alors qu'on y porte soi-même la torche qui
« doit l'embraser? » (Vergniaud.)

Quelle actualité !

Jamais gouvernement n'a été plus favorisé par les conjonctures que celui du 24 février : élans du patriotisme, oubli des divisions de partis, avances d'impôts, sacrifices de toute nature, unanimité de volonté et d'efforts, sans en excepter les princes exilés. La nation tout entière apportait son or, son cœur, ses bras et son sang. On lui a rendu, en échange des deniers de la veuve et de l'indigent, la ruine du commerce, l'extinction du crédit, la cessation du travail, l'avilissement de l'autorité, l'anarchie, de lâches flatteries à la paresse et aux passions de la multitude, la menace de la banqueroute, de la guerre civile, et de tous les malheurs qui marchent à leur suite !

Et cependant le gouvernement s'appuyait sur un homme doué d'un triple génie, proclamé l'espoir, le drapeau, le sauveur de la France, orateur dont la parole est un irrésistible levier, poëte, historien qui s'était concilié l'admiration et les sympathies du monde civilisé ! Jamais de si puissants moyens n'avaient abouti à de si déplorables résultats.

17.

L'Assemblée nationale pouvait tout réparer, mais elle s'ignorait elle-même, et son premier besoin était l'installation et l'affermissement d'un pouvoir régulier. Dans ce but, elle a subi l'influence qu'il lui appartenait d'exercer; elle a tenu compte, dans la mesure de la plus large condescendance, des difficultés du temps; à l'évidence du mal elle a substitué l'hypothèse des bonnes intentions; elle a récompensé le bien, par la proclamation anticipée de la reconnaissance publique, par la sanction des impôts les plus écrasants, par la promesse du concours aveugle et passif de la nation.

Pour prix de tant de confiance, on l'a exposée aux outrages et à la violence d'une populace en délire. On s'est éloigné de cette représentation nationale, comme si l'on craignait de se compromettre avec elle. On en a obtenu pourtant de nouvelles concessions auxquelles le pays était loin de s'attendre; et aujourd'hui, à tort ou à raison, la France croit que ses représentants ne délibèrent plus dans la plénitude de leur indépendance !

Ce soupçon, à lui seul, suffirait pour expliquer les malheurs de la situation. Or, ce soupçon existera tant que les cris de l'émeute retentiront aux portes du Palais national. Tant que les pouvoirs publics résideront au milieu de cette population turbulente dont la lie a débordé jusque dans le sanctuaire des lois et dont la pression s'exerce incessamment sur l'Assemblée nationale et sur le gouvernement lui-même.

On éloigne de la capitale une partie de ces ateliers de paresse, nourris pendant trois mois aux frais des véritables travailleurs, mais espère-t-on interdire à jamais le séjour de Paris aux fainéants et aux malfaiteurs? Chassés par une porte, ils rentreront par l'autre. Paris n'en renferme-t-il pas d'ailleurs un grand nombre dont il est le domicile légal! Ne sera-t-il pas toujours le centre de ces partis, qui, dans leurs journaux et dans leurs discours, exaltent les hommes de révolte, de cynisme et de sang? Les factions, les ambitieux, les gouvernements à Paris, auront toujours à leur service cette multitude, que les utopies égarent, que l'argent corrompt, que le désordre enivre, instrument de tyrannie dans les mains du premier ambitieux qui s'en empare.

Si la Commission exécutive compte dans son sein des hommes que repousse le sentiment public, si de faibles minorités deviennent, à force d'audace, des partis puissants, si le crédit ne se rétablit pas, si la misère fait de continuels progrès, si le pouvoir absorbe tout le numéraire du pays, si la France sans gouvernail est entraînée vers les abîmes ; la faute en est à cette multitude qui demande le drapeau rouge, remplit la ville de ses hurlements sauvages, se rassemble au nom de la Pologne et porte au sein de l'Assemblée nationale des factieux qui osent la dissoudre, envahit le domicile des citoyens, encombre les boulevards et les places publiques, et n'attend qu'un prétexte, qu'une occasion, qu'un signal, pour courir à l'émeute, au meurtre, au pillage.

Voilà les hommes qui, depuis quatre mois, pèsent sur les destinées de la France ! Et cependant qu'ont-ils de commun avec la nation ? De quelle délégation sont-ils investis ? Que représentent-ils ? Ce n'est pas l'agriculture : ils sont trop mous, trop faibles, pour supporter le rude labeur des champs ; ce n'est pas l'industrie : elle les appelle, elle leur offre d'énormes salaires, et ils aiment mieux en recevoir de moindres pour rester dans les ateliers nationaux, c'est-à-dire pour ne rien faire; ce n'est pas l'armée : jamais de pareils braillards n'ont eu le sentiment de la discipline et de l'honneur militaire !

Évidemment, ils n'ont rien de commun ni avec les populations de la province ni avec celle de Paris. Je me trompe, ils représentent toutes les imperfections, tous les défauts, tous les vices, tous les crimes, toutes les plaies morales. Bohémiens de la capitale, flâneurs, piliers de tabagies, suppôts de prostitution, escrocs, voleurs, brigands, échappés des bagnes, écume d'une société de trente-six millions d'hommes, ils s'amassent dans un gouffre où leur impureté fermente et s'exhale pour le malheur du pays et la honte de la civilisation.

Sans doute, la nation doit se préoccuper vivement de l'état de dépravation et de misère d'un si grand nombre de ses membres, mais sa politique ne pourrait subir leur influence, sans encourir le mépris de l'Europe.

Qu'on mette le peuple en contact avec ses représentants, que l'opinion de Paris pèse de tout le poids de son importance nationale dans les décisions de l'Assemblée ; mais les malheureux dont je parle, loin d'être les interprètes de la population parisienne, n'en sont que les fléaux et les oppresseurs.

Car, s'ils entravent la marche du gouvernement, s'ils entretiennent la défiance entre le pouvoir exécutif et l'Assemblée constituante, toute la France en souffre assurément, mais Paris beaucoup plus que tout le reste de la France. Aucune ville n'est aussi abandonnée de ses plus riches habitants ; dans aucune, le commerce ne languit au même degré ; dans aucune, le service de surveillance locale ne pèse aussi lourdement sur les citoyens.

Si le siége du gouvernement était ailleurs, les attroupements de cette populace n'auraient plus d'autre but que le pillage ; on pourrait alors la traiter en ennemie et la réduire bientôt à l'inaction ! Mais, tant qu'elle pourra, par la proximité du Palais national, affecter la prétention de représenter le peuple, il faudra user, à son égard, de tous les ménagements dus à la liberté individuelle, et, par conséquent, lui laisser le moyen de troubler sans cesse la sécurité publique. On aura beau augmenter la garnison de

Paris ; on réprimera l'émeute, on ne la préviendra pas (1).

Si le gouvernement et le télégraphe n'étaient point à Paris, et que la France fût d'ailleurs tranquille, elle ne se ressentirait pas des émeutes de Paris, et Paris dès lors n'aurait bientôt plus d'émeutes, car, l'agitation devenant stérile, ceux qui la provoquent y renonceraient.

Mais comment croire le retour des émeutes impossible, quand chacune d'elles obtient dans l'Assemblée nationale un résultat immédiat? Il y aura toujours des gens intéressés au désordre, et la capitale sera toujours exposée à ce danger, en ce que, pour faire le mal, il suffit de le vouloir. Paris est impuissant à prévenir le désordre. Avant la réunion de l'Assemblée nationale, on savait partout qu'elle serait violée. Les candidats l'annonçaient dans les clubs et promettaient à la France une attitude digne d'elle. Cet attentat, prévu et prédit, a été consommé

---

(1) *Journal du Peuple* du 15 juin 1848 : « La municipalité de Toulouse a été obligée de laisser sortir la procession qu'elle avait d'abord interdite. »

« Une grande capitale est incompatible avec les mœurs et les idées de la démocratie. »

et Paris s'en est aperçu, quand l'Assemblée était depuis trois heures livrée au tumulte, aux railleries,
aux menaces d'une multitude qui proclamait sa dissolution.

« Mais, dit-on, Paris est le cœur et la tête de la
« France. C'est là que le sentiment et la pensée de
« la nation se manifestent le plus activement, parce
« que c'est là qu'elle est représentée par le plus
« grand nombre de citoyens. Il est donc naturel
« que le siége du gouvernement soit fixé à Paris.
« Loin de cette ville, il serait sans contact avec le
« pays, il ne respirerait pas du même souffle, son
« pouls n'aurait point les mêmes pulsations : il n'y
« aurait pas accord entre la vie du peuple et celle
« du gouvernement. » Que Paris soit toujours appelé à jouer un grand rôle dans l'organisme national, cela est incontestable ; mais, dans un corps
bien constitué, un même organe ne remplit pas
une double fonction ; pour un mouvement, combien de convergence et de divergence ! C'est vers
Paris que la circulation afflue, c'est de Paris qu'elle
se dirige vers les départements : Paris est donc le
cœur de la France. Mais, là où est le cœur, ne doit

pas être le cerveau ; car un de ces organes ne peut fonctionner, sans risquer de paralyser l'autre, de porter le désordre dans le corps social, et de le livrer à de continuelles convulsions.

Le mouvement du cœur qui active la vie devient mortel, quand il se communique brusquement à la tête, et tant que Paris sera la tête de la France, la France sera menacée de fièvre cérébrale.

On est nécessairement amené à cette conséquence par l'observation des phénomènes de notre vie politique.

Paris, ou du moins une partie du peuple de Paris, demande la république ; la ville entière s'unit à ce vœu, et aussitôt le vœu de toute la France y répond.

C'est un mouvement du cœur, qui affecte instantanément le corps tout entier ; car, il ne faut pas l'oublier, la république n'a pas été une idée, mais un sentiment de Paris ; elle ne s'est pas produite avec la lenteur de la réflexion, mais avec l'élan de l'enthousiasme. Une fois la république proclamée, qu'arrive-t-il ? L'enthousiasme continue non-seulement à coopérer, mais encore à exécuter ce qui est

18

du domaine de la réflexion ; on veut organiser le
travail : ou le détraque, on l'arrête, on ne peut plus
le remonter ; on veut améliorer le sort de la classe
ouvrière : on l'expose à mourir de faim ; on promet
à l'agriculture une prospérité inouïe, et on l'écrase
d'impôts ; on prétend étendre la sphère de la liberté
individuelle, et l'on fait contre les attroupements
une loi plus sévère que celle de la monarchie ; on
veut punir un conspirateur, et on le refuse à la justice qui le réclame. On accorde à la Commission
Exécutive un vote de confiance : le lendemain, on la
soupçonne de collusion avec l'émeute, et on vote
contre elle dans le sens de l'émeute. Entre les volontés et les pouvoirs, il y a contradiction et tiraillements.
Pourquoi ? Parce que la tête et le cœur sont placés
dans la même région, parce que le cerveau n'exerce
plus ses relations normales avec les autres organes ,
et qu'il est sous l'influence d'une congestion.

« Vous ne pouvez pas juger de la situation, écri-
vent à leurs commettants les membres de l'Assemblée nationale, et nous ne pouvons pas vous la faire
connaître ! La pensée de la France est prisonnière
à Paris ; elle ne peut plus agir sur les provin-

ces : il y a congestion du cerveau et paralysie des membres. »

Ces inconvénients sont moindres sous la monarchie, parce que le chef de l'État y est moins accessible et que la nature même de la Constitution l'isole des autres parties du corps social. Les royautés cependant se ressentent aussi de ce vice d'organisation, et il contribue presque toujours à leur ruine. Témoin la monarchie de Juillet, morte, comme elle était née, des barricades de Paris ; témoin encore la dynastie impériale, que l'armée de la Loire aurait sauvée, si Paris avait résisté pendant quelques jours de plus. « Pour Dieu ! tenez quelques « jours, écrivait Napoléon à son frère Joseph : je « réunis les débris de l'armée, j'arrive sous les murs « de la capitale et je sauve la France ! »

Mais c'est surtout la république, dont l'existence est compromise par la présence de son gouvernement dans les murs de Paris. Sous le régime de l'égalité, les villes doivent être égales comme les citoyens. Les républiques vivent par les mœurs plus encore que par les lois ; or, les mœurs de la province sont moins corrompues que celles de la

capitale. La France n'a ratifié si facilement la
révolution de Février, que parce que la démocratie
était déjà dans ses goûts, dans ses instincts, dans
ses habitudes. Mais, à Paris, le luxe des quartiers
opulents offrira toujours un contraste dangereux
avec la pauvreté des faubourgs. Une partie de la
cité excitera toujours l'envie et la haine de l'autre.
Paris sera toujours le théâtre de la lutte entre le
prolétariat et la propriété. C'est là surtout que la
transformation sociale sera douloureuse. C'est là
que le régime de l'égalité rencontrera le plus d'obstacles, car, nulle part, il n'existe autant de différence
et d'antipathie entre les familles riches et les classes
déshéritées de la fortune. Elles sont séparées à Paris de toute la distance qui existe entre la suprême
délicatesse du goût, les raffinements exquis de la
civilisation, et l'abrutissement, la dégradation morale
et physique de l'extrême misère. « Ce ne sont point
ceux qui sont corrompus par les délices, dit Montesquieu, qui aimeront la vie frugale ; et si cela avait
été naturel et ordinaire, Alcibiade n'aurait pas fait
l'admiration de l'univers. Ce ne seront pas non plus
ceux qui envient ou qui admirent le luxe des autres

qui aimeront la frugalité. Des gens qui n'ont devant les yeux que des hommes riches ou des hommes misérables comme eux, détestent leur misère, sans aimer ou connaître ce qui fait le terme de la misère. » (*Esprit des Lois*, livre V, chap. iv.) Il y aurait folie à faire dépendre le sort de la patrie des convulsions d'une crise toute locale. Car la population de Paris est précisément dans cette situation morale, que Montesquieu signale comme la corruption du principe de la démocratie.

« Le principe de la démocratie, dit-il, se corrompt non-seulement lorsqu'on perd l'esprit d'égalité extrême, et que chacun veut être égal à ceux qu'il choisit pour le commander. Pour lors, le peuple, ne pouvant souffrir le pouvoir même qu'il confie, veut tout faire par lui-même, délibérer pour le sénat, exécuter pour les magistrats, et dépouiller tous ces juges...

« Le peuple tombe dans ce malheur, lorsque ceux à qui il se confie, voulant cacher leur propre corruption, cherchent à le corrompre. Pour qu'il ne voie pas leur ambition, ils ne lui parlent que de sa grandeur; pour qu'il n'aperçoive pas leur avarice, ils flattent sans cesse la sienne.

18.

« La corruption augmentera parmi les corrup-
teurs, et elle augmentera parmi ceux qui sont déjà
corrompus.

« La démocratie a donc deux excès à éviter : l'esprit
d'inégalité, qui la mène à l'aristocratie ou au gouvernement d'un seul, et l'esprit d'égalité extrême,
qui la conduit au despotisme d'un seul et qui finit
par la conquête. »

Ces lignes ne renferment-elles pas une prophétie
sur le Paris de nos jours? Cet esprit d'inégalité, qui
mène à l'aristocratie, n'est-il pas celui de nos pré-
tendus gentilshommes, qui rappelleraient si bien la
Régence par leurs manières et leurs habitudes? Cet
esprit d'égalité extrême n'est-il pas celui des gens
qui appellent les représentants du peuple *leurs
commis*, décrètent la dissolution de l'Assemblée nationale, crient un jour *Vive Barbès!* et le lendemain : *Vive Napoléon III empereur !*

Paris a été de tout temps un foyer de factions et
de guerres civiles; les orages qui se forment dans
ses murs s'y concentrent quelquefois, mais plus souvent ils vont par contre-coup éclater sur toute la
France, et alors même qu'elle n'en essuie pas

les explosions, elle en ressent toujours les effets.

L'horizon de Paris est toujours chargé d'éléments contraires : rapprochant par un contact continuel les pouvoirs publics et la population la plus nombreuse, l'autorité et la liberté s'y heurtent plus violemment qu'ailleurs; centre des plaisirs et du luxe, refuge de la misère et du crime, les crises sociales y éclatent par des causes toutes locales et presque inconnues dans les campagnes ainsi que dans les villes de province.

Du moment que Paris acquiert une importance très-supérieure à celle des autres cités et devient le siége du gouvernement, il devient aussi la source ordinaire des malheurs publics, et c'est dans les provinces que la France puise ses éléments de salut ou de véritables progrès.

Si le gouvernement démocratique peut s'établir en France, c'est au sein de nos pacifiques campagnes, qui ne connaissent ni le désœuvrement, ni les excès du luxe, ni l'extrême misère; où le morcellement du sol tend chaque jour à niveler les conditions; où les livres et les spectacles dangereux n'ont pas énervé les corps et les âmes; où enfin l'on croit

encore à la famille, à la propriété, à la religion, à
la patrie.

Ce n'est pas de Paris que nous viendra la démocratie : elle n'y a jamais existé. On dirait qu'elle y
trouve un sol réactionnaire. Jamais les franchises
communales n'ont pu s'y développer : tandis que
toutes les villes voisines, Étampes, Beauvais, Soissons, jouissaient des bénéfices de chartes municipales, Paris restait soumis à la justice immédiate du
roi, représentée par un vicomte ou prévôt (1). Malgré les progrès que le tiers-état a faits dans cette
ville, elle a toujours été livrée à la domination
absolue des rois , des factieux et des démagogues.

Oui, c'est bien là le peuple qui appelle les représentants de la nation ses *commis !* Que nous vient-il
de Paris ? Quelles maximes et quels hommes ? Prou-
dhon et le communisme ! Principes de l'association
et autres idées fécondes, faussées par l'exagération
des Parisiens !

(1) Sous les rois de la seconde race, Paris était gouverné par
des comtes; Hugues le Grand ayant reçu ce comté, de Charles
le Simple, à titre d'inféodation, Hugues Capet le réunit à la
couronne.

Paris qui ne peut pas toujours se gouverner lui-
même gouverne la province, et aux fautes du gouvernement s'ajoutent pour leur malheur les fautes
d'une partie des Parisiens et l'impuissance des autres. A eux la primeur de nos fruits, la dîme de nos
richesses, l'élite de nos populations; à nous l'expiation de leurs folies ou de leurs crimes! « Paris, a
dit Napoléon, Paris a toujours fait le malheur
de la France. »

II.

COMMENT PARIS EST DEVENU

LA

CAPITALE DE LA FRANCE.

L'importance de Paris, comme pivot stratégique, fixa dans les faubourgs de cette place ou dans les domaines voisins la résidence de ceux d'entre les rois mérovingiens qui réunirent toute la monarchie franque. Tant qu'il n'avait eu à surveiller ou à refouler que les tribus rhénanes, Clovis, à l'exemple d'Ægidius et de Syagrius, avait établi sa demeure ordinaire à Soissons ; mais, après la bataille de Vouglé, quand il lui fallut à la fois s'opposer au courant des invasions germaniques et tenir l'Aquitaine ferméc aux Goths d'Italie et d'Espagne, son instinct guerrier le conduisit à Paris. Il y prit position dans le palais des Césars et dans le camp retranché de leurs légions. Il y établit le siége de son empire, suivant l'expression suggérée, à Grégoire de Tours, par l'habitude des choses et des idées romaines.

Mais qu'était-ce, en réalité, que l'empire de Clovis et de tous les princes de sa race? Des possessions sans limites précises, une autorité sans garanties légales; rien de cet ordre et de cette fixité, qui constituent un État et une capitale, dans le sens de la politique romaine et de la nôtre. Il n'y avait pas de centralisation possible dans cette fluctuation de tous les intérêts, de toutes les prétentions et de tous les pouvoirs. Aucune prééminence métropolitaine ne résulta donc, pour Paris, de cette dernière halte du conquérant, et cette ville entra tout simplement, comme les autres cités gauloises, dans un des lots tirés au sort entre les quatre héritiers de la conquête.

Le second partage des Gaules, qui fut effectué en 567 entre les fils de Clotaire Ier, ne supposa pas non plus à la ville de Paris plus de valeur qu'aux autres capitales mérovingiennes : Soissons, Reims, Metz,

Orléans, Châlon-sur-Saône. Mais, après la mort de Charibert, quand Chilperic eut commencé d'entreprendre sur le roi d'Austrasie, les princes chevelus, reconnaissant, comme leur aïeul, les avantages militaires de son dernier campement, convinrent et jurèrent sur les reliques des saints, que Paris leur appartiendrait à tous trois par indivis; qu'aucun d'eux n'y entrerait sans le consentement des deux autres, et que l'infracteur de ce traité serait dépouillé non-seulement de sa part de Paris, mais du reste de ses États. Ce pacte fut plus d'une fois violé dans l'acharnement d'une lutte fratricide; mais cet étrange morcellement du territoire et de la population d'une place de guerre se renouvela toutes les fois qu'il y eut lieu de procéder au partage du reste du royaume.

Marseille, position spéciale sous un autre rapport, était la seule autre ville qui fût ainsi fractionnée en plusieurs lots. Les autres ports de la Méditerranée étant restés au pouvoir des Goths, il fallait que chacun des rois Franks eût un pied à Marseille, et pour sa part des revenus de la douane la plus productive des Gaules, et pour la garantie de son com-

19

merce avec l'Orient et de ses relations avec la cour
de Constantinople.

Quant à Paris, malgré le séjour fréquent des
rois de Neustrie, il n'avait acquis ni le développement ni la prééminence morale, qui distinguaient les grandes villes des Gaules; ce n'était
même plus qu'un monceau de cendres en 593, au
moment où deux rois se le partageaient encore; car
un incendie venait de détruire toute la ville, excepté
les églises; mais, dans leur défiance réciproque, des
princes rivaux réservaient comme terrain neutre
une place d'où semblait dépendre la domination de
tout le territoire gallo-romain.

Sigebert II et Dagobert Iᵉʳ se trouvèrent dans une
situation analogue à celle de Clovis : régnant sans
partage sur les Franks, ils se virent aussi forcés de
faire face, à l'Est et au Midi, aux Saxons et aux
Gaulois. Paris fut leur capitale, leur citadelle, à
l'un et à l'autre.

Ainsi, sous les Mérovingiens, comme sous les
Césars, Paris a le même rôle. C'est la place destinée
à préserver la Gaule des invasions de l'Est et à
couvrir les provinces méridionales. Cette valeur,

bien reconnue, bien constatée en tout temps, lui a
valu de nos jours ses immenses fortifications : elle y
gagna autre chose sous les fils de Mérovée. L'Église
vint se mettre à l'abri de cette citadelle des rois. Dès
la fin du sixième siècle, une grande partie des ter-
rains occupés par la ville actuelle fut couverte de
temples et de monastères.

La révolution presque séculaire, qui fit transférer
le sceptre d'une dynastie Salienne aux mains d'une
famille Ripuaire, détruisit en même temps tout l'intérêt qui s'attachait à la possession de ce boulevard
de la France occidentale (la Neustrie). L'Oster et le
Neoster ne formant plus qu'un seul royaume, couvert par les places du Rhin, la lutte de l'Orient et de
l'Occident ne cessa point, pour cela ; mais le théâtre
en fut déplacé, et la ville de Paris ne s'y trouva plus
comprise. Au lieu de leur guerre intestine, les
Franks, désormais ralliés sous un même drapeau,
eurent à l'Orient l'irruption des peuplades tudes-
ques et slaves ; au Midi, l'insurrection des Aquitains
et l'invasion des Arabes. Maîtres du Rhin et de la
Loire, rejetant à la fois les trois guerres au-delà des
deux fleuves, les Pépins n'avaient pas besoin de

Paris. Le berceau de leur grandeur personnelle, Metz, fut aussi leur quartier-général; et, pour plus de sûreté dans les provinces du Sud, Pépin le Bref en établit un autre à Bourges où il fit construire un palais. Paris put encore passer pour une capitale franque, tant qu'il ouvrit ses portes à un fantôme de roi, qui, deux ou trois fois par an, amené de sa villa comme une femme dans une basterne, venait lire aux Parisiens les préceptions d'un maire du Palais.

Mais, en 750, et quand Pépin le Bref eut mis fin à ces règnes ou plutôt à ces villégiatures forcées, en cloîtrant Childéric III dans le monastère de Saint-Bertin, Paris ou plutôt ses faubourgs ne conservèrent plus de la royauté que quelques tombeaux et les statues de pierre qui ornent encore aujourd'hui le portail de Saint-Germain des Prés. Ce ne fut plus dès lors que le chef-lieu d'un comté, considéré comme la plus petite des cités de la Gaule.

Rien ne portait Charlemagne à l'agrandir. Il avait su pacifier l'Aquitaine, en lui donnant un roi et en relevant le trône de Toulouse. Ses armées atteignaient les extrêmes limites de la Germanie. Quelle pouvait être l'utilité de Paris dans les guerres qui se

faisaient sur l'Oder, le Raab et le Danube? Qu'é-
tait-ce que la Seine elle-même, au prix de cette communication que le *Kaiser* frank voulait établir entre
l'Océan et la mer Noire, par la jonction du Danube
et du Rhin, comme Drusus et Néron avaient voulu
rattacher l'Océan à la Méditerranée par la jonction
de la Saône et de la Moselle? Disparaissant dans cet
empire qui s'étendait de l'Elbe à l'Èbre et du golfe
d'Otrante à la mer du Nord, Paris n'aurait plus été
qu'une bicoque insignifiante, sans la renommée des
églises et les richesses des abbayes de ses faubourgs. Le sang des martyrs avait seul fécondé cette
terre qui se couvrait de chapelles et de couvents.
Pendant plus de deux cents ans, cette petite ville, où
les souverains ne résidaient jamais, où ne se tenait
aucune assemblée générale, fut réduite à la plus complète nullité politique.

Le démembrement progressif de l'empire carlo-
vingien et les irruptions des Normands lui rendirent tout le prix attaché jadis à son occupation. Elle
avait servi de digue contre le flot des peuples de
l'Est, elle résista aux pirates du Nord, qui, depuis
plus de quarante ans, dévastant l'Europe occiden-

tale, contribuaient à la replonger dans le chaos d'où
Charlemagne l'avait tirée. Ils remontaient tous les
cours d'eau navigables, passaient du lit des fleuves
dans celui des rivières, et de marins devenaient ca-
valiers, et tantôt battus, tantôt victorieux, ils sacca-
geaient, incendiaient, dépeuplaient les villes et les
campagnes, depuis les rivages de l'Océan et de la
Méditerranée jusques au cœur de la Gaule. Paris fut
pris et brûlé trois fois. Enfin, en 885, récemment
restauré et défendu par une poignée de braves, il
repoussa pendant treize mois les assauts de trente
mille pirates. Cette résistance eut un effet moral,
proportionné aux épouvantables désastres dont elle
semblait devoir marquer le terme.

En 888, la mort de Charles le Gros livre les destinées d'un État défaillant à l'inexpérience du jeune
Charles le Simple. Cette dynastie dégénérée épui-
sait en rançons inutiles la substance du royaume
qu'elle ne savait pas défendre contre des irruptions
sans cesse renouvelées. Les grands de Neustrie firent
sacrer roi le héros du fameux siége de 885, Eudes,
comte de Paris, « homme vaillant et habile, disent
les Annales de Metz, qui passait avant tous les

autres, pour la beauté de sa figure, la hauteur de sa taille, la grandeur de sa force et de sa jeunesse. »

Ainsi la guerre défensive relevait le trône qu'elle avait porté, au commencement du sixième siècle, dans la plus forte citadelle de l'Ouest. Mais cette nouvelle domination fut d'abord moins étendue que celle de la dynastie mérovingienne. Les rivalités des princes Carlovingiens, combinées avec l'antagonisme des races, avaient abouti au fractionnement de l'empire, d'abord en trois royaumes, puis ensuite en neuf grands fiefs ou provinces feudataires de la couronne. L'hérédité des offices, consacrée par Charles le Chauve, avait érigé en États indépendants vingt-huit provinces du royaume de France. La restauration de l'ancien trône de Neustrie apportait un nouvel aliment de division parmi des intérêts déjà si compliqués. La plupart des provinces ou grands fiefs ne voulurent point reconnaître la suzeraineté du petit État, issu de l'assemblée de Compiègne, et la partie orientale de la Gaule du nord s'efforça de réintégrer dans leur suprématie politique la famille et le pays natal de Charles le Grand. La lutte qui recommençait entre la Neustrie et l'Austrasie ne fut pas même terminée, au bout d'un siècle, par le couronnement de Hugues-Capet.

L'intronisation définitive de la maison de Robert le Fort consacrait la prépondérance d'une population nouvelle, formée, entre la forêt des Ardennes et la Loire, par un mélange des races, qui, à beaucoup près, ne s'était pas produit dans les mêmes proportions à l'est et au sud de cette contrée. C'était la population, que dès lors seulement on peut appeler française ; sa nature mixte, comme sa position intermédiaire, appelait évidemment cette nation à opérer le rapprochement des conquérants et des indigènes, des Teutskes et des Welskes comme parlant frank ; mais la concentration du pouvoir royal dans une ville du Nord devait-elle également concourir à cette fusion ? La situation de la capitale, résultat forcé des événements, fut en tout temps conforme à la nature des choses, mais se prêtait-elle toujours à cette œuvre d'agrégation, devenue la tâche de la nouvelle dynastie ?

Cette unité des pouvoirs créée, les pouvoirs publics occupaient-ils la localité la mieux située pour la pondération des intérêts locaux et pour la satisfac-

tion des besoins généraux de la France de nos jours?
Cet examen sera l'objet des développements qui vont
suivre. Si les préoccupations de la crise actuelle dis-
posaient mal le lecteur à une attention rétrospective,
nous lui rappellerions que nos divisions ethnogra-
phiques et nos rapports de capitale à provinces ré-
sultent des révolutions non pas de la veille, mais de
nos origines nationales; que, pour juger de leur raison d'être et de durer, il faut se reporter par la pensée à cette première formation du pays, sous peine
de ne jamais résoudre la question dont elle est une
des données principales. Ce spectacle du passé est,
d'ailleurs, si fécond en enseignements et en espé-
rances! Quand la France a tant de fois disparu dans
les abîmes et qu'aux moments où on la croyait bri-
sée, engloutie, on la voit, gouvernée par quelque
main habile, échapper aux plus terribles tempêtes;
on sent mieux que jamais qu'elle ne périra pas,
pour s'être laissé surprendre par un orage!

Les grandes villes et les grands peuples ne sont
pas l'œuvre d'un jour. C'est l'accumulation des
siècles qui a créé leurs intérêts, leur caractère, tout
ce qui constitue leur nationalité. Celui qui ne les

jugerait que d'après les circonstances du moment, ressemblerait au géologue qui, pour connaître le sous-sol d'un terrain, se contenterait d'en étudier la surface.

C'est un sujet qui ne peut pas s'exposer *de plano*. Il faut le tailler à facettes et le présenter sous divers aspects. Il faut lui ouvrir des perspectives tantôt dans l'espace et tantôt dans le temps.

III.

COMMENT

PARIS A RÉVOLUTIONNÉ LA FRANCE

PENDANT CINQ SIÈCLES.

La cité la moins libre et la plus corrompue du royaume fut celle qui se trouva continuellement en contact avec l'autorité royale, et qui représenta auprès d'elle la nation tout entière. La bourgeoisie parisienne, dans sa vie politique, usa de la liberté, comme les légataires usent souvent de leur fortune : elle en mésusa, parce qu'elle n'avait pas eu la peine de la conquérir par ses efforts. Quant au menu peuple, toujours corvéable et taillable à merci, il compromit toujours par ses excès les droits que ses soulèvements parvinrent à obtenir.

Cependant les intérêts et les sentiments de la France n'étaient réellement pas représentés par cette population de la capitale, qui a toujours vécu dans des conditions exceptionnelles. La plus grande faute que la France ait commise, celle qui a le plus retardé ses progrès, a été de suivre aveuglément l'impulsion et l'exemple de Paris.

Paris n'a jamais eu de charte de commerce.

Tandis que les villes des Gaules défendaient ou conquéraient les armes à la main leurs franchises et leurs immunités, Paris, toujours maintenu sous le joug par des forces supérieures, demeurait en la main du roi et soumis à son bon plaisir.

Hugues Capet ayant reçu à titre de fief cette ville, sauvée des Normands par son aïeul Robert le Fort, il en fit la capitale de ses États, dont elle était le centre, et il en confia le gouvernement à un prévôt. A mesure que l'influence du christianisme étendait le bénéfice de l'affranchissement aux communes et aux serfs de la glèbe, les rois octroyaient à Paris des droits et des priviléges. On lui donna un Conseil municipal, des magistrats électifs, tels que le prévôt des marchands et les échevins.

Paris eut dès lors un corps de ville.

Il eut aussi des corporations de métiers, dont Étienne Boileau, prévôt des marchands sous saint Louis, recueillit et réforma les règlements. C'étaient des communautés, ayant leurs quartiers, leurs lois, leur juridiction, leur bannière, leurs priviléges, jouissant d'un monopole héréditaire et constituant une sorte de féodalité industrielle qui relevait directement de la couronne. Cette cité fut aussi le siége des institutions qui entouraient le trône, appuis et agents de l'autorité royale, telles que le Parlement, la Chambre des comptes, la Cour des aides, l'Université.

Mais tous ces avantages n'étaient pas équivalents pour la capitale aux constitutions des communes de France. Rien n'y entretenait cet esprit public, ce sentiment de la liberté individuelle, fondés sur des droits reconnus et qui permettaient aux cités des provinces d'opposer une résistance légale aux ordonnances qui ne l'étaient pas.

Cependant, la population de Paris augmentait de jour en jour, recrutée de tous les gens qu'y attiraient l'Université, la cour, les familles les plus opulentes

20

du royaume, l'appât des plaisirs, la facilité de vivre aux dépens des riches et sans rien faire. Les mœurs y furent promptement plus dissolues qu'ailleurs. Les repaires du vol et de la prostitution s'y multiplièrent. On connaît la cour des Miracles.

Paris devint la ville la plus peuplée du royaume, la plus corrompue, la moins faite à l'exercice d'une liberté légitime et régulière. Cette situation politique et morale de la capitale eut l'influence la plus funeste sur les destinées de la France.

Après la bataille de Poitiers furent convoqués à Paris les États-généraux : subissant l'influence du peuple soulevé par Marcel, prévôt des marchands, ils refusent les subsides nécessaires au salut du pays et se déclarent en faveur de la sédition. Alors les Parisiens appellent dans leur ville Charles le Mauvais; il y entre en triomphe, harangue la populace enchantée de son éloquence, grossit son parti de tous les scélérats que renfermaient les prisons, fait massacrer les plus dignes citoyens, et, de concert avec les chefs des factieux, invite les autres cités à soutenir la révolte de la capitale. Elles repoussent ces propositions, et, fidèles aux intérêts de la patrie, elles remercient le Dauphin de n'avoir pas désespéré du salut du pays et lui fournissent les moyens de réduire les traîtres. Mais, à la faveur de l'anarchie que Paris avait suscitée, la JACQUERIE ce communisme du quatorzième siècle, s'organise, et pendant deux ans elle porte le pillage, le meurtre et la dévastation par toute la France.

Dans tous ces troubles qui éclatent sous le roi Jean et dont Paris est le théâtre ou l'exemple, rien de national, rien qui révèle le sentiment du bien public et qui porte le caractère d'une révolution féconde. Le peuple et les écoliers de Paris se révoltent contre des mesures fiscales devenues trop nécessaires; puis, quand le roi prisonnier écrit de Londres pour s'opposer à la perception de ces impôts, les chefs des factieux, qui voulaient comme toujours s'enrichir aux dépens de leurs dupes, représentent la suppression des impôts comme un attentat contre la patrie, et le peuple de Paris a la sottise de les croire. Il a refusé son argent au prince qui devait sauver la France; il le donne volontiers à des traîtres, à des scélérats, qui la poussaient à sa perte.

Quant aux Jacques, ce sont de malheureux esclaves qui se vengent, comme se vengent les esclaves, par l'incendie et le carnage. Mais aucune pensée politique n'avait germé dans ces pauvres têtes, qui tombèrent bientôt sous le tranchant des épées de la noblesse et dont le sang devait cimenter pour longtemps la servitude de leur race.

Sous Charles VI, mêmes désordres et mêmes trahisons de Paris, qui eurent pour la France des suites encore plus funestes. Cette fois, les premiers torts venaient d'une cour avide et corrompue, qui faisait de la capitale le théâtre de ses folies, de ses débauches et de ses exactions. Le duc d'Anjou, régent pendant la minorité du roi, s'empara du trésor amassé par Charles V, et augmenta les impôts, pour s'assurer la possession personnelle du royaume de Naples. De leur côté, les ducs de Berry et de Bourgogne foulaient les Parisiens, et, à l'exemple des oncles du roi, tous les grands enlevaient dans les boutiques et dans les marchés les denrées et les marchandises à leur convenance.

Ce n'est pas qu'à Paris il n'y ait de bons citoyens autant et plus qu'ailleurs ; par malheur, ils y sont impuissants contre la populace , moins nombreuse qu'eux sans doute, mais toujours sur pied , n'ayant jamais d'affaires qui puissent la distraire du mal , et dont l'agitation incessante parvient à fatiguer le zèle des honnêtes gens.

Au commencement du quinzième siècle, la cour était déjà bien corrompue et le peuple aussi vicieux qu'elle. Le peuple, écrasé de corvées et d'impôts, se révoltait, pillait, et tuait, toutes les fois que l'anarchie lui laissait quelques chances d'impunité. Ainsi fit-il, à l'entrée de Charles VI, roi de douze ans, dont la faiblesse devait mener la France à deux doigts de sa perte.

Durant la démence de ce malheureux monarque, les Parisiens, après avoir subi la tyrannie du duc d'Orléans, se jettent dans les bras de son assassin, Jean sans Peur, qui entre triomphant, dans leur bonne ville, au cri de *Noël ,* sous la conduite des bouchers et du bourreau ; ils vont immoler à la vengeance du Bourguignon le connétable, le chancelier, les évêques, les magistrats, et une foule des meilleurs citoyens. C'était le digne prélude de l'accueil déloyal qu'ils devaient, deux ans plus tard, faire au roi d'Angleterre, en lui livrant la couronne de France, pendant que la province défendait avec énergie, au-delà de la Loire, son roi légitime, en attendant que Jeanne d'Arc vînt le faire sacrer à Reims.

L'héroïne tomba entre les mains des Anglais, et c'est l'Université de Paris qui les sollicita instamment de la traduire devant un tribunal ecclésiastique.

Toute l'Ile-de-France était déjà affranchie du joug de l'étranger, que les Parisiens le supportaient encore, malgré son excessive rigueur, et il fallut que le connétable de Richemont se fît introduire dans la place, pour aider les habitants à chasser la faible garnison qui les opprimait depuis seize ans.

Le quinzième siècle s'écoula sans troubles à Paris, parce que la cour ne s'y tint pas. Louis XI était sans pitié pour la révolte ; et, sous son règne, les Parisiens ne bougèrent ; mais, après sa mort, la crainte de leur turbulence fit porter à Tours le siége des États-généraux. Ils y furent de nouveau convoqués sous le règne de Louis XII.

Dans le siècle suivant, on les réunit à Orléans, à

Saint-Germain et à Blois, et tandis que les représentants de la noblesse et du tiers-état y faisaient entendre de fermes paroles contre les abus du pouvoir et les désordres du clergé, tandis que le vertueux Lhôpital y recommandait à l'Église la tolérance et aux tribunaux l'impartialité, le Parlement de Paris exaltait le fanatisme, attisait la guerre civile, et refusait d'enregistrer les édits de pacification.

Cette ville, la plus corrompue du royaume, devint le foyer le plus ardent des guerres de religion, et prêta la plus atroce complicité aux odieux projets de la cour. Sans doute l'exécution des ordres cruels de Charles IX et des Guise ne fut point limitée aux murs de Paris ; elle s'accomplit également dans d'autres villes du royaume ; mais nulle part les haines, les vengeances religieuses n'éclatèrent avec autant de rage que dans la capitale, et nulle part la population n'y prit une part aussi active. Le sang des femmes, des vieillards, des enfants, ruissela pendant plusieurs jours dans les rues : un homme, un orfévre, se vanta d'avoir tué quatre cents personnes, pour sa part. Plus tard, le Parlement de Paris ordonna une procession annuelle en mémoire de la Saint-Barthélemy, et en actions de grâces pour la délivrance du pays.

Dans les provinces, quelques commandants opposèrent un noble refus aux ordres sanguinaires du roi ; l'histoire nous a transmis les noms du comte de Tendre en Provence, de Gorde en Dauphiné, de Chabot en Bourgogne, de Saint-Hérou en Auvergne, et de plusieurs autres seigneurs qui s'exposèrent aux vengeances de la cour, plutôt que de se déshonorer en lui obéissant; mais, à Paris, pas un refus, pas une seule résistance ne vint sauvegarder l'honneur de la cité, en protestant contre une des actions les plus lâches et les plus criminelles, dont fassent mention les annales humaines. Au premier mot, nobles, bourgeois, écoliers, artisans, toutes les classes de la population catholique se plongèrent à l'envi dans le sang de leurs frères, et pas une indiscrétion, pas un mouvement d'humanité, pas un cri d'une seule âme indignée, ne prévint le signal funèbre que devait donner la cloche du Palais. On eût dit que cette ville de trois cent mille habitants n'avait plus qu'une âme pour haïr et qu'un bras pour assassiner. Encore, la passion eût-elle expliqué le crime; mais il fut commis sans colère, par une obéissance stupide et par un féroce entraînement. On recommanda au premier magistrat de la cité les dispositions à prendre pour le carnage officiel. Les compagnies bourgeoises, réunies par le prévôt des marchands à l'Hôtel de Ville, établirent partout des corps de garde, tendirent les chaînes à toutes les rues et s'acharnèrent aux massacres, quand les calvinistes sortirent à demi nus de leurs logis, au vacarme qui remplit en un instant toute la ville. Après le carnage dans les rues, commença le massacre dans les maisons : vieillards, femmes, enfants, rien ne fut épargné. Ceux qui tentaient de fuir étaient tués sur les toits à coups d'arquebuse ; ceux qu'on jetait par les fenêtres et qui restaient suspendus à quelque saillie, la populace les achevait à coups de pierre. « Les portes cochères, dit d'Aubigné, étaient bouchées de corps achevés ou languissants, et les rues, de cadavres qu'on traînait sur le pavé à la rivière. »

Les inimitiés, les vengeances particulières profitèrent du massacre général, sans que le fanatisme religieux entrât pour rien dans les motifs de leurs crimes. Des héritiers furent tués par leurs parents, des écrivains et des amants par leurs rivaux, des plaideurs par leur client. Le philosophe Ramus fut immolé pour la plus grande gloire d'Aristote, dont il avait combattu les doctrines, et les écoliers, fidèles instruments de leurs maîtres, mirent son cadavre en lambeaux. Le vol suivait le meurtre, et des pillards venaient offrir des dépouilles sanglantes au roi et à la reine, qui les acceptaient. Ceux qui auraient dû, au prix de leur vie, empêcher l'effusion du sang, en donnèrent l'exemple. L'âge ni le sexe ne firent d'exception, ni parmi les victimes, ni parmi les bourreaux : on vit des enfants de dix ans égorger des enfants au maillot, et des femmes de la cour parcourir du regard les cadavres des hommes de leur connaissance, avec des railleries qui les faisaient éclater de rire !

Voilà ce que produisit la férocité des mœurs, jointe à cet esprit de vertige qu'on souffle toujours si facilement aux populations nombreuses. Et qu'on ne dise point que les ordres de Charles IX eussent obtenu de Paris une obéissance tout aussi cruelle, si cette ville n'avait pas été le siége du gouvernement! Jean Chanon, prévôt des marchands, et Marcel, son prédécesseur, que le maréchal de Tavannes avait mandés auprès du roi, déclinèrent d'abord, par un bon mouvement de conscience, toute participation au crime, et certes ils ne l'auraient point commis, s'ils avaient eu à seconder, loin de la cour, la résistance d'un gouverneur, tel que La Guiche, Tanneguy le Veneur, Matignon, Villeneuve ou le comte d'Orthe, nobles seigneurs, dont il ne faut jamais perdre l'occasion d'honorer la mémoire ; mais Tavannes et le roi les déterminèrent par leurs menaces et par les prétextes dont ils colorèrent cette boucherie.

« Les pauvres diables, raconte Brantôme lui-même, ne pouvant faire autre chose, répondirent alors : « Hé! le prenez-vous là, Sire, et vous, mon-« sieur? Nous vous jurons que vous en aurez des « nouvelles; car nous y mènerons si bien les mains « à tort et à travers, qu'en sera mémoire à jamais.» Voilà, ajoute Brantôme, comme il ne fait pas bon acharner un peuple; car il y est après plus âpre qu'on ne veut. »

Au reste, les crimes de cette journée n'outre-passèrent point les intentions de ses fauteurs; car le duc de Guise, de Montpensier, et d'autres grands de la cour parcouraient les rues, en répétant aux compagnies bourgeoises que c'était la volonté du roi; qu'il fallait tuer jusqu'au dernier et écraser cette race de serpents.

Après ces cruautés inouïes, la Ligue paraîtrait à peine criminelle, si elle n'avait exposé à de grands périls la nationalité française; or, il faut reconnaître qu'elle prit à Paris un caractère plus violent qu'ailleurs, et que la capitale devint le foyer de la guerre civile entretenue par le fanatisme des Seize. La Ligue voulait assujettir le roi, mais les Parisiens prétendaient le détrôner et donner la couronne à la maison de Lorraine, devenue, comme autrefois le duc de Bourgogne, l'objet de leur adoration; car il leur faut toujours une idole. Quant aux Seize, ils livraient tout simplement la France à Philippe II. L'insurrection de la Fronde, légale en son principe, pouvait aboutir aux plus heureux résultats, si elle se fût bornée à rappeler les droits de la nation et à prêter main-forte aux parlements; mais en s'emparant de la résistance du peuple dans l'intérêt de leurs prétentions personnelles, les grands la rendirent aussi stérile que la révolte du lazzarone Mazaniello, qui éclatait à Naples presqu'en même temps et pour une cause semblable. Si la cour ne se fût trouvée ni à Paris ni à Bordeaux, elle n'eût pas ainsi détourné de son but un mouvement, qui contenait quelques germes des progrès de 89 et qui pouvait en hâter l'accomplissement.

Cette dernière époque suffirait à elle seule pour montrer tous les malheurs où la France peut être entraînée par les agitations d'une grande ville, siége de son gouvernement.

En 1789, comme en 1648, les parlements se refusent à l'enregistrement des édits bursaux; plus prévoyants que leurs devanciers, ils font convoquer les États-généraux; l'Assemblée constituante se forme, résiste aux attaques de la cour et de l'aristocratie, abolit les priviléges, redresse les abus, et rend aux peuples ses libertés. La Révolution est faite par la France, et non par le peuple de Paris. Il y contribua, à la vérité, par la prise de la Bastille; mais il faut remarquer que la destruction de cette prison d'État n'avait tant d'importance, que parce que c'était une forteresse qui servait à maintenir la France sous le joug, en dominant sa capitale.

A peine la tyrannie des rois est-elle tombée avec la Bastille, Paris forme ses clubs, qui imposent à l'Assemblée nationale et à la France la tyrannie des ambitieux et des sectaires.

« Regardez autour de vous, écrivait Lafayette à l'Assemblée nationale. Pouvez-vous vous dissimuler qu'une faction, et, pour éviter toute dénonciation vague, que la faction jacobite a causé tous les désordres ? C'est elle que j'en accuse hautement ! Organisée comme un empire à part, dans sa métropole et dans ses affiliations, aveuglément dirigée par quelques chefs ambitieux, cette secte forme une corporation distincte, au milieu du peuple français, dont elle usurpe les pouvoirs en subjuguant ses représentants et ses mandataires. »

C'étaient, en effet, les Jacobins de Paris, unis aux Cordeliers, qui avaient organisé la manifestation du Champ de Mars, l'envahissement des Tuileries au 20 juin et les massacres du 10 août; c'étaient eux qui devaient fournir à la Commune et à Danton les égorgeurs de Septembre, car il faut rendre cette jus-

tice au peuple de Paris, que son humanité avait fait
des progrès depuis la Saint-Barthélemy, et que, s'il
n'avait pas encore assez d'honneur et de courage
pour tenir tête à ces bourreaux, du moins il n'en
fut pas l'instrument ; mais on trouva pourtant dans
les faubourgs six ou huit cents cannibales, qui se
firent une fête de cette épouvantable besogne, et
qui, pendant trois jours, las d'égorger des vieillards
et des femmes, les pieds dans le sang, assis sur des
cadavres entassés, prenaient leurs repas au milieu de
ces hécatombes humaines, et, pressant dans leurs
mains les cœurs de leurs victimes, en buvaient le
sang avec délices pour réparer leurs forces !..

Voilà les hommes que Paris fournissait à la Révolution, et de plus coupables encore ; car Danton,
Marat, Camille Desmoulins, orateurs, publicistes de
fausse et médiocre intelligence, mais pourtant d'un
esprit cultivé, étaient, dans l'ordre moral, infé-
rieurs à ces brutes assouvissant une soif de carnage,
excitée par d'habiles écrivains et par d'éloquents
orateurs.

La province, au contraire, était représentée par
les Girondins, hommes intrigants et ambitieux, qui

commirent bien des fautes sans doute, mais qui
curent toujours une profonde horreur pour les mesures sanguinaires qui ont souillé cette grande époque
de rénovation et de progrès.

PARIS TUERA LA FRANCE.

PARIS TUERA LA FRANCE [1].

I.

Insuffisance des mesures prises ou proposées contre les 'dangers de la situation. — Décentralisation. — Translation des usines parisiennes. — Réforme de l'enseignement. — Compression permanente. — Invasion imminente.

Aurions-nous résolu les éternels problèmes du Contrat social, jouirions-nous de la meilleure des constitutions possibles, les résultats en seraient toujours précaires et la durée incertaine, tant que nos

[1] Cette partie du grand travail historique et politique, que Lucien Davesiès avait préparé pour démontrer la nécessité de déplacer de siége du gouvernement, est la seule qui ait été publiée (Paris, Dentu, 1850, in-12 de 70 pages). Elle renferme un abrégé de l'ouvrage que l'auteur voulait écrire sur ce sujet. Cette brochure causa une vive sensation, et tous les journaux s'en occupèrent alors, les uns avec colère, les autres avec sympathie.

(*Note de l'Éditeur.*)

destinées dépendraient d'une population possédée
du démon révolutionnaire. Or, aucune des mesures
opposées jusqu'à présent aux effets de la démagogie parisienne ne se recommande par une énergie
suffisante.

Les conseils-généraux des départements, décli-
nant la solidarité des insurrections futures, ont re-
vendiqué le droit et même l'obligation légale de
réagir spontanément contre tout gouvernement
usurpateur. Une loi conforme à ce vœu donnerait
au pouvoir constitutionnel le temps de se remettre
d'une surprise et de recouvrer sa liberté d'action ;
mais elle ne suffirait pas pour circonscrire la révolte
dans le périmètre des fortifications de Paris. La
grande cité, siége de tant de monopoles, n'a pas
gardé celui des utopies et des mauvaises passions.
Les contre-coups de ses orages sont préparés de
longue main dans les provinces, par une active propagande, et des courants électriques parcourant la
France dans toutes les directions peuvent y allumer
sur mille points à la fois le feu de la discorde et de
la guerre civile.

La démagogie, d'ailleurs, n'a pas besoin d'une

victoire sanglante pour accomplir son œuvre de
destruction : elle a un système d'agitation et d'op-
pression morale plus à craindre que des batailles.
Les départements repousseraient ses agressions armées et se débarrasseraient de ses proconsuls. Mais
que peuvent-ils contre ces doctrines sauvages, qui
démoralisent les populations ouvrières, contre ces
menaces qui paralysent l'industrie et le commerce,
contre ce souffle de l'anarchie qui tarit toutes les
sources de la fortune publique ?

Indépendamment de cette décentralisation politique, proposée comme expédient transitoire dans le
cas d'un triomphe momentané des factions, on demande aujourd'hui de toutes parts la décentralisation administrative ; mais une réforme de cette nature, évidemment nécessaire dans certaine mesure
et dans la limite de certains intérêts, ne pourrait
dépasser cette limite, qu'en compromettant l'unité
nationale. Le fait le plus persistant de notre histoire est la lutte des provinces contre le pouvoir souverain. Je ne sais si, depuis Hugues Capet jusqu'à
Louis XV, on citerait plus d'un règne qui n'eût pas
vu quelque partie du territoire français aux prises

avec l'autorité centrale. L'obstacle le plus sérieux à
la concordance de ces prétentions diverses était
cette organisation féodale qui attribuait à des vassaux et à des assemblées provinciales l'administration de la plus grande partie du royaume. L'unité
politique n'a réellement commencé en France
qu'avec la centralisation administrative.

Laisser au libre arbitre des départements le vote
entier de leurs budgets, la gestion de leurs propriétés et l'emploi de leurs richesses, leur accorder enfin
les droits des États de l'ancien régime, ce serait
rompre dans les mains du pouvoir le faisceau de
nos ressources nationales, ce serait renoncer à cette
direction suprême de nos forces concentrées, instrument et sauvegarde de notre puissance. Il n'y a plus
de feudataires, pour exploiter chaque localité au profit
de leur ambition personnelle, mais il y aura toujours des intérêts contraires, dont la divergence,
suscitant mille rivalités entre les populations, dé-
truirait peu à peu cette unité que l'Europe nous
envie. « Le ministre ordonne, a écrit quelque part
un de nos publicistes, le préfet transmet, le maire
exécute, les arsenaux se remplissent et se vident, les

armées se rassemblent, les vaisseaux marchent, et la France est sur pied. » Il ne faudrait plus compter sur cet ensemble de volontés et d'efforts, si l'État n'avait plus à sa disposition les forêts, les mines, les cours d'eau, les ports, les routes des départements, et s'il n'étendait plus sa curatelle sur toutes les forces vives, comme son autorité sur toutes les divisions territoriales de l'Empire.

Il est des intérêts purement départementaux, qui peuvent être sans inconvénient dirigés d'une manière souveraine par les représentants des localités ; mais il en est d'autres supérieurs, qui, participant à la fois des besoins locaux et des intérêts généraux de la société, doivent évidemment relever, en dernier ressort, du pouvoir central. A ce point de vue, nos lois départementales et communales, il faut le reconnaître, sont susceptibles d'améliorations. Elles devraient laisser aux administrations et aux assemblées locales plus de liberté dans la limite de leurs attributions actuelles, et même étendre la sphère de ces attributions. Il y a aussi des simplifications importantes à introduire dans le système des services publics et des rouages administratifs. Enfin, une

partbeaucoup plus|large devrait être faite à l'industrie
privée dans les grands travaux dirigés par l'État,
comme dans les productions des objets nécessaires
à l'entretien et à l'armement de la flotte et de l'armée. Mais ces réformes de détails ne relâcheraient
pas les liens qui rattachent chaque parcelle de la
France à un centre commun, et si elles étaient assez
radicales pour que les mouvements déréglés du
cœur cessassent d'affecter toute l'harmonie organi-
que, cette solution de continuité entraînerait infail-
liblement la dislocation du corps national.

Les partisans exagérés de la décentralisation
s'appuient sur l'exemple des États-Unis; mais ils
oublient que, n'étant pas entourée de pays rivaux
ou ennemis, l'Amérique ne saurait jamais se trouver, comme la France, dans la nécessité de mettre
sur pied quatorze armées à la fois, ou de porter sur
un point, à tel moment donné, une masse de quatre
cent mille hommes. Il n'est pas de comparaison
possible entre des situations si disparates; et toutefois, si dans la courte existence de la république
américaine se sont déjà produits des germes de dissolution, c'est surtout dans l'indépendance admi-

nistrative de ses États, qu'on les découvre.

On cite également l'Angleterre, dont les paroisses sont beaucoup plus émancipées que nos communes ; mais, dans la Grande-Bretagne, la *vestry* et
ses délégués, qui forment l'administration parois-
siale, sont volontairement soumis à l'influence d'une
aristocratie, propriétaire de presque tout le territoire, patriciat aussi homogène et plus puissant que
celui de la république romaine. On peut sans danger abandonner à un tel corps la haute direction des
affaires provinciales, parce que l'intérêt général se
personnifie dans chacun de ses membres.

Un exemple plus décisif pour nous, à cet égard,
est celui de l'empire romain, florissant par l'unité
administrative, et démembré par l'abus de la centralisation. Ces grandes ruines ne se font pas en un
jour, mais progressivement ; elles n'en sont pas
moins irréparables. On peut leur appliquer ce que
dit M. Villemain à propos des littératures et des
langues : «Les peuples ne s'aperçoivent pas d'abord
« qu'ils changent, qu'ils descendent, qu'ils dérivent,
« et puis tout à coup ils se trouvent ailleurs. » Tel
serait le sort de la France, si elle rompait le nœud

22

qui rassemble les divers éléments de sa nationalité.

Une troisième réforme est proposée. C'est un retour à la pensée de Napoléon, qui s'efforçait d'éloigner de la capitale les ateliers nombreux et les grandes manufactures. Depuis 1820, ces établissements, multipliés outre mesure à Paris et dans sa banlieue, y attirent une population de prolétaires, dont les meilleurs instincts, égarés par le matérialisme, voués à tous les leurres des utopies, à toutes les aberrations politiques et sociales, deviennent l'instrument aveugle de la démagogie. C'est par eux que le 24 février nous imposait l'épreuve inattendue d'un gouvernement républicain ; c'est par eux que tant de journées révolutionnaires eussent refoulé la France, sous prétexte de progrès, dans des voies abandonnées de l'humanité depuis quatre ou cinq mille ans. « Il faut, dit-on, dissoudre une agglomération qui fait contre-poids à la souveraineté nationale, et interdire aux usines le département de la Seine, pour n'y laisser que des entrepôts de leurs produits. »

Ce déplacement serait salutaire sans doute ; mais, outre qu'il donnerait lieu à des indemnités fort onéreuses, il ne pourrait jamais être assez complet

pour assurer l'équilibre et le repos de la population
parisienne. Elle devrait toujours, en effet, conserver
les corps d'états indispensables à une grande ville,
personnel plus nombreux et aujourd'hui plus séditieux que celui des fabriques ; car les ouvriers animés du plus mauvais esprit sont précisément ceux
qui reçoivent les plus forts salaires. Ce n'est pas
tout. Les ateliers proscrits se grouperont tous, dans
un rayon aussi rapproché que possible , autour de
leur centre de consommation, et, au premier signal,
ils y jetteront des masses de combattants, d'autant
plus redoutables qu'elles seront moins attendues.
Enfin, Paris était un foyer de révolutions, avant d'être
une ville de manufactures. L'éloignement d'une
partie de sa population ouvrière ne serait donc
qu'un palliatif bien insuffisant.

Le mal est dans les esprits , dans les cœurs, et
c'est de là qu'il le faudrait extirper. D'éminents
citoyens, des amis de la patrie, se sont associés
dans ce noble but; ils ont ramené aux vrais principes quelques esprits droits, quelques consciences
honnêtes; ils ont préservé quelques communes de
la contagion; mais ils n'agiront pas sur la masse

des socialistes de Paris, malheureuses dupes qui
n'ont plus d'yeux ni d'oreilles que pour les dé-
cevantes promesses de la fausse science. L'homme
ne renonce pas généralement à l'hérésie qui flatte
ses passions. Il en est de la vérité sociale, comme
de la vérité religieuse : ce sont les passions et non
les intelligences qui ne peuvent s'y accommoder.
Raison de plus, sans doute, pour nourrir les nouvelles générations des principes de la vraie religion
et de la vraie politique. Chose remarquable! le plus
éloquent des sophistes, un de ceux qui ont le plus
contribué aux excès de la réalisation philosophique du dix-huitième siècle, Rousseau, déclarait
impossible une société de chrétiens; et voilà qu'aujourd'hui les hommes d'État, les orateurs et les publicistes les moins suspects d'engouement, procla-
ment l'impossibilité de rendre à la France un avenir d'ordre et de progrès, sans le secours du christianisme! Impuissants pour satisfaire une multitude
fanatique de convoitise, réduits à la nécessité de la
réconcilier avec la pauvreté, avec le travail et toutes
les rigueurs de la condition humaine, ils sentent que
le pauvre et le riche ne peuvent plus se rencontrer

pacifiquement que sur le terrain de la résignation et de la fraternité évangéliques ; que la religion devient dès lors la pierre angulaire de l'édifice social, et que, pour accorder désormais les volontés individuelles, il est absolument nécessaire de modifier l'état des intelligences et des âmes. Mais la foi ne se décrète pas, et, avant que la société soit ramenée aux croyances de ses pères par un système d'éducation approprié aux besoins de l'époque, la génération actuelle peut disparaître dans le gouffre ouvert par la démagogie parisienne.

On contient aujourd'hui la population communiste, comme on l'a combattue, par la force matérielle. C'est un préservatif, auquel il faut bien recourir en présence d'un péril imminent, mais qui ruine le Trésor et plus encore le crédit moral de l'autorité. Un pouvoir tenu en échec dans sa capitale, et vivant au jour le jour sous la protection de quatre-vingt mille baïonnettes, finirait par perdre sa popularité, et ne pourrait prétendre à cette indépendance, sans laquelle un gouvernement est à la merci des événements extérieurs.

Or, jamais la libre disposition de ses forces n'a

été plus nécessaire à la France, que depuis la dernière révolution de Paris.

L'espèce humaine a suivi jusqu'à présent une loi de gravitation aussi évidente que le cours des astres. Elle s'est avancée comme eux d'Orient en Occident, et, sauf quelques déviations et quelques retours, cette marche a été périodique, parce qu'elle résultait de la conformation du globe et du besoin de ses habitants. Les peuplades de l'Asie Orientale, vivant sans patrie sous ce régime de la tribu que le communisme voudrait nous rendre à titre de perfectionnement, épuisent promptement leurs terres et sont bientôt obligées d'en chercher de nouvelles. Au Nord elles trouvent les glaces polaires, à l'Est l'Océan, au Sud la Chine, qui regorge de population : force leur est de se diriger vers l'Ouest; de sorte que les masses d'hommes qui se multiplient de l'équateur au pôle boréal affluent constamment vers le sommet du triangle formé par les continents d'Asie et d'Europe. Resserrées et retenues par la civilisation dans ces limites étroites, elles en débordent à la fin, et, poussées vers l'Occident, elles vont demander à l'autre hémisphère espace et liberté ; mais cette dernière migration est toujours la conséquence douloureuse de l'encombrement.

De temps à autre, un grand homme se rencontre qui remonte et ralentit ce courant ; mais il ne l'arrête pas. Les peuples, dans leur folie, détruisent de leurs mains les digues qui les préservaient, et de nouveau le torrent se précipite. Après Théodose, les Vandales et tous les Barbares de la grande invasion traversent le Rhin et les Alpes. Après Charlemagne, les Normands s'établissent en Gaule, en Italie, en Sicile. Après Frédéric Barberousse, les Turcs s'avancent jusqu'aux portes de Bysance. Après Napoléon, la Russie entre deux fois à Paris, franchit les Balkans, dicte un pacte de vasselage à l'Ottoman vaincu, domine les principautés danubiennes, et se prépare un libre passage vers Constantinople et vers l'Adriatique, entre l'Autriche, son alliée, et la Turquie, sa victime.

A ce flot qui monte toujours, nous opposions naguères la digue des nationalités. Que faisons-nous aujourd'hui ? ou plutôt que fait Paris ? car la France n'est pour rien dans l'ébranlement actuel de l'Europe. Paris, par son influence révolutionnaire, dé-

truit les liens de la vie internationale, nos remparts
politiques, et provoque les coalitions et les guerres
de races. Pendant que le despotisme de sa démagogie compromet l'unité française, sous la pression
de sa propagande, l'unité allemande tend à se re-
constituer, pour s'unir un jour contre nous à l'immense famille des peuples slaves. Paris, en un mot,
soulève le monde, pour le faire retomber sur la
France.

Et qu'avons-nous à gagner à un pareil conflit?
Il y a en Europe soixante-seize millions d'hommes
de race romane, contre cent vingt-cinq millions de
langue slave et de langue tudesque, appuyés des
innombrables tribus que l'Asie met toujours au
service de leur coalition. Toute compensation faite
des sympathies et des répugnances dont nous pouvons être l'objet, est-il sensé de notre part d'attirer
le genre humain sur sa pente naturelle, et de risquer contre lui notre avenir au jeu de la force et du
hasard? Nous sommes sans doute une puissante
nation, mais notre puissance n'est pas à l'épreuve
de tous les embarras que peut nous susciter la démence révolutionnaire de notre capitale ; nous ne

pourrions nous défendre à la fois contre elle et contre l'univers, et si nous voulons pour longtemps encore une France au monde, il importe de réduire à de justes proportions cette prépondérance démesurée d'une cité française.

Surveillance armée, résistance des départements, épuration de la capitale, propagation des saines doctrines, réforme de l'administration et de l'éducation publique, répression de la mauvaise presse, tous ces moyens peuvent ne pas suffire, pour nous sauver de la décadence et de l'invasion étrangère. De tels dangers réclament, en outre, une mesure plus énergique et plus locale, qui attaque le mal dans le vif et ne lui laisse pas la possibilité de renaître.

II.

Nécessité de déplacer le siége du gouvernement. — Nos conquêtes constitutionnelles toujours perdues par la faute de Paris. — Conspiration d'Étienne Marcel. — Paris cabochien. —
Paris armagnac. — La Saint-Barthélemy. — Paris ligueur. —
Paris frondeur. — Paris jacobin.

Ce remède radical, et sans lequel tous les autres
seraient impuissants, c'est la translation du gouvernement hors de Paris.

L'influence de Paris n'est si expansive et si funeste, que parce que cette ville domine le pouvoir
dont elle est le siége. A la faveur de cette position
spéciale, elle a, dans toutes les crises politiques, ac-
caparé l'impulsion dirigeante ; et le pays, dans l'impossibilité de se mouvoir spontanément, ou même
de produire l'expression résumée de ses volontés,
s'est habitué à laisser sa capitale agir et parler pour
lui. Or, Paris se trouve toujours sous l'empire de

certaines circonstances locales et de certaines prétentions personnelles. De là un désaccord inévita-
ble entre les intérêts nationaux et les résultats amenés par les manifestations et les actes de la métropole.

Ouvrez l'histoire : vous y verrez toujours l'œuvre
ou la pensée collective de la France, faussée ou dé-
truite par l'action individuelle de Paris, et les malheurs de notre patrie découler des fautes de cette
cité, rendue ingouvernable par ses habitudes avec
le gouvernement.

Cette antithèse perpétuelle de l'État et de la cité,
du pays et de la capitale, me paraît renfermer des
enseignements, jusqu'ici trop méconnus, dont, aujourd'hui plus que jamais, il y aurait lieu de tenir
compte. Car il ne faut pas croire qu'il n'y ait pas de
références possibles, du Paris d'autrefois, à celui de
nos jours. Ce sont toujours les mêmes hommes
sous des costumes différents ; c'est toujours la population la plus nombreuse, recrutée dans toutes les
parties de la France, en contact avec le pouvoir et
prête à se mettre au service du premier ambitieux
qui veut exploiter cette situation.

Les États-généraux de 1355 aboutissent de
prime-saut à la promulgation d'une charte, qui laissait bien loin derrière elle, dans les voies de l'égalité et de la liberté, la grande charte anglaise. Les
députés des provinces, pour rentrer dans leurs
foyers, confient leur œuvre aux mains de la députation parisienne. Dès lors tout est perdu. Un triumvirat parisien se forme pour soulever la population
de la capitale et gouverner sous le nom de Charles
le Mauvais, après avoir détrôné le roi. Et quel roi?
Le plus vaillant guerrier de l'Europe, qui venait
d'arroser de son sang le champ de bataille de Poitiers, et qui, resté seul debout au milieu de sa cheva-
lerie moissonnée, frappait de sa hache tout ce qui
l'approchait, afin de mourir pour l'honneur de la
France. C'était de ce front balafré par les épées
anglaises, que les boutiquiers de Paris voulaient
arracher la couronne, pour la poser sur la tête d'un
assassin! Le seul obstacle à ce projet était le fils
du glorieux captif, le dauphin qui fut Charles V,
et qui, parvenu au trône, ne trouvait les rois heureux que parce qu'ils peuvent faire du bien. Pour
le déposséder du sceptre, Paris, ouvrant ses prisons,

relâcha les meurtriers, les empoisonneurs, les faussaires, et, après les massacres exécutés par cette affreuse armée, la ville rebelle, menacée du retour du régent à la tête d'une armée française, ne vit rien de mieux à faire que de se livrer aux troupes anglo-navarroises.

Supposez les États-généraux et le dauphin dans un des châteaux des bords de la Loire : aucun de ces crimes n'était possible, et la France, conservant sa charte, anticipait de quatre siècles une partie des libertés de 1789.

Ces libertés déjà obtenues, Charles V, comme Napoléon, dut les sacrifier au salut du pays. Il n'aurait pu « vider le royaume de ses ennemis d'Angleterre », selon l'expression de Duguesclin, s'il n'avait tenu Paris serré, comme dans un étau, entre le Louvre et la Bastille.

Au gouvernement d'un sage succède l'intolérable tyrannie des oncles de Charles VI. La France est taillée à merci. Plusieurs villes se soulèvent pendant la campagne de Flandre, et les Parisiens s'arment de leurs maillets de plomb. Quel usage en

23

font-ils? Ils assomment les receveurs qui n'en peuvent mais, pillent les caisses publiques, comme tels de nos socialistes se proposent de le faire à la première occasion; et puis, quand le jeune roi revient, après sa victoire de Rosebec, à la tête de quelques bataillons, au lieu de réhabiliter leur bannière, en réclamant au nom de la France la convocation des États-généraux et la restauration des franchises nationales, ils tombent aux pieds d'un despote de quinze ans, et se laissent jeter dans des sacs à la rivière. Paris dominait déjà, dans ce temps, les destinées des provinces. En apprenant la soumission de la capitale, les autres villes insurgées se résignèrent et laissèrent les bourreaux faire leur commission.

Deux maisons royales se disputent le pouvoir du roi devenu fou. Le chef de l'une égorge le chef de l'autre. La France prend le parti de la victime, Paris celui de l'assassin, et le pays d'entre Seine et Loire, inondé de Gascons et de Flamands, devient le théâtre d'une guerre de dévastation, dont le but est la possession du Louvre. Qui tient le Louvre est seul réputé maître de la France!

Les Parisiens se donnèrent donc corps et âme au meurtrier, qui leur promettait des réformes politiques malheureusement trop nécessaires. Entre la démence du roi et l'usurpation du duc, il n'y avait plus que la faible autorité du dauphin, jeune prince incapable et dissolu. Le duc la neutralisa, en jetant au milieu des fêtes de l'hôtel Saint-Paul des masses d'émeutiers qui gourmandaient insolemment l'héritier présomptif de la couronne, et arrêtaient sous ses yeux toute sa cour pour la traîner en prison. Les bourgeois croyaient recouvrer ainsi leurs libertés, grâce au pouvoir populaire d'un prince des fleurs de lys; mais, débordés par la populace, ils tombèrent sous le joug des truands, des valets de boucherie et de leur digne chef, l'écorcheur Simon Caboche. C'étaient les *rouges* de ce temps-là.

Les Parisiens eurent peur de leur ouvrage. Mais la popularité de leur ami le duc Jean ne reculait devant rien, pas même devant le bourreau, dont il pressait amicalement la main, sauf à profiter de la première occasion de lui faire trancher la tête. Voyant donc l'ascendant passer aux Cabochiens, ce fut sur eux qu'il s'appuya. Il leur livra la signa-—

ture du roi, la fortune, la liberté, la vie de ses
sujets. Jean Gerson lui-même fut obligé de se réfugier dans les combles de Notre-Dame, tandis
qu'on saccageait sa maison. Les Parisiens, pillés,
ruinés, forcés de faire le guet jour et nuit, eurent
la consolation de voir leurs Cabochiens mener un
train de princes. Paris avait fait de l'agitation pour
une réforme ; il eut ce que beaucoup d'honnêtes
gens appellent aujourd'hui une république démocratique et sociale.

Enfin les bourgeois se comptèrent, se levèrent en
masse, et mirent sans trop de peine à la porte le duc
et ses bouchers, qui voulaient faire de Paris un
abattoir humain. Mais voyez ici l'inconséquence de
cette population, qui est bien la même dans tous
les temps. Elle avait obtenu, avant la fuite de Jean
sans Peur, cette réforme si désirée. Œuvre d'une
assemblée composée de mandataires de la ville et
de membres de l'Université, cette ordonnance de
1413 formait un code administratif qui ne rétablissait pas tous les grands principes de 1355, mais qui
ouvrait la voie salutaire de la séparation des pouvoirs, protégeait la liberté individuelle et surtout

les fortunes privées, contenait enfin certaines dispositions, susceptibles d'enrichir encore notre législation actuelle. C'était là ce que les Parisiens auraient dû conserver, et rien ne leur eût été plus facile.

Tout au contraire, ils firent litière de ces lois à l'ambition des princes et aux rancunes de leur parti. Rapportées dans un lit de justice, nonobstant des serments récents et solennels, elles ne trouvèrent pas un seul défenseur dans cette haute bourgeoisie parisienne qui les avait tant préconisées, et dont les représentants étaient si nombreux au Parlement, à la Sorbonne, à la Chambre des comptes, au Conseil du roi! L'Université qui aurait pu protester, du moins par son silence, contre les excès de la réaction, les approuva par des lettres dressées solennellement dans une assemblée générale tenue le 1er décembre, à Saint-Mathurin.

Et le peuple qui la veille délibérait comme une cité libre sur le choix de la paix ou de la guerre, le peuple qui formait à lui seul une puissante armée, et qui n'en avait plus aucune à craindre (car celle des princes était licenciée), maître par conséquent de la

23.

situation, et pouvant non-seulement conserver le Code administratif de 1413, mais restaurer la Charte de 1355, le peuple de Paris entendit sans murmure proclamer dans ses carrefours ce décret d'abolition, qui replongeait la France dans le chaos de l'arbitraire.

Les Parisiens avaient souffert. Las d'agitation, ils se livrèrent sans garanties à des princes qui les avaient assiégés et menacés de sac et d'incendie. Seraient-ils donc incapables de demeurer dans la région du bon sens, et toujours prêts à sacrifier l'intérêt national à leurs impressions et à leurs besoins du moment? Nous venons de les voir, le 10 mars 1850, investir du mandat législatif les candidats d'un parti qui a deux fois allumé la guerre civile au sein de leur cité, et dont le triomphe entraînerait non-seulement la ruine de la capitale, mais la subversion complète de la société française !

Tandis que les discordes parisiennes absorbaient toutes les forces du royaume, l'Angleterre regagnait le terrain que Charles V lui avait repris. Le désastre d'Azincourt fit rentrer dans Paris le duc de Bourgogne, déserteur de la cause nationale, à la place du jeune duc d'Orléans, fait prisonnier sur le champ de bataille. On n'envoya point de secours à Rouen, dont la résistance atteignait les dernières limites de l'héroïsme, mais on incarcéra les Armagnacs et les *suspects*, on les massacra dans les prisons, et la populace, réunie en armes dans les préaux, reçut à la pointe des piques les prisonniers qu'on lui jetait par les fenêtres.

Paris expia ces sanglantes saturnales par une horrible famine, des épidémies sans nom, une mortalité sans exemple. Le royaume épuisé tomba sous la domination étrangère, et un prince anglais, soi-disant roi de France, fit à ce titre une entrée solennelle dans cette capitale, à qui semblent éternellement dévolues l'origine et la consommation de nos malheurs.

Il fallut un miracle et toute l'énergie des communes, pour arracher la France de l'abîme où les factions de Paris l'avaient précipitée. Comment la démagogie parisienne a-t-elle profité de ces terribles leçons en 1792, 1793, 1794 ? Comment en profiterait-elle encore aujourd'hui, sans cette armée

qui l'a vaincue et qui la maîtrise? Car les barricades de Juin ont assez prouvé combien les combattants de Février regrettaient la modération de leur
première victoire. Mais les adulateurs de la multitude se gardent bien de la prémunir contre ses en-
traînements et ses fanatismes, en l'instruisant des
crimes et des châtiments de son passé. S'ils lui
parlent sans cesse de la Saint-Barthélemy, c'est pour
l'animer contre le principe de l'autorité, confondu
perfidement avec ses excès ; mais ils ne rappellent
pas au peuple de Paris, que, sur un seul mot d'ordre
de son prévôt, il s'est fait l'exécuteur forcené de ces
hautes œuvres du despotisme, conçues par une étrangère nourrie dans les orages d'une république. Ils
ne lui disent pas que dans beaucoup de provinces
les volontés sanguinaires de Catherine de Médicis
échouèrent contre l'honneur des gouverneurs et des
populations catholiques, tandis qu'à Paris, où tant
de gens avaient le secret de l'exécrable complot, un
seul protestant fut prévenu du massacre assez à
temps pour y échapper par la fuite. Vous qui rap-
pelez si souvent aux Parisiens cette nuit infernale,
remettez-leur donc aussi en mémoire la part que

leurs pères y ont prise, afin qu'ils ne soient jamais
plus les instruments de passions impies et de haines
effrénées?

En présence des projets fédéralistes des Hugue-
nots, la Ligue put être nécessaire pour maintenir
l'unité politique de la France. Elle voulut, en outre,
reprendre l'œuvre réformatrice et progressive des
siècles précédents. Sous ce double rapport, cette confédération honore le patriotisme des provinces septentrionales, où elle est née. Mais Paris dénatura
encore l'entreprise, par l'odieux de ses actes et le
ridicule de ses manifestations. Le fanatisme des
Seize, de la Sorbonne, des Moines, des Marchands,
des Écoliers, exposa le sceptre national aux dangers de choir, comme au quinzième siècle, dans les
mains d'un prince étranger, et porta, comme en
1356, un coup mortel à l'institution des États-
généraux.

Héritiers de certains droits de ces assemblées
tombées en désuétude, les Parlements opposèrent
aux édits bursaux une résistance légale, qui pouvait
ouvrir un nouvel avenir aux vieilles franchises de la

patrie. Mais la Fronde, malgré ses succès dans les provinces, avorta, comme la Ligue, par suite des fautes de la cour et de la population parisienne. Ce ne seront jamais, dans les révolutions, les Mathieu Molé ni les Achille de Harlay, qui dirigeront l'opinion et les mouvements des masses à Paris. Ce sera toujours un cardinal de Retz ou un Robert-le-Coq, quand ce ne sera pas un Caboche ou un Robespierre.

Les Parisiens ne semblent pas faits pour la démocratie. Les émotions de la liberté leur donnent le délire, et altèrent profondément leur nature douce et généreuse. Leur régime normal, c'est la domination absolue, la loi militaire, surtout quand elle est rehaussée par le prestige de la gloire. Sous Napoléon, ils n'eurent que de l'enthousiasme pour sa puissance. Sous Louis XIV, ils ne donnèrent pas signe de vie politique.

Au dix-huitième siècle, les écrits des philosophes et des économistes leur inspirèrent des velléités d'émancipation, que réprimèrent des lettres de cachet; mais, quand la vraie philanthropie, l'esprit de

sage progrès et d'honnête liberté eut remplacé sur
le trône la tyrannie et la débauche, alors ils retrouvèrent toute leur fougue démagogique, pour outrager, menacer, fourvoyer dans une indécision fatale,
assassiner enfin, de leurs gestes, de leurs cris, de
leurs regards, un prince, l'ami du peuple, le magna-
nime auxiliaire de l'indépendance américaine, qui
avait pris l'initiative des améliorations et des soula-
gements, qui avait mis le sceau royal à nos libertés
constitutionnelles. L'œuvre de la régénération nationale était achevé et n'attendait plus de modifica-
tion que du développement régulier des institutions
nouvelles. Le souffle des factions parisiennes chargea bientôt d'orage cet horizon si pur. Les insultes
de la multitude à la majesté royale devinrent la première cause de l'émigration et de toutes les défiances
qui substituèrent la force brutale à la discussion
libre. La liberté fut noyée dans le sang, non par la
France, mais par les clubs de Paris, par les Jacobins, les tricoteuses et les massacreurs à cinq francs
par jour. Voilà le milieu politique où puisaient leurs
inspirations et leurs forces ces avocats, dont l'échafaud était l'argument suprême ; ces théophilan-

thropes si ridicules, s'ils n'étaient pas si horribles ;
ces législateurs incapables de rien fonder, que la
théorie des proscriptions et de l'assassinat juridique !

Au moment même où j'écris ces lignes, ma pensée
s'achève sous la plume d'un de ces brillants écrivains, qu'on pourrait appeler la Gironde du socialisme, et que leur bon sens et leur cœur rendront
un jour à la cause du véritable progrès.

« La Révolution s'était suicidée au guichet de
l'Abbaye... Tous les crimes devaient découler du
premier crime de Septembre. Lorsque l'historien
veut chercher attentivement le secret de toutes les
atrocités, de toutes les proscriptions, de toutes les
impuissances, de toutes les guerres civiles de la
première révolution, il retrouve, au revers de tous
les événements, ce mot perpétuel, écrit à l'encre
rouge : *Septembre !*

« Vendée, Septembre ; mort du roi, Septembre ;
proscription des Girondins, Septembre ; guerre civile, Septembre ; tribunal révolutionnaire, Septembre ; sans cesse enfin et partout ce mystérieux

Septembre, qui essayait de laver avec des flots de sang la tache du sang qu'il avait répandu sur le pavé (1). »

Et qu'est-ce que Septembre, sinon le fait de la démagogie parisienne détruisant, par une scélératesse qui devait en enfanter tant d'autres, l'avenir de nos libertés et le fruit de nos victoires?

Cette populace et ses tribuns ont fait plus encore! Ils ont osé s'appeler le peuple, et souiller, en le prenant, le nom de cette nation française, regardée jusqu'alors comme le type le plus aimable de la civilisation et de l'humanité!

Enfin, cette écume des prisons et des bouges de Paris a eu les honneurs de nos séances parlementaires et a réellement gouverné la France!

Ce n'était point là pourtant ce que voulait Mirabeau, quand il proclamait si énergiquement, au sein des États de Provence, les droits des individualités provinciales. La Révolution commençait sous les auspices des Parlements restaurés et des États protestant

(1) Eugène Pelletan, feuilleton de la *Presse* du 16 avril 1850.

24

contre les abus de la centralisation. Mais le besoin de fonder l'unité du pouvoir et des lois fit perdre de vue les titres et les réclamations des diverses branches de la grande famille française. Quand l'unité fut fondée, la Commune de Paris, et la Convention, taillée à son image par la guillotine, s'en emparèrent, pour livrer le pays pieds et poings liés au Comité de salut public. La France glissa de ces étreintes sanglantes dans les mains énervées du Directoire, et elle allait perdre dans l'anarchie son unité et sa nationalité, sans ce 18 Brumaire, maudit des théoriciens et des rhéteurs, mais glorifié de la France entière, parce que le premier besoin et le premier devoir d'un peuple, c'est d'exister.

Supposez le roi et les assemblées loin de Paris, comme la Gironde l'a voulu trop tard : tous les bienfaits de la Révolution pouvaient être à jamais acquis à la France, sans qu'elle en subît ni les crimes ni les malheurs.

Ainsi, dans tous les temps, notre progrès politique a été refoulé par les excès de la démagogie parisienne, et le despotisme est devenu le refuge du pays jeté par sa métropole dans les convulsions de l'anarchie. Voilà l'idée commune, qui se rattache au souvenir de ces factions liberticides, toujours drapées du manteau de leur victime. L'histoire de Paris est celle de nos mécomptes et de nos ruines ; elle se résume dans les attentats de quelques partis reproduisant à chaque siècle les mêmes calamités. Navarrois, Cabochiens, Seize, Frondeurs, Jacobins, tous ces noms d'origine parisienne ont pour corrélatif historique celui d'un souverain absolu, dont ils sont séparés par une phase de guerres civiles et de désastres.

III.

Paris socialiste. — Le Socialisme ne fonde rien et veut tout
détruire. — Il détruira la France, si Paris continue d'être
le siége du gouvernement. — Paris, capitale mal placée. —
Conclusion.

Fallait-il que de nouvelles factions continuassent
de nos jours cette liste fatale ! Tous les inconvénients, tous les périls de la situation respective de
Paris et de la France se présentent accumulés dans
la révolution de Février et dans les événements ul-
térieurs.

Une mise en scène, un coup de main, un discours, sans la collusion volontaire de la cité, sans
même aucune préméditation de la part des principaux acteurs, ont suffi pour nous précipiter du plus
haut degré de prospérité qu'un peuple ait jamais
atteint.

Après cette terrible secousse, la France a-t-elle

enfin brisé l'autocratie de sa capitale? Non ; la sécurité intérieure du pays, sa dignité, son crédit
financier et politique sont restés à la merci de cette
ville, qui fait des révolutions, même sans le vouloir.
Sous le régime du suffrage universel et de la souveraineté nationale directement exercée, la France
a été outragée dans sa représentation par une bande
de factieux, attaquée à force ouverte dans sa métropole, inondée de sang par quatre-vingt mille rebelles, flétrie dans sa politique et menacée dans son
gouvernement légal par une seconde tentative d'insurrection, et ses pouvoirs publics demeurent encore au sein de ce même Paris, exposés à de nouvelles humiliations et à de nouvelles attaques! Ces
dangers maintiennent le pays dans un état mortel
d'angoisse et de marasme, et ses destinées n'en res-
tent pas moins confiées au cratère de ce volcan, dont
le travail intérieur mine les bases de l'édifice social
et dont une explosion peut le bouleverser!

Jusqu'à présent du moins la majorité parisienne
s'était séparée des auteurs de tant de maux, plus
sensibles à Paris que partout ailleurs. Mais voilà
que, rendue à toute l'activité de ses affaires par quel-

ques mois de calme, elle revient en même temps à
ses habitudes d'opposition maniaque et se jette dans
les bras des ennemis de l'ordre. Paris ne nous avait
pas fait assez de mal! Il vote pour les rouges, pour
les socialistes, c'est-à-dire pour la destruction de
cette société dont il a la prétention d'être la tête et
le cœur!

Quels sont donc les titres nouveaux du socialisme
à cette adhésion inattendue? Aurait-il réussi à concilier toutes ses théories contradictoires? Serait-il en
mesure de réaliser son idéal de jouissances gastro-
nomiques? Sa baguette féerique va-t-elle enfin faire
de la France un pays de cocagne? Il n'est nullement question de cela. Tout est encore pour lui à
l'état de problème, et dans l'impuissance où le laisseraient ses incertitudes et ses luttes intestines, il ne
parviendrait même pas à donner à chacun sa man-
geoire et sa provende.

Écoutez plutôt un de ses organes officiels :

« Nous avons à maintenir la forme républi-
« caine et le suffrage universel contre les efforts
« insensés, etc....

« Nous avons à élucider la grave question du
« crédit, dont la solution nous donnera l'améliora-
« tion du travail agricole et de l'industrie.

« Nous avons à trouver la meilleure forme d'as-
« sociation entre les agents et la production.

« Nous avons à nous faire une idée vraie de la
« liberté et à réaliser bientôt cette idée par l'organi-
« sation vraiment démocratique du gouvernement.

« Nous avons à agiter le problème de l'armée
« permanente, etc....

« Nous avons à examiner, émonder et couper
« toutes les branches de l'organisation administra-
« tive, judiciaire et fiscale ; et ce problème, le plus
« négligé de tous, n'est certes pas le moins im-
« portant.

« Nous avons à faire un choix entre l'impôt sur
« le capital, l'impôt sur le revenu, et la transforma-
« tion de tous les impôts en primes dues à de véri-
« tables services publics.

« Après avoir trouvé la condition de leur bien-
« être, nous avons à donner à nos concitoyens une
« notion plus exacte de leurs droits principaux, de
« leurs devoirs, etc., etc.

« Nous avons à organiser, de la base au som-
« met, l'instruction publique, l'éducation natio-
« nale, etc., etc..... (1). »

Ces messieurs en sont encore là. Ils ont tout cela
à faire ; et, n'ayant pas même taillé la première pierre
de leur édifice, il leur faut, au préalable, jeter à terre
l'édifice qui nous abrite aujourd'hui ! Car, en dépit
de quelques protestations dérisoires en faveur de la
religion, de la famille et de la propriété, l'abolition
de ces trois principes est au fond de toutes leurs
doctrines. Toute leur pensée, à cet égard, se révèle
dans leurs colères ; elle brille d'un sombre éclat
dans une page où, à la vigueur de la touche, on reconnaît une main de maître. L'auteur entre dans
l'hypothèse de ce coup d'État, qu'il a plu à certains
journaux de prévoir et de discuter, et voici le parti
qu'il se promet de tirer de la circonstance :

« A bas l'impôt ! — En un clin d'œil, les bureaux
« des percepteurs, directeurs, contrôleurs, rece-
« veurs-généraux et payeurs, dévastés ; les rôles

(1) *Démocratie pacifique,* avril 1850.

« des contributions brûlés, les octrois démolis ; le
« mur d'enceinte ouvert en dix mille endroits. Les
« fiscaux n'en reviendront pas, je vous jure, ou ils
« seraient plus malins que nous !

« A bas l'usure ! à bas les dettes ! — Au premier
« signal du coup d'État, nous mettons garnison à
« la Banque, nous prenons la Bourse d'assaut, nous
« brûlons le Grand-Livre, nous jetons à l'eau les
« registres de l'Hypothèque, nous détruisons, au cri
« de *Vive l'Empereur!* les dossiers des notaires,
« avoués, greffiers, tous les titres de créance et de
« propriété. Du temple de Plutus, de la citadelle
« capitaliste, il ne restera pas pierre sur pierre.

« A bas les calotins, les jésuites, les ignoran-
« tins ! — Ils ne l'auront pas volé. Quarante mil-
« lions pour le budget des cultes, sans compter
« deux ou trois cents millions escroqués aux fa-
« milles, en dépit de l'article 405 du Code pénal :
« c'est payer cher, qu'en dites-vous? la liberté de
« conscience. Nous les enfermerons si bien dans
« leurs capucinières, leurs évêchés, leurs chapi-
« tres, leurs séminaires, qu'il ne leur prendra ja-
« mais fantaisie de vous trahir, citoyen président,

« comme ils ont trahi tour à tour Louis-Philippe,
« Louis XVIII et l'Empereur.

« Mort aux tyrans ! — Déclaration de guerre sera
« faite aux empereurs d'Autriche et de Russie, aux
« rois de Prusse, de Bavière et de Saxe ; significa-
« tion au Pape, au roi de Naples et au duc de Sar-
« daigne, d'avoir à déguerpir *instantiquo*, parce
« qu'ainsi le veut le Peuple français. Ah ! nous
« sommes un peu plus avancés aujourd'hui que
« nous ne l'étions en février. Nous savons ce que
« nous voulons et ce qu'ils veulent.

« Plus d'hypocrisie, plus de merci ! Faites votre
« coup d'État, les travailleurs vous appuieront. Pas
« n'est besoin de les provoquer, en coupant, sous
« leurs yeux, des arbres de liberté. La liberté, elle
« est dans le cœur des prolétaires ; elle ne pend pas
« à vos mâts de cocagne. Paraissez seulement au
« balcon des Tuileries en costume impérial, et la
« société, qui devait renaître du développement ré-
« gulier de ses institutions, broyée sous nos mains
« frémissantes, commencera sa palingénésie par le
« chaos (1). »

(1) *Voix du peuple*, février 1850.

Oui, le chaos! c'est bien le premier et le dernier
mot aussi de ces novateurs, parmi lesquels Paris va
chercher aujourd'hui ses mandataires. On les appelle les Barbares; il faudrait leur trouver un autre
nom, si le mauvais génie de la France la livrait à
leurs expériences. La destruction de la civilisation
par les Barbares ne fut point systématique. Dans la
Gaule méridionale, impatronisés à titre d'hôtes
et de consorts au sein de la société, ils en partageaient les possessions, ils en amoindrissaient les
existences individuelles, sans en détruire l'économie générale. Loin d'abolir les lois, ils les res-
taurèrent. Déjà chrétiens, ils apportaient l'exemple
de mœurs austères à des populations corrompues.
Au Nord, les Franks dépossédèrent une partie des
propriétaires indigènes; mais ils sentirent instincti-
vement la nécessité des institutions et des croyances. Ils augmentèrent les pouvoirs et les richesses
du clergé; sous son influence libératrice, les liens de
la fraternité chrétienne remplacèrent peu à peu les
chaînes de l'esclavage; les monastères conservèrent
le dépôt des procédés et des chefs-d'œuvre de l'esprit humain; la cité survécut au naufrage de l'Em-

pire, et, après des siècles de transformation progressive, une ère de lumière s'ouvrit encore pour
l'Europe, parce qu'elle avait conservé ces principes
fondamentaux, qui ont leurs racines dans la nature
et dans la conscience de l'homme.

Mais aujourd'hui nos Barbares apportent, à l'œuvre de la destruction, des raffinements qui la rendent
bien autrement radicale. Non-seulement ils veulent
détruire l'économie sociale, la famille, les lois, les
croyances, les principes, mais ils détruisent l'homme.

Qu'est-ce qui faisait l'homme jusqu'à présent?
C'était le courage, une lutte opiniâtre contre la nécessité, une force d'âme supérieure aux épreuves de
la vie. C'était là ce qui faisait la dignité de l'homme,
dans quelque condition d'existence qu'il se trouvât
placé. L'artisan, par exemple, se serait dégradé à
ses propres yeux en demandant la diminution des
heures de travail; sa journée, au contraire, n'était
jamais assez longue. L'ouvrage ne lui faisait pas
peur, disait-il dans son mâle langage. Il l'aimait,
comme le soldat aime la bataille. Sa récompense
était l'estime accordée au brave ouvrier, le sentiment du devoir accompli, le pain de ses enfants,

souvent même cette condition de patron et de propriétaire, qui lui arrivait, sans qu'il l'eût enviée.
Car aujourd'hui combien d'anciens prolétaires ne
sont-ils pas chefs d'atelier, patrons, bourgeois? La
propriété foncière n'appartient-elle pas en grande
partie à des paysans, à des hommes de main-d'œuvre? Aussi, de cette classe vigoureuse des travailleurs à séve sociale remontait-elle incessamment
aux classes supérieures, qui tendent à s'étioler dans
les serres chaudes de la civilisation. Réglé par une
éducation vraiment philosophique, c'est-à-dire religieuse, ce mouvement ascensionnel, résultat des
grands principes de 89, semblait devoir préserver la
France des désordres qui décomposent les sociétés.

Le socialisme détend ces nobles ressorts, en
substituant à l'ardeur du travail les doléances de la
convoitise. L'ouvrier, que l'on apitoie sur son sort
en lui en exagérant les rigueurs, s'affecte de ses pri-
vations et de ses peines, comme une petite maîtresse
se préoccupe de ses maux de nerfs. De nouvelles
formules lui créent des besoins nouveaux. Il réclame le droit au travail, en rêvant au bonheur de
ne rien faire, et tandis que ses yeux s'hébètent à re-

garder les mirages de l'utopie, rien dans la société
réelle ne le contentera plus, parce qu'il ne peut plus
être content de lui-même. Les idées les plus fausses, servies par les passions les plus dangereuses,
suspendent l'activité d'une émulation légitime ; le
corps social se détraque, parce que ses membres se
refusent à leurs fonctions hiérarchiques, et la décadence de la nation commence par l'énervation morale du citoyen.

Les riches fabricants et marchands de Paris, dont
les suffrages ont fait l'appoint des élections du 10
mars, n'ont pas cru et n'ont pas voulu contribuer à
cette désorganisation. Ils savent très-bien que le régime de l'égalité absolue serait peu favorable au
commerce des diamants et des cachemires. Mais ils
méconnaissent le danger de leur vote, comme ils se
sont abusés sur les conséquences de cette émeute de
Février, par laquelle ils demandaient la réforme. En
possession des suffrages de la capitale, le socialisme
est en mesure de s'emparer de la France, par des
voies légales, et voici pourquoi :

Ce nivellement des diverses classes de citoyens
qui retrempe la vitalité du pays dans un renouvelle-

ment perpétuel répondait évidemment aux droits
de l'homme, et, par conséquent, aux intérêts de la
société. C'est un point sur lequel presque tout le
monde est aujourd'hui d'accord. Mais ce grand
progrès a eu pourtant ses inconvénients, comme
toutes les choses humaines. Il a isolé l'individu
dans la vie politique, et l'a placé seul, faible et im-
perceptible unité, en face de la souveraineté nationale. Autrefois le citoyen trouvait, entre lui et la
société, la Noblesse, les Parlements, les États, les
Corporations, qui bornaient sa sphère d'action,
mais qui dirigeaient et protégeaient son existence.
Dans le vide immense qu'ont fait autour de lui l'é-
galité civile et le suffrage universel, ne rencontrant
d'autre guide que l'opinion, il subit ordinairement
les influences dont il se trouve entouré ; il se règle
sur l'esprit et les intérêts de sa commune. Mais que
des crises violentes viennent à ébranler le pays, l'individu ne trouve plus de garanties suffisantes dans
l'organisation de sa petite municipalité. Il cherche
un point d'appui plus résistant; il se donne à cette
grande faction qui a des agents partout ; il obéit à
l'attraction de cette grande commune, qui fait et dé-

fait les gouvernements, dont la prééminence survit
à toutes les institutions, qui agit souverainement
sans mandat, comme sans cause, et ne rend compte
de ses actes qu'en disant : « La France, c'est moi ! »

Ainsi, Paris entraîne tout dans son orbite. Il a
soumis la France au joug de la Terreur ; il pourra la
soumettre au joug du socialisme, si l'on ne se hâte
d'ôter à sa propagande l'ascendant d'une position
métropolitaine. Le mal fait plus de progrès qu'on
ne le suppose d'après les dernières élections. Beaucoup de communes rurales, qui ont voté récemment
pour les défenseurs de l'ordre, sont cependant sur
le point de céder à cet attrait de la nouveauté si
puissant sur la légèreté française. Toutes les mesures du Pouvoir contre un pareil entraînement ne
produiront sur les masses qu'une impression bien
faible, au prix de ces pompeuses promesses qui leur
sont jetées par la grande voix de la capitale.

Sans doute le règne du socialisme passera vite,
comme toutes les choses violentes et fausses ; mais
dans quel état, et entre quelles mains laissera-t-il le
pays? Notre unité nationale en réchappera-t-elle?

Rentrerons-nous dans les voies normales de la con-
servation et du progrès? Dieu le veuille ! Mais alors
quelque autre espèce de fièvre, quelqu'une de ces
maladies mentales qu'on rencontre de temps à autre
dans l'histoire de l'humanité, s'emparera encore de
Paris et nous jettera dans de nouvelles convulsions;
car nous sommes ainsi faits, qu'une même enceinte
de murailles ne peut pas réunir, sans péril constant
pour la France, le Gouvernement et un million de
Français, l'extrême misère et le luxe le plus éblouis-
sant, le théâtre principal de l'ambition et ses plus
puissants moyens.

La discorde et l'anarchie sont, d'ailleurs, les conditions habituelles de toutes les cités qui forment
ou prétendent former à elles seules un état démocratique. Sans parler de celles de la Grèce et de
l'Italie, nos villes méridionales qui, au moyen âge,
n'avaient pas perdu, comme Paris, leur indépendance municipale, épuisaient en luttes intestines ce
que leur laissaient de forces les guerres extérieures.
Pourquoi laisserions-nous aujourd'hui les difficultés
de notre démocratie française se compliquer de

25.

toutes les crises de la plus turbulente de nos populations? Dégageons les affaires du pays, de cette fermentation toute locale, qui ne se généralise qu'en agissant directement sur les organes essentiels de notre système politique. Isolons le foyer du mal. Paris a des intérêts, des contrastes, des disparités, des besoins tout à fait exceptionnels. Ce n'est pas évidemment sur ce terrain qu'il convient d'ouvrir la lice de nos discussions législatives. Il faut donner au pouvoir exécutif toute sa liberté d'action, au pouvoir législatif toute sa sincérité et son indépendance, en fixant l'un et l'autre dans le plein milieu de notre atmosphère sociale.

De l'histoire de la monarchie française, il ressort, presque à chaque règne, que la résidence des pouvoirs publics à Paris est un contre-sens politique, cause de leur ruine et de nos malheurs.

La démonstration du même fait continue, plus évidente que jamais, sous la République.

Peu importe à la démocratie parisienne l'origine, le titre, le caractère du Pouvoir. Entre elle et lui, quel qu'il soit, il y aura toujours incompatibilité.

Leur divorce est donc la première mesure à prendre pour le repos du pays, condamné, par cette contention interminable, à des souffrances perpétuelles.

Quand l'électeur ne verra plus ses représentants et le Président de la République exposés tous les jours à une lutte corps à corps avec les rues de Paris si souvent victorieuses, il croira à la durée des institutions, et il y contribuera dans la limite de ses droits et de ses forces, parce qu'il sera sûr d'y trouver sa sauvegarde. Quand l'Assemblée législative pourra délibérer, sans se préoccuper des vociférations d'un faubourg ; elle reflétera nettement l'opinion et la volonté publique, elle en deviendra le foyer permanent et le point de libre convergence ; elle déterminera entre le Pouvoir et le pays un rayonnement vrai et direct, qui n'a jamais existé, parce que le Pouvoir a toujours été renfermé dans la sphère de la politique de Paris.

Pierre le Grand, voulant soustraire son gouvernement réformateur à l'influence des vieux préjugés moscovites, a déplacé le siége de son empire pour le porter dans les glaces de la Néva. Constantin, voyant Rome trop corrompue pour repousser les

Barbares, a transféré sa chaise curule aux rivages du Bosphore. C'était le récépage du chêne qui meurt par la tête. Si cette translation a pu ranimer la vieille Asie et reculer de dix siècles la chute du trône des Césars, quels résultats n'aurait-elle point dans cette France où la séve surabonde et dont la tête seule est pour tout le reste une cause de souffrance et de désordre? Car, il le faut remarquer, les désordres de Lyon, de Marseille, de Rouen, de Limoges, n'ont jamais été que les contre-coups des révoltes et les effets de la propagande parisienne.

Pour assurer à cette régénération tout l'avenir que comporte la vitalité de notre pays, il suffirait que la nouvelle capitale ne fût susceptible d'aucun accroissement, et que désormais les pouvoirs publics ne pussent jamais être enveloppés d'un microcosme tel que celui dont ils subissent aujourd'hui la pression. En contact immédiat avec la France, ils auront une vue ferme de ses besoins; ils procéderont aux améliorations possibles, aux réformes nécessaires, sans être influencés par aucune fascination ni entravés par aucune résistance.

Et ce Paris, dans lequel la France s'admire comme

dans la merveille de sa civilisation et de son génie, le Paris des arts, de l'industrie, des sciences et des lettres, le vrai Paris enfin, n'aura certainement qu'à gagner, à ne plus être la ville des émeutes et des ré- volutions; car il n'aura plus d'émeutes, il faut l'es- pérer, quand elles seront inutiles, n'ayant plus sous la main de gouvernement à renverser. Alors le monde civilisé reconnaîtra sa capitale dans cette cité que depuis deux ans il regarde comme son fléau.

Le projet est étrange, nouveau, au rebours de ce qui s'est vu jusqu'à présent. Qu'importe, dans une question de vie ou de mort pour le pays? Je prévois d'autres objections. Aucune ne me paraît de nature à prévaloir contre une impérieuse nécessité. Les plus sérieuses trouveront peut-être leur réfutation implicite dans les considérations par lesquelles je termine.

Les capitales bien placées naissent marquées du signe de leur perpétuelle grandeur; elles naissent par les mêmes causes qui font leur accroissement et leur suprématie; c'est la Nature elle-même qui les désigne au choix de l'homme, et qui les maintient ou les fait remonter à leur rang. Les siècles, les dynasties, les empires s'abîment ; mais, du sein des ruines amoncelées, Memphis, Rome, Constantinople, Londres, secouant la poussière des révolutions, émergent et reparaissent toujours sur la scène du monde, le front ceint d'une impérissable couronne.

La domination de Paris ne remonte pas, comme celle de ces métropoles, à des causes primordiales et indestructibles. Elle n'a pas sa raison d'être dans la nature des choses ; c'est une puissance née des hasards de la guerre, et qui, pour l'équilibre du gouvernement de notre pays, aurait dû disparaître avec les derniers vestiges de la conquête.

En devenant la capitale de la France, Paris est devenu un obstacle à la formation pacifique de l'unité française. A deux reprises différentes, les provinces méridionales avaient imploré la protection de nos rois contre la tyrannie de l'Angleterre. Si Louis le Jeune et Philippe-Auguste les eussent reçues à foi et hommage ; si, moins dominés par les traditions attachées au berceau de leur dynastie, ils

eussent transféré leur trône de Paris à Bourges qui
leur avait été vendu, au lieu de cette agrégation
violente dont les ressentiments ne sont pas encore
éteints, les provinces auraient dû à ces rois une
assimilation fondée sur une ancienne communauté
nationale. Les guerres, que les rois de Paris, comme
les appelaient nos méridionaux, eurent à démener,
pour recomposer, sous le nom de France, la vieille
unité politique de nos pères, étouffèrent la civilisation du midi, et retardèrent par là même le développement de la civilisation du nord. Du fond de leur
ville septentrionale, ils parvinrent à fonder la monarchie féodale et la monarchie absolue; mais ils
ne purent constituer ni l'unité nationale de la langue, ni l'unité administrative des États, ni l'unité
juridique des Coutumes et des Parlements, ni enfin
l'unité du dogme et de l'état religieux. Louis XI,
qui poursuivit avec une si terrible énergie quelques-uns de ces divers résultats, vit bien qu'il ne
lui suffirait pas, pour y atteindre, de créer les routes,
les postes, l'imprimerie, de rendre permanents les
offices de judicature et de décapiter l'aristocratie;
il se rappela les heureux effets du séjour forcé de

son père dans le Berry, et quand il eut mis fin à ses
démêlés avec l'Artois et la Bourgogne, il se rappro-
cha du centre de son royaume, en fixant sa résidence au bord de la Loire.

Bon exemple, dont l'imitation nous eût procuré
quelques siècles plus tôt les avantages de la centralisation ! En reportant leur trône aux rives de la
Seine, nos rois nous ont privés de ces traditions de
l'administration romaine, qui s'étaient perpétuées
dans les provinces du sud, et qui ne nous furent
rendues qu'à la fin du siècle dernier par les Siméon,
les Cambacérès et les Daru.

Comme elles faussaient le gouvernement et l'administration, l'influence de cette résidence royale
faussait également l'histoire. Les annales individuelles de la Normandie, de la Bretagne, de la Provence, tous nos titres de gloire et de franchises locales furent sacrifiés au dessein de nous livrer à la
merci d'une monarchie s'arrogeant les droits d'une
conquête uniforme et soudaine sur tout le pays qui
s'est appelé la France. On a voulu attribuer à toutes
nos provinces la condition politique qui fut celle
du Parisis. C'est seulement de nos jours que le

génie des Thierry et des Guizot, la science des Fau-
riel et des de Barante a rendu à notre histoire sa
vraie physionomie et l'a remise dans ses voies
nationales.

Du reste, les populations n'ont jamais été dupes
de ce mensonge des Chroniques rédigées au point
de vue parisien. Elles n'ont jamais vu dans Paris le
nœud de leur unité politique. C'est sur tous les
champs de bataille, depuis Fornoue jusqu'à Isly,
c'est dans les bras de cent victoires, que les Français
du nord et ceux du midi se sont reconnus frères.
L'unité de la France n'est point dans Paris : elle est
dans le cœur de chacun de ses citoyens et de ses
soldats.

Ne craignez donc pas de déchirer les entrailles du
pays, en déplaçant le siége des pouvoirs publics.
Consultez les provinces. De la Flandre au Béarn,
de la Bretagne à la Provence, toutes les populations
appelleront de leurs vœux le jour de ce déplacement,
comme un jour de délivrance et de salut, excepté
toutefois les populations atteintes de la contagion
du socialisme. Mais cette exception même démon-
trera la portée et l'urgence de la mesure. Paris perd

26

la France, dont il a toujours fait le malheur, parce qu'elle lui a toujours appartenu. Vous sauverez la France en la rendant à elle-même.

Il faut donc :

1° Que le gouvernement de la république porte dans le plus bref délai sa résidence provisoire à Bourges, ou dans toute autre ville centrale ;

2° Qu'immédiatement après cette translation, il détermine le lieu de sa résidence définitive, et arrête toutes les mesures nécessaires, dans l'intérêt de son indépendance, de sa force et de sa dignité.

POST-SCRIPTUM [1].

---

29 mai 1850.

Les circonstances ont donné une triste opportunité à ce cri d'alarme jeté, entre les élections du 10 mars et celles du 28 avril 1850.

A l'intérieur, la suspension des armements dans nos ports de commerce et des travaux dans nos villes manufacturières, l'émigration d'un grand nombre de nos meilleurs ouvriers, l'avilissement progressif du prix des denrées, la baisse des fonds publics, un nouveau milliard ajouté à la somme immense de nos pertes.

A l'extérieur, la hausse des fonds anglais et américains, causée par l'affluence de nos capitaux; les projets d'agrandissement de la Prusse, sacrifiés à l'union politique de l'Allemagne; la résurrection de

---

[1] Ce Post-Scriptum était destiné à faire suite à la brochure précédente, dans une seconde édition qui n'a jamais paru.

la démagogie italienne, l'échec de notre arbitrage entre la Grande-Bretagne et la Grèce, au moment où la restauration du Saint-Siége par nos armes devait assurer à notre diplomatie le succès d'une média- tion amicale et désintéressée.

Telles ont été jusqu'ici les conséquences plus ou moins directes de ces élections, par lesquelles Paris semble rompre définitivement avec notre avenir comme avec notre passé national; conséquences d'autant plus significatives, que les élections de Saône-et-Loire, faites en même temps et dans le même sens, ont passé presque inaperçues et n'ont fait sensation ni en Europe ni en France.

Personne, assurément, ne croira que le choix de quatre représentants, on peut même dire d'un seul, eût produit de tels résultats, si Paris n'eût pas été le siége du pouvoir, et si la persistance de ses mani- festations n'eût paru un symptôme menaçant pour la société française. Car, aujourd'hui, le gouverne- ment une fois renversé, ce serait l'édifice social lui- même qui recevrait de toutes parts l'assaut de la plus furieuse et de la plus sanguinaire anarchie.

Aussi, la France est-elle, comme nous l'avions

pressenti, impatiente de la tutelle d'une métropole devenue le bourg pourri du socialisme. Cette préoccupation se décèle tous les jours par tous les échos de l'opinion : pétitions, tribune, presse, arrêtés électoraux ; les conseils municipaux eux-mêmes dépassent la limite de leurs attributions, pour exprimer ce désir ardent du pays.

Le gouvernement hors de Paris! Tel est le cri unanime d'une nouvelle croisade des départements contre le privilége d'une capitale , dont la partie saine ne s'appartient pas, et dont la majorité prétend traîner les provinces sur la claie des révolutions.

Parmi les feuilles dont la bienveillante appréciation a ouvert à cette brochure les voies de la publicité, les unes paraissent adopter notre conclusion sans amendement ni réserve ; ce sont notamment le *Journal de Loir-et-Cher*, le *Messager du Midi*, le *Mémorial Bordelais*, l'*International de Bayonne*, le *Mémorial des Pyrénées*, l'*Hermine de Bretagne et de la Vendée*, l'*Indicateur de la Champagne ;* d'autres, telles que l'*Union*, la *Gazette de France*, la *Guyenne*, l'*Impartial de Rouen*, la *Gazette de Flandre et d'Artois*, tout en réclamant des remèdes

26.

héroïques et dans certains cas la translation du gouvernement, pensent qu'avant de recourir à cette
extrémité, il conviendrait de répartir la population
ouvrière d'une manière plus conforme aux besoins
du pays, comme aussi de procéder à la décentralisation administrative et à la réforme de l'enseignement. Nous avons, on l'a vu, signalé nous-même
l'urgence de ces diverses mesures; mais les effets
n'en peuvent être immédiats, jusqu'à ce qu'ils se
réalisent. Faudra-t-il se résigner au maintien d'une
armée de cent trente mille hommes à Paris?

L'épidémie morale a pénétré, dans cette ville, au
sein des classes qu'on devait croire le plus sûrement
garanties par l'expérience et par leurs propres intérêts. Non pas qu'il y ait abnégation de leur part.
C'est un entraînement irréfléchi, une oblitération
incroyable des notions les plus élémentaires de la
sociabilité, un effrayant paroxisme de cette *bagau-
derie* ou *badauderie*, dont les premiers exemples
connus remontent aux âges gallo-romains, et dont
la fréquence a fini par infliger aux Parisiens leur
surnom proverbial. L'épuration de la capitale ne
suffirait pas, nous le répétons, pour assainir son

atmosphère politique, et pour mettre un terme à
cette fièvre, qui n'épargne ni vagabonds, ni domi-
ciliés, ni le peuple, ni la multitude, ni la bourgeoisie, ni même pourrait-on dire l'aristocratie
parisienne.

« Après tout, ajoute la *Gazette de France*, Paris
est-il peuplé seulement de Parisiens, et les départements n'ont-ils pas grossi chaque année cette tourbe
d'ambitieux et d'intrigants de tous étages, qui depuis longtemps mettent la France en combustion? »
Sans doute; mais c'est précisément pour cela, qu'il
ne faut pas laisser le gouvernement au milieu de
cette sentine de la monarchie et de la république.
Que dirait-on d'un capitaine qui profiterait d'une
trève, pour asseoir son quartier-général au milieu du
camp ennemi, ou qui prendrait pour base d'opérations une place où il compterait plus d'adversaires
que de partisans? Quant à la décentralisation, de
deux choses l'une : ou elle sera politique, et alors
elle nous jettera dans les incalculables dangers du
fédéralisme; ou elle sera purement administrative,
et dans ce cas elle nous laissera exposés à tous les
inconvénients de l'anarchie parisienne. On aura

beau investir les départements d'une autorité souveraine sur leurs chemins vicinaux, leurs écoles
primaires et leurs institutions d'assistance publique, quelles garanties trouveront-ils, dans une indépendance de cette nature, contre les obstacles que
les troubles de Paris suscitent aux spéculations industrielles et aux transactions commerciales? La loi
pourrait, à la vérité, organiser éventuellement leur
résistance, l'envahissement des factions armées;
mais ces luttes partielles n'auront jamais qu'une
valeur négative et transitoire; il faudra toujours en
venir à la réorganisation du pouvoir légal, chose
fort difficile au milieu d'une jacquerie qu'une révolte de Paris peut faire éclater dans quarante départements à la fois. N'est-il pas plus rationnel de
mettre le pouvoir en lieu de sûreté, tandis qu'on est
partout maître du terrain et que les factions n'osent
pas recommencer les hostilités ?

Les journaux, auxquels je réponds, veulent que,
pour se réfugier à Bourges, on attende une nouvelle
tentative de guerre civile; mais ont-ils songé à toutes
les conséquences matérielles et morales d'une retraite qui aurait l'apparence d'une fuite devant l'in-

surrection? Cette tentative de guerre civile n'est-elle
pas, d'ailleurs, permanente, à Paris? La conspiration
socialiste n'y désempare pas. Elle agite ouvertement,
comme un point de droit naturel, la question de savoir
si l'on jettera l'Assemblée constituante à la Seine; elle
prêche dans ses clubs l'assassinat; elle éclate, à son
jour, à son heure, quand l'occasion lui plaît, au 15
mai, au 24 juin 1848, au 13 juin 1849; elle hésite en
avril 1850, entre la rebellion dans la rue et le refus
de l'impôt, qui est la rébellion à domicile. Si elle
n'a pas pris les armes depuis quelques jours, c'est
qu'elle a été intimidée par un immense déploiement
de forces. Que cette armée s'éloigne, et aussitôt
celle du communisme s'empare du télégraphe et
proclame ses chefs dictateurs. Ainsi la présence de
l'autorité centrale à Paris nous impose indéfiniment
l'alternative de la guerre civile ou de l'entretien
d'une armée de plus de cent mille hommes. Et
cette alternative seule, il ne faut pas le perdre de
vue, indépendamment des charges dont elle grève
le budget, est une cause de faiblesse, de dépérisse-
ment et de ruine.

« Mais, objectent l'*Union* et la *Guyenne*, Paris

privé de la présence du gouvernement ne perdrait
ni sa funeste influence ni sa puissance de destruction. » Pour ce qui regarde les doctrines dont Paris
est le foyer, nul doute qu'un décret n'en arrêtera
pas le cours, et que le déplacement du pouvoir ne
les rendra ni moins insensées ni moins détestables.
On peut, toutefois, présumer que la mauvaise presse
de Paris se ressentira de la réprobation dont elle
aura été virtuellement frappée par l'éloignement
des pouvoirs légaux, et que le prestige actuel de toute
manifestation de la capitale diminuera grandement,
quand le Paris révolutionnaire sera complétement
paralysé. En effet, et ceci répond à la seconde partie
de l'objection, la puissance matérielle de Paris ne
sera plus à craindre, quand il ne pourra plus renverser le gouvernement par une surprise, par un de
ces tours de main, dont on est venu dévoiler le secret
devant la haute-cour de Bourges. Que pourrait tenter
la population rebelle ? Une campagne contre le gouvernement ? Sans artillerie, sans cavalerie, sans ap-
provisionnement d'aucune espèce ! C'est une hypothèse inadmissible. L'institution d'un gouvernement
à part ? Mais, cernée dans l'enceinte des fortifications

entre toutes les forces de la France et les baïonnettes
des bons citoyens, encore nombreux, Dieu merci,
dans cette grande cité, la révolte serait écrasée,
avant d'avoir causé le moindre ébranlement aux
pouvoirs constitutionnels. Non-seulement la déchéance politique de Paris paralysera ses tendances
anarchiques, mais elle lui rendra le sentiment de
l'ordre et de tous les intérêts nationaux, parce que
Paris découronné ne pourra plus trouver que dans
la satisfaction de ses intérêts cette prospérité, que la
royauté finit toujours par lui rendre, en dépit de sa
tyrannie et de ses saturnales.

Le *Journal des Débats* s'oppose à cette déchéance
et semble attendre le salut public de la réforme électorale. Sans doute cette dernière mesure est nécessaire ; sans doute il convient que l'électeur ne se
présente au scrutin, que dans la plénitude de sa
valeur morale, garantie et constatée par l'épreuve
sérieuse du domicile ; mais, il faut le reconnaître, à
moins de fermer les yeux sur l'état des esprits : la
réforme électorale va renvoyer à l'émeute tous les
mauvais instincts écartés des comices. Dans deux
ans, les élections pourront être meilleures, mais dès

demain les dispositions de la multitude seront pires :
déjà le vagabond se promet de transformer en car-
touche son bulletin neutralisé, et la société, moins
menacée par les votes, n'en aura que plus de précautions à prendre contre les barricades. Enfin, sous
tous les régimes, excepté la monarchie absolue, sous
tous les systèmes électoraux pratiqués depuis
soixante ans, Paris a été le foyer des insurrections
et de l'anarchie. Il ne faut donc pas croire le gouvernement et le pays sauvés par la nouvelle res-
triction du suffrage universel. C'est un premier pas
vers une situation régulière, mais ce n'est point une
victoire décisive.

« Tuer Paris, dit le *Journal des Débats,* sous prétexte que Paris tue la France, c'est une impossibilité dressée sur une erreur. »

D'abord, il ne s'agit pas de tuer Paris. Au contraire. On lui ferait probablement beaucoup de mal,
en laissant une nouvelle capitale prendre tout le
développement dont elle serait susceptible ; mais,
nous l'avons dit et nous le répétons : la mesure
proposée ne peut avoir une efficacité durable, qu'à
la condition de ne pas faire un nouveau Paris au-

tour du gouvernement déplacé. C'est ici l'exemple des Américains qu'il faut suivre, sans toutefois recourir comme eux à des déplacements continuels, impossibles avec notre système de centralisation. Washington est, comme on le sait, une des petites villes de la république, et les législatures particulières des États tiennent toujours séance au milieu de populations peu nombreuses. L'*Union* nous apprenait, il y a quinze jours, que la Nouvelle-Orléans vient de céder son rang de capitale de la Louisiane à Bâton-Rouge, qui n'a pas même le nom de ville. Pour n'avoir plus à déplacer notre cité parlementaire, il faudra la soumettre à des règlements spéciaux, et la circonscrire dans un rayon déterminé par une loi analogue aux servitudes militaires. Elle ne pourra donc jamais devenir la rivale de Paris, qui, conservant ses théâtres, ses musées, ses écoles, ses académies, ses bibliothèques, ses expositions des arts et de l'industrie, ses usines même, s'il veut les garder, ne cessera pas d'être le foyer des lumières, la ville des loisirs opulents et des mœurs élégantes. Loin de perdre ses avantages exceptionnels, Paris en jouira dans une sérénité, qui

27

compensera largement la perte d'un privilége trop chèrement payé au prix de son repos et de l'honneur de la France.

On ne tuera point Paris; mais, si le mouvement et le bruit qui se font autour du pouvoir rendaient un peu de vie à cette France centrale, qui languit d'épuisement, tandis que Paris crève de pléthore, où serait le mal? Je ne sais, mais il me semble voir, dans la fondation d'une capitale bien située, l'inauguration d'une ère nouvelle pour notre prosperité nationale.

Quant à l'erreur et à l'impossibilité, j'avoue que je suis loin de la reconnaître; à ces deux objections sans preuves, j'opposerai quelques opinions choisies entre mille autres semblables : celle de la *Presse*, en 1841 ; celle de Barrère, en 1791; celle de l'empereur Napoléon, en 1804 ; enfin, celle de la France aujourd'hui, qui se manifeste déjà par une immense clameur.

Voici l'opinion de la *Presse :* « Rien de plus mobile que Paris dans ses affections pour les gouvernements. Il les a tous attaqués, tous vaincus, même le sien propre. Paris n'a tué qu'un roi : il a tué dix prévôts, ce qui prouve qu'il est au moins impartial dans ses colères... L'émeute est une maladie endémique à Paris, comme la peste au Caire. Il ne faut donc pas s'étonner, lorsque se fait entendre dans l'air le grondement périodique des faubourgs; il faut laisser passer la colonne aux bras nus, commandée par l'écorcheur Caboche ou par le brasseur Santerre. C'est, en général, au mois de juin ou au mois de juillet, que la maladie éclate, et elle a pour habitude de durer trois jours. Il y a mille ans que les choses se passent ainsi.

« Depuis vingt ans, Paris a un moyen nouveau d'agir sur la France et de la dominer : ce sont les journaux.

« Les journaux de Paris ont aussi contracté l'usage de traiter la France en conquérants. Ils parlent de la province, comme les Athéniens parlaient de la Béotie.... Comme Paris n'aime pas la religion, les journaux de Paris ne manquent pas d'attaquer les prêtres; de telle sorte que cette ville aux instincts turbulents, cette ville aux penchants athées, cette ville envasée de voleurs et de prostituées, cette ville engorgée d'une population unique au monde...

cette ville mène un grand pays sans résistance, et, pour le mieux mener, elle le corrompt. »

Écoutons maintenant Barrère :

« Paris n'est pas le lieu convenable aux assemblées nationales ; il y a trop d'influences corruptrices, malfaisantes, exagérées et calomniatrices.

« Ce n'est pas pour de faibles causes, que dans l'ancienne monarchie, sous les Valois notamment, les États-généraux se tenaient alternativement dans différentes villes de province....

« Sans doute, si l'opinion des masses n'était pas sujette à se corrompre, si l'esprit public n'était pas trop souvent frelaté et de fabrique, si la vertu civique et un patriotisme éclairé dirigeaient toujours les écrivains, les journalistes, les publicistes et les réunions politiques, ainsi que les salons qui ont acquis trop d'influence sur les affaires générales; alors, point de doute que les Assemblées de la nation ne fussent mieux placées dans le sein de la capitale que dans les provinces, parce qu'on aurait un plus grand foyer d'opinions et un plus riche concours de lumières pour régler les affaires et les besoins de l'État. Mais quand ce vœu sera-t-il ac-

compli? Quand y aura-t-il plus de nationalité et
de morale à Paris, et moins d'égoïsme dans toutes
les classes?...

« Ce sera toujours une chimère pour les Parisiens,
que de leur montrer une patrie. Le Provençal, l'Al-
sacien, ont bien une patrie véritable, mais c'est en
Alsace, c'est en Provence, et non à Paris, qui n'est
et ne sera jamais que la grande auberge de l'Europe.

« Je laisse au temps et à la marche progressive
des corruptions morales et politiques, à démontrer
cette triste vérité. »

Comment cette vérité n'est-elle pas déjà évidente
pour le *Journal des Débats*, comme elle paraît l'être
pour l'*Union*, la *Patrie*, la *Liberté* et le *Courrier
français?*

J'arrive à la pensée de Napoléon, qui connaissait
si bien notre histoire, et qui a laissé de si admira-
bles instructions sur la manière de l'écrire. Comme
on délibérait au Conseil d'État sur le programme
du sacre et du couronnement, l'empereur s'exprima
en ces termes : « Ne serait-il pas possible de choisir une autre ville que Paris pour le couronne-

ment? *Cette ville a toujours fait le malheur de la France ;* ses habitants sont ingrats et légers... »
(Pelet de la Lozère, *Opinions de Napoléon I*er, p. 85.)

Le nouveau Charlemagne songeait à faire de Rome la capitale de l'empire. Louis XVIII, en 1815, exprima aussi l'intention de porter hors de Paris le siége de son gouvernement.

On voit que, si nous nous trompons, notre erreur se retranche derrière des autorités qui valent la peine qu'on les réfute.

L'impossibilité ne nous paraît pas mieux établie. On ferait des volumes de toutes les adhésions qui se produisirent, à notre appel, avec une ardeur que ne saurait inspirer à tant de bons esprits un projet inexécutable.

Quoi qu'il en soit, l'instance a été résolûment introduite à la tribune législative par un homme dont le patriotisme ne connaît ni réserves ni obstacles. On se rappelle l'énergique discours, qui, le 27 avril dernier, faisait pressentir une prochaine proposition relative à la translation du siége du gouvernement ?

M. le général de Grammont a tenu parole, et le texte de son projet de loi, présenté le 1er juin, me paraît être la meilleure réponse à ceux qui croient le déplacement impossible. Versailles est bien près de Paris; mais, une fois le gouvernement hors de cette dernière ville, Versailles serait pour lui une première étape qu'il lui serait toujours loisible de dépasser, si les circonstances l'exigeaient.

APPENDICE.

I.

FRAGMENTS D'UNE RÉPONSE

AUX CRITIQUES ADRESSÉES A L'AUTEUR

DE LA BROCHURE :

« PARIS TUERA LA FRANCE [1]. »

1850.

Ne cherchez pas à atténuer les conséquences de la dictature parisienne. Paris, dites-vous, n'a pas fait le massacre de Vassy; non, mais il en a donné l'exemple. Paris n'a pas fait la Jacquerie; non, mais il y a plus

(1) Plusieurs journaux de Paris et des départements s'élevèrent avec beaucoup de vivacité contre le projet de déplacement de la capitale, exposé avec tant d'éloquence et de conviction dans la brochure : *Paris tuera la France*, et accueilli très-favorablement par les hommes politiques les plus sérieux et les plus compétents. Lucien Davesiès de Pontès avait pris la plume pour répondre à ces journaux; mais il renonça bientôt à entamer cette polémique collective, et il eut l'intention de prendre à parti M. Cuvillier-Fleury, qui avait publié, dans le *Journal des Débats*, un compte-rendu très-remarquable de la brochure de l'ancien sous-préfet de Libourne. On n'a conservé, de cette réponse, que quelques pages excellentes, qui sont imprimées à la fin des *Etudes sur l'histoire des Gaules et de la France*. (*Note de l'éditeur.*)

contribué que vous ne paraissez le croire, et à l'appui
de mon opinion, je vous en citerai une dont vous
ne contesterez pas l'autorité, celle de M. Augustin
Thierry.

L'influence de Paris a été la même, en 89. La prise
de la Bastille, les meurtres de Delaunay et de Fles-
selle, de Foulon et de Bertier, furent alors le signal de
l'incendie des châteaux. Sans doute, Paris ne fait pas
seul le mal; si ses désordres n'avaient pas d'imitateurs
dans les provinces, celles-ci ne songeraient pas à lui
retirer un pouvoir dont elles n'auraient pas à souffrir.
C'est précisément parce qu'il exerce sur elles une détes-
table puissance d'entraînement, qu'elles appellent de
leurs vœux aujourd'hui, et que plus tard elles exige-
ront peut-être impérieusement le divorce du gouvernement et de la capitale, qui est certes insuffisant pour
circonscrire l'empire moral de la grande cité dans
l'enceinte de ses murailles, mais qui diminuera cependant beaucoup son action sur la généralité des départements. Si Paris, réduit au titre de première commune
de France, et au sceptre de la civilisation, continue à
faire des émeutes, ce sera pour son propre compte et
à ses risques et périls. Mais les agitations intérieures
d'une ville, quelque importante qu'elle soit, n'offriront
plus à leurs fauteurs la compensation de tant de dépenses et de dangers.

Aujourd'hui, tous les partis, ou plutôt toutes les
factions, peuvent spéculer sur l'anarchie parisienne.

Au commencement de la première république, le duc
d'Orléans, Mirabeau, la Noblesse, étaient accusés en
même temps de fomenter les troubles, parce qu'ils y
avaient un égal intérêt. Le parti aristocratique est toujours disposé à pousser les choses au pire, dès qu'il
désespère de son succès : ne le voyons-nous pas maintenant encore encourager la révolution parisienne de
1848, et tendre la main aux chefs démagogiques qui
voudraient achever leur œuvre de destruction ?

Le *Journal des Débats* voit le salut du pays dans la
réforme électorale, ce mot magique qui a commencé la
Révolution et qui pourra la finir. Cette grande mesure
produira sans doute d'excellents résultats, en ôtant à la
multitude les droits qui n'appartiennent qu'au peuple,
et en exigeant de l'électeur, suivant l'expression de
Tallien, toute la plénitude de sa valeur morale, garantie par l'épreuve du domicile.

Tout cela est vrai, juste, incontestable, nécessaire.

Mais, il faut bien le reconnaître, à moins de fermer
les yeux sur les altérations profondes qu'ont subies,
dans notre malheureux pays, tous les principes d'ordre
et d'obéissance : La réforme électorale renvoie à l'é-
meute tous les mauvais instincts, tous les éléments
révolutionnaires, qu'on éloigne des comices; le vagabond ne sera que plus disposé à transformer en car-
touche le bulletin que la loi va mettre dans ses mains.
Il y aura moins de mauvaises élections; mais les mauvaises passions n'en seront que plus actives, et le gou-

vernement, comme la société, n'en aura que plus de précautions à prendre.

J'ai encore à répondre à une autre objection du *Journal des Débats :* « Tuer Paris, dit cette feuille, sous prétexte que Paris tue la France, c'est une impossibilité dressée sur une erreur. »

D'abord, il ne s'agit pas de tuer Paris, au contraire. On le tuerait peut-être, en laissant un libre développement à la nouvelle capitale, qu'on donnerait aux grands pouvoirs de l'Etat.

Nous avons dit et nous répétons qu'il importe de ne pas faire un nouveau Paris autour du gouvernement déplacé. (Et le mal serait-il si grand, quand on rendrait un peu de mouvement et de vie à cette France centrale, qui meurt d'épuisement, tandis que Paris étouffe de pléthore?) Il est clair que si l'on voulait laisser la nouvelle capitale prendre le développement qui résulterait naturellement pour elle de la présence des grands pouvoirs de l'Etat, ce ne serait pas la peine de leur assigner une autre résidence. Il faut, de toute nécessité, que la ville gouvernementale soit circonscrite, dans un rayon étroit (1), par des servitudes analogues à celles qui empêchent l'accroissement des places fortes. Elle ne sera donc jamais dans le cas de faire concurrence à Paris, qui, conservant toujours ses théâtres, ses musées,

---

(1) Nous avons imité en cela l'exemple des Américains, sans toutefois recourir comme eux à des déplacements continuels, que notre système de centralisation nous rend plus difficiles.

ses écoles, ses bibliothèques, ses expositions des arts
et de l'industrie, ne cessera pas d'être le rendez-vous
des heureux de ce siècle, le foyer des lumières, le
centre des loisirs opulents et des mœurs élégantes;
non-seulement, sous ce rapport, Paris n'aura jamais
aucune rivalité à craindre, mais, loin d'être tué, comme
le prétend le *Journal des Débats,* il jouira, avec plus de
sécurité, de ses avantages exceptionnels, car les insurrections y seront désormais sans résultats possibles et,
par conséquent, ne s'y renouvelleront plus. Pourquoi
Paris se révolterait-il désormais? Pour aller attaquer le
gouvernement en rase campagne; mais on sait par
expérience, qu'une pareille tentative de la population
parisienne, sans artillerie, sans cavalerie, sans approvisionnements d'aucune espèce, ne serait qu'une lutte
impuissante de la part des ambitieux et des intrigants
de tous étages, qui, depuis longtemps, mettent la France
en combustion (1)?

Mais c'est précisément, nous l'avons dit avant la
Gazette, parce que Paris est le réceptacle de tous les
éléments révolutionnaires, qu'il ne faut pas laisser le
gouvernement au milieu de cet arsenal et de cette
armée du mal. « Les révolutions, ajoute la même
feuille, sont aussi la faute des provinces qui les ont

(1) Que dirait-on d'un capitaine qui, profitant d'une trève,
irait placer son quartier-général au milieu du camp ennemi et
prendrait pour base d'opération une place où il compterait plus
d'adversaires que de partisans?

subies. » Cette accusation n'est pas fondée; les provinces, en 1848, ont été surprises dans l'impuissance de l'isolement: sans nouvelles et sans chefs, sans argent, sans direction commune, elles n'ont pu, dans des conditions où rien n'était prévu pour la résistance, opposer une résistance pour laquelle elles n'étaient pas organisées. Les départements, si l'instinct de l'unité nationale les a fait attendre l'apparition d'un pouvoir central pour s'y rallier, se promettent bien de n'être pas aussi dociles à l'avenir; mais leur résistance n'aura jamais qu'une valeur négative et transitoire; il faudra toujours en venir à l'œuvre de la réorganisation du pouvoir fugitif, chose fort difficile au milieu d'une guerre civile qui peut éclater dans quatre-vingt-six départements à la fois. N'est-il pas plus naturel de mettre le pouvoir en lieu de sûreté, pendant qu'on est partout encore maître du terrain et que les factions n'osent pas commencer la guerre?

« C'est à vous, nous dit la *Gazette* en parlant des départements français, de repousser les révolutions que nous vous envoyons périodiquement. » A la bonne heure; il vaut encore mieux les prévenir que les réprimer, et nous les préviendrions, en ne laissant plus à Paris le dépôt de ces pouvoirs, qu'il ne conserve que pour les briser tous les quinze ans.

L'*Impartial de Rouen* et l'*Union*, dans un premier article dont le sens est, du reste, modifié par de nouvelles considérations du même journal, ont cru trouver la solution de cette grande difficulté dans la décentralisation. Mais de deux choses l'une : ou la décentralisation sera politique, et alors elle nous jettera dans les incalculables dangers du fédéralisme, ou elle sera purement administrative, et dans ce cas elle nous laissera exposés à tous les périls de l'anarchie, qui seront à redouter dès que le siége du gouvernement ne sera plus protégé par cette armée, si onéreuse à nos finances.

Rendre à nos quatre-vingt-six départements et à trente-six mille communes, ainsi que le voudrait l'*Impartial*, une part directe dans la gestion de la chose publique, n'est pas une idée praticable. C'est seulement, par leurs représentants réunis en assemblée législative et par l'élection du président de la république, que les diverses localités peuvent concourir à la direction des affaires de l'Etat; et, pour ne laisser pas usurper par une seule commune les droits individuels de toutes les autres, il faut les soustraire à la passion tyrannique des influences parisiennes. C'était l'opinion des Girondins, c'était celle de Bonaparte lui-même qu'on n'accusera pas de partialité en pareille matière.

On s'est aussi préoccupé, dans les journaux et à l'Assemblée législative, de l'érection possible d'un gouvernement conventionnel à Paris. En y réfléchissant, on se convaincra que, sans munitions et sans artillerie, une insurrection de Paris où, Dieu merci, les bons citoyens seront toujours, sinon en majorité, du moins en grand nombre, n'aurait aucune chance de succès

contre l'armée et les gardes nationales de France. Les
rebelles, enfermés dans l'enceinte des fortifications, ne
verraient pas d'autre perspective qu'une défaite inévi-
table, et la révolte serait écrasée sur place, avant d'avoir
causé le moindre ébranlement dans le pays. Il ne faut
donc pas craindre que Paris établisse jamais, d'une manière durable, une Convention et un gouvernement à
part? Mais, la ville cernée dans l'enceinte des fortifications, entre toutes les forces de la France et les baïonnettes des bons citoyens qui, Dieu merci, seront toujours en grand nombre à Paris; la révolte serait écrasée,
avant d'avoir causé le moindre ébranlement des pouvoirs constitutionnels.

L'éloignement tuerait donc non pas Paris, mais les
factions parisiennes qui ne vivent que de la présence
du gouvernement au sein d'une immense population agglomérée. Paris découronné, mais affranchi, trouvera,
dans une sécurité dont il n'a pas joui depuis soixante
ans, une large compensation à la perte d'un privilége
trop chèrement acheté au prix du sang et de l'honneur
de la France. Et puis, le mouvement et le bruit qui se
font autour du pouvoir rendraient un peu de vie et de
mouvement à cette France allanguie d'épuisement, tandis que Paris, comme on l'a dit souvent avant moi,
crève de pléthore. Où serait le mal? Quant à moi, j'y
verrais un grand bien pour le pays et, comme je l'ai
dit, pour Paris lui-même. « Tête trop grosse pour le
corps, et qui a besoin d'une saignée pour le guérir! »

comme disait Henri III, en regardant sa capitale, du haut des collines de Saint-Cloud. Elle ne s'est pas épargné les saignées, cette malheureuse tête, et les saignées ne l'ont cependant pas guérie.

Maintenant, où est donc l'erreur de l'accusation et l'impossibilité du projet?

Que Paris ait fait beaucoup de bien à la France, je ne le nie pas. Mais peut-on nier qu'il ne lui ait fait aussi beaucoup de mal, et que son influence ne nous ait jeté, depuis deux ans, dans un état qui a tous les symptômes d'une maladie mortelle? Faudra-t-il que la France se laisse mourir par reconnaissance? Non, il n'y a, dans notre proposition et dans ses motifs, ni erreurs, ni impossibilité. J'en appelle à des témoignages que le *Journal des Débats* ne récusera point; j'en appelle à l'exemple de Louis XIV, de Louis XVI, des Girondins, aux paroles de Barrère et de Napoléon (1).

(1) Voici ce que j'ai entendu raconter à M. Villemain, le 31 décembre 1849 : « Je demandais, un jour, à un vieux membre du Parlement anglais : Combien y avait-il de croyants à la Chambre, en 1788? — Fort peu, me répondit-il, le petit bataillon de Lord Wilberforce, peut-être une soixantaine. — Et après la Révolution française? — Tout le monde. Il y eut trois causes qui nous ramenèrent tous à la foi : les excès de votre révolution, les membres de votre clergé persécuté qui nous arrivèrent en personne à la place de leurs mandements, et Bonaparte. La dignité du clergé catholique produisit en Angleterre une grande impression. »

II.

DES MÉMOIRES DE BARRÈRE

POUR SERVIR A L'HISTOIRE DE PARIS

PENDANT LA RÉVOLUTION.

Paris, le 15 juin 1850.

Lors du pillage des boutiques, à Paris, le **28** février 1793, Barrère s'écrie : « Tant que je serai représentant du peuple, je ferai impitoyablement la guerre à ceux qui violent les propriétés, mettent le pillage et le vol à la place de la morale publique, et qui couvrent ces crimes du masque du patriotisme. »

Barrère compare l'institution du tribunal révolutionnaire aux vengeances des plus méchants despotes, et plus loin, il demande la punition des auteurs des massacres de Septembre, qui n'avaient d'exemple que dans l'anarchie sanglante du règne de Charles VI.

Il demande la peine de mort contre ceux qui proposeraient des lois agraires ou le partage des propriétés.

« J'ai fait ordonner, au printemps de 1794, la dissolution des armées révolutionnaires et des repas publics
appelés civiques.

« Je me suis opposé, le 31 *mai*, à la violation de la
représentation nationale, et je l'ai fait seul, au péril de
ma vie. » (Tome Ier, page 16.)

Le 17 juin 1789, jour où les communes prirent
l'immense résolution de se constituer en *assemblée nationale*, Barrère commença la publication du *Point du
Jour*, journal destiné à rendre compte des débats lé-
gislatifs sous une forme dramatique, qu'ont depuis
adoptée les journaux.

Barrère voulait que le Bigorre, pays d'États, dont il
avait fait faire un département, continuât de s'imposer
lui-même et de se gouverner par ses administrateurs
particuliers. C'était demander le même privilége pour
tous les autres départements du royaume.

Tout, chez lui, décèle une tendance marquée vers le
fédéralisme, et son attachement pour les institutions
municipales, qui va jusqu'à préconiser quelquefois
celles de l'ancien régime, et sa répugnance pour la
centralisation des grandes capitales, qui lui inspire de
fréquentes diatribes contre l'influence de Paris, et ses
liaisons politiques avec les Girondins, qu'on le voit défendre au 31 mai. Si l'on remarque, dans ses rapports
et dans ses écrits postérieurs, des paroles sévères sur la
conduite et les doctrines de ces derniers, c'est qu'il ne
tarda pas à reconnaître qu'en réalité l'Appel aux pro-

vinces avait été pour eux un moyen de combattre la
République; de même que l'accusation de fédéralisme
servit de prétexte pour réprimer des efforts contre-ré-
volutionnaires. Chez Barrère, au contraire, le provin-
cialisme fut, à n'en pouvoir douter, une opinion sincère
et réfléchie; nous-même, nous lui avons entendu dire :
« Il faut fédéraliser la France; vous n'aurez pas, sans
cela, de véritable liberté. » Ses Mémoires contiennent,
d'ailleurs, sur ce sujet, l'exposé de tout un système.

Ce n'est pas que nous ne trouvions dans ses ma-
nuscrits (1), et qu'on ne lise, dans plusieurs de ses rapports, des passages conçus dans un sens opposé. Ces
contradictions sont le cachet de son esprit, selon qu'il
se place au point de vue de ses théories favorites, ou
qu'il se pénètre davantage de la nécessité des temps.
(T. Ier, pages 43 et 44.)

Le 4 novembre 1792, il se prononça hardiment
contre la puissance croissante de la Commune de
Paris, ce qu'il réitéra plusieurs fois, le 10 novembre,
le 2 décembre 1792, le 26 février suivant, etc.

Au 31 mai, au 2 juin, c'était à la fois contre la Commune, contre Robespierre, Danton, Hébert, Marat,
qu'il prenait la défense des accusés, et c'est au milieu
de la Convention assiégée, qu'il s'écriait : « Vous

---

(1) Barrère a laissé le canevas d'une dissertation qui devait avoir
pour titre : *La France plus libre sous le despotisme que sous la
liberté;* dans laquelle il examine le système des garanties municipales existantes dans l'ancienne monarchie.

avez fait tomber la tête du tyran, vous devez encore
faire tomber celle du soldat insolent, de cet Henriot,
qui ose violer la représentation nationale. (P. 71 et 72.)

L'Acte constitutionnel de 1791 fut le résultat de l'œuvre de 1789.

« La Constitution de 1793 n'a jamais été mise à
exécution, » dit Barrère.

En 1772, le chancelier Maupeou détruisit les derniers vestiges de la liberté publique, *le droit de remontrances et le droit d'enregistrer les lois d'impôts*, droits
que le hasard, bien plus que le mandat de la nation,
avait donné aux Parlements, depuis que le Bourbon
Louis XIII avait, pendant le ministère du cardinal de
Richelieu, suspendu la tenue des Etats généraux du
royaume.

Lebrun, qui fut consul, prince, duc de Plaisance et
vice-roi à Gênes et à Amsterdam, puis enfin pair de
France, était secrétaire du chancelier Maupeou en
1771, et député de Dourdan aux Etats généraux en
1789.

Hue de Miroménil fut nommé garde des sceaux, par
le ministre rentré en faveur, pour avoir joué avec beaucoup de succès le rôle de Crispin, au château d'exil de
M. de Maupeou.

Le premier acte politique du jeune Louis XVI et de

son ministre Maurepas, en 1775, fut le rappel des Parlements et le rétablissement de tous leurs droits et prérogatives, que l'on regardait comme un obstacle au despotisme ministériel et à l'aggravation arbitraire des impôts.

Le rétablissement du Parlement à Toulouse fut l'occasion, dans cette ville, de fêtes brillantes et prolongées, parce que Toulouse vivait de cette institution et lui devait tout son lustre.

Barrère appelle M. Necker un charlatan financier, et M. de Calonne, son successeur, un dissipateur fiscal. (Page 230.) L'un et l'autre avaient exagéré les impôts, persécuté les Parlements et préparé la Révolution par un déficit de 55 millions de rente, que les Notables, assemblés deux fois, n'avaient pu combler. Il est vrai qu'ils s'obstinaient à refuser de faire contribuer à l'impôt les propriétés possédées par le clergé et la noblesse. On en était là en 1788 !

La même année, sous le ministère du cardinal de Brienne, à l'inquisition la plus tyrannique de la pensée, de la parole et de l'imprimerie, succéda *l'entière liberté de la presse.*

La même année aussi, sur les remontrances du Parlement de Paris, pour justifier son refus d'enregistrer les lois désastreuses des impôts nouvellement créés; déclarant que, la nation ayant seule le droit d'octroyer les impôts, il était de toute nécessité de convoquer les Etats généraux ; le roi rendit alors l'édit de convocation.

Ainsi les Etats généraux, suspendus sous le cardinal de Richelieu, furent rétablis sous le cardinal de Brienne.

Ainsi Louis XVI, qui devait mourir sur l'échafaud, rendit au pays les Parlements, la liberté de la presse et les Etats généraux.

Non-seulement il rétablit les Etats généraux, mais, sous le ministère de Necker, le 25 décembre 1788, un arrêt du Conseil doubla le nombre des députés des communes, afin que par l'égalité des votes ils pussent forcer les deux ordres privilégiés, à supporter également les charges de l'Etat et à subir les réformes nécessaires au bien de la nation. (Page 237.) Il a détruit les corvées, établi les Assemblées provinciales, rendu l'état civil aux protestants et donné l'exemple de l'affranchissement des serfs.

La liberté illimitée de la presse fut alors nécessaire pour protester contre les épouvantables abus de toute nature sous lesquels gémissait la nation. Ce fut comme la dictature de l'opinion publique. La dictature gouvernementale est aussi nécessaire quelquefois ; mais ce n'est pas la condition normale du pouvoir.

Jusque-là, tout le monde était d'accord et tout allait bien. Le premier nuage fut, en 1788, l'arrestation du conseiller Déprémesnil, comme la première faute du gouvernement de Mazarin avait été l'arrestation du conseiller Broussel. Ces deux abus d'autorité avaient une même cause, le refus du Parlement d'enregistrer les édits bursaux. Le peuple répondit, à cette viola-

tion des droits d'un corps gardien de ses libertés, par
l'émeute de Réveillon, fabricant de papier du faubourg
Saint-Antoine, qui faisait vivre plusieurs milliers d'ouvriers. Barrère prétend que cette émeute était provo-
quée sous main par des intrigants qui voulaient une occasion pour amener des troubles et empêcher la
convocation des Etats. (Page 243.)

Les ordres privilégiés prétendaient délibérer en
chambres séparées, et voter par ordre et non par tête.
La cour fit faire au roi l'énorme faute de déclarer, dans
la séance royale du 23 juin, qu'il représentait à lui seul
la nation, et qu'il allait faire à lui seul le bien pour lequel les Etats généraux avaient été convoqués.

Les événements du 14 juillet, c'est-à-dire la prise de
la Bastille, furent les premières voies de fait, qui devaient en amener tant d'autres, et qui disposèrent la
cour à des représailles. L'attitude des communes aurait
suffi pour déterminer par des voies légales le résultat
auquel on tendait, qui était la Constitution. M. le duc
de Larochefoucauld-Liancourt parvint pourtant à per-
suader au roi, qu'il n'y avait de salut pour lui et pour
la France que dans l'accord de la couronne et de l'Assemblée nationale.

On vit bien que le roi était convaincu de cette
vérité, à l'accent chaleureux de son discours prononcé,
le lendemain matin 15, au sein de l'Assemblée.

Suivant Barrère, le comte d'Artois voulait le pousser
à des violences, et lui arracher l'ordre de faire sabrer

par les gardes du corps les députés de la Commune,
s'ils refusaient de sortir de la salle. Le refus énergique
du roi prouve assez que les intrigues et les menées de
la cour avaient lieu tout à fait en dehors des volontés
et de l'action royales. Il aurait dit à son frère : « Allez
vous faire f.....! »

Est-il vrai, comme le prétend Barrère, que, le 12 et
le 13, la cour formait le dessein de forcer le roi à renvoyer les députés réunis en séance permanente, et à en
faire enfermer soixante-neuf dans la citadelle de Metz,
pour les exécuter ensuite comme coupables de rébellion? Ce bruit se fonde sur le nouveau serment de fidélité au roi, exigé, par le maréchal de Broglie, de la part
des canonniers, dans la nuit du 13; mais l'ordre de marcher sur l'Assemblée ne fut pas donné par le maréchal.
L'état des esprits suffisait pour expliquer cette précau-
tion d'un nouveau serment, que les canonniers, du reste,
se refusèrent à prêter. Quant au roi, personne assurément ne supposera qu'il ait jamais pu se résoudre à
faire arrêter les députés qu'il avait convoqués.

Les premières voies de fait furent donc les événements du 14.

Ma petite brochure intitulée : *Paris tuera la France!*
présentait sous un jour nouveau les principaux faits de
notre histoire. M. Augustin Thierry fut frappé de la
justesse de ces aperçus, et me dit qu'en effet, depuis
les événements de février 1848, le point de vue historique était changé.

Jusqu'à cette époque, le souvenir des abus détruits par la révolution de 89 avait porté l'opinion publique à glorifier les actes de violence qui avaient contribué au renversement de l'ancien régime. Arrivés au but de notre ambition nationale, à la monarchie constitutionnelle, nous étions disposés à l'indulgence et même à l'approbation vis-à-vis de certains actes coupables en eux-mêmes, mais qui avaient contribué à notre succès.

Mais aujourd'hui que les institutions les plus fécondes, les plus sages, sont elles-mêmes regardées comme insuffisantes ou comme abusives, par un parti nombreux, dont les doctrines mettent la société en péril, et dont le triomphe la bouleverserait complétement; aujourd'hui qu'on s'autorise des révoltes qui ont mis fin à d'intolérables excès de pouvoir, pour faire appel aux passions anarchiques, et saper les bases les plus essentielles de l'ordre social, il devient nécessaire de poser les principes d'une nouvelle morale politique et de remonter aux causes qui compromettent l'avenir de l'œuvre de 89.

C'est ce qui justifie l'aspect sous lequel nous avons envisagé les résistances populaires de la ville de Paris, et les éventualités auxquelles nous expose la tendance perpétuelle de cette ville à la rébellion.

Une chose sera éternellement acceptée comme vraie, c'est que la cause première de la Révolution a été l'impossibilité matérielle pour la France de supporter plus longtemps les abus résultant du droit de conquête.

Louis XVI en fut convaincu autant que personne, et il le prouva en prenant l'initiative des réformes : la restauration des Parlements, la liberté de la presse, la convocation des Etats généraux, mettaient la nation à même de se placer, de concert avec le roi, dans de nouvelles conditions sociales.

Ces délibérations et leurs conséquences pouvaient et devaient demeurer pacifiques, régulières et légales. L'opposition des deux ordres privilégiés et de la cour eût été vaincue par l'œuvre du roi et du Tiers-état. Le serment du Jeu de Paume laissait les Communes dans les limites de leurs droits, et le roi, qui sentait le besoin de substituer à son autorité absolue les formes d'un gouvernement constitutionnel, se fût certainement rangé, sans y être contraint par la force, du côté des députés appelés par lui pour faire une Constitution. Si le roi n'avait pas reconnu les droits de la souveraineté nationale, il n'aurait pas attendu les réunions de l'Assemblée et les premières difficultés suscitées par les répugnances des deux ordres privilégiés, pour manifester l'intention de faire à lui seul l'ordonnance de réformation, et d'octroyer une Constitution, comme le fit son frère Louis XVIII en 1814. Il aurait rédigé cette charte d'avance et il l'aurait imposée aux Etats. Mais telle n'était pas la pensée du roi, puisque son arrêt du 25 décembre 1788 doublait le nombre des députés du Tiers, et modifiait l'institution des Etats, de manière à rendre à la nation l'exercice de sa souveraineté. Pour promul-

guer ce décret, Louis XVI eut à défendre son ministre
Necker contre l'inimitié du comte d'Artois. Ce fut
également malgré ce prince et malgré la cour, qu'il
laissa, le 23 juin, les Communes siéger en séance permanente.

La situation était assurément assez nouvelle pour
jeter le roi dans quelque perplexité. On conçoit qu'il
ait d'abord voulu ménager la susceptibilité de la Noblesse et du Clergé, en ordonnant aux Communes de
se retirer dans leur Chambre comme les deux autres
ordres. Mais, en les laissant délibérer malgré sa volonté,
il témoignait assez de sa condescendance pour leurs
droits. Il se montrait, en cela, d'ailleurs, conséquent
avec ses premières mesures, qui avaient doublé le nombre de ces représentants des Communes, afin qu'ils
pussent voter par tête. Ce qu'on a vu depuis, dans son
temps et dans le nôtre, justifie assez ses hésitations et
ses craintes, et l'on conçoit parfaitement que, tout en
voulant donner à son peuple des garanties et des lois
libérales, il s'effrayât pourtant le changements si ra-
pides et si radicaux.

La prise de la Bastille n'était donc nullement nécessaire pour amener le roi à se mettre d'accord avec
l'Assemblée nationale. On a dit, et Barrère entre autres,
que ce coup de main était nécessaire pour renverser le
despotisme royal et pour consacrer la Révolution. C'est
une grande erreur. Cette insurrection de Paris fut le premier exemple des violences qui souillèrent la Révolu-

tion française, et qui ont fini par en suspendre, pendant
quinze ans, les meilleurs résultats.

Les prisons d'Etat se seraient écroulées sous les votes
de l'Assemblée, qui tenait dans ses mains les destinées
du roi et de la France. Je ne suis pas en cela suspect
de prédilection pour la Bastille ; car j'appartiens à une
des nombreuses familles qu'elle a ruinées. Mais je dis
sincèrement ce que m'inspirent mes convictions et mon
amour pour mon pays. Cette victoire facile, qui consista
dans la prise d'un fort à peu près dépourvu de défenseurs, et qui ne coûta peut-être pas la vie à dix individus, y compris le gouverneur qu'on égorgea lâchement, ne mérite à aucun égard le titre de glorieuse,
que notre enthousiasme pour nos libertés reconquises
lui a trop facilement décerné. A la considérer de haut
et dans l'ensemble des principaux faits qui l'ont suivie,
il me paraît impossible de ne pas la tenir pour une
victoire aussi funeste que facile.

Elle a changé le caractère de la Révolution, et de
légale qu'elle était d'abord, l'a faite violente et insur-
rectionnelle.

Elle a brisé le sceptre que la France voulait maintenir aux mains du roi.

Elle a été le signal de la guerre aux châteaux dans
les provinces, comme la révolte d'Etienne Marcel contre
le dauphin avait été, au quatorzième siècle, le signal de
la Jacquerie.

Elle a jeté soudainement William Pitt dans cette

29

politique de coalition, qui entretint les troubles de Paris
et des départements, et donna lieu à l'émigration, au
congrès de Pilnitz et à la guerre européenne.

Elle a amené les journées à jamais funestes des 4,
5 et 6 octobre 1789. La France avait-elle donné mission
à Camille Desmoulins, aux Jacobins et à la populace de
Paris, d'aller à Versailles envahir le palais du roi et de
le ramener à Paris par-dessus les cadavres de ses gardes
égorgés? C'était une trahison, un acte de lâcheté contre le roi sans défiance, et qui venait de souscrire les
premiers articles de la Constitution.

Non, devant Dieu et devant les hommes, cette prise
de la Bastille n'a été ni glorieuse, ni heureuse. L'assassinat juridique de Louis XVI s'en est suivi ; elle a dé-
chaîné sur l'Europe les fureurs de la guerre et sur la
France les fléaux de l'anarchie. Nous en subissons
encore l'expiation douloureuse ; elle a enfanté ce vertige des esprits qui nous menace du chaos. Si elle doit
jamais aboutir à un bon résultat, ce sera de nous
faire sentir la nécessité de résoudre toutes les difficultés
sociales par la discussion et par les lois, et non par les
insurrections.

Aussi, quand la Chambre des députés délibéra, le
22 avril 1833, sur les récompenses à voter pour les
vainqueurs de la Bastille, M. Gaston de La Rochefou-
cauld fut-il bien inspiré de désavouer ces mots de *glorieuse Révolution,* que l'on avait attribués à son père,
annonçant à Louis XVI les événements du 14 juillet.

Amnistions les hommes, amnistions nos pères qui sortaient à peine d'un état odieux de souffrance et d'esclavage; mais condamnons l'acte de cette néfaste et trop féconde journée.

La journée du 14 juillet, celles du 4, 5 et 6 octobre 1789, rétablirent le pouvoir exécutif à Paris, pour sa perte et pour le malheur de la France.

L'histoire le démontre. (A consulter les journaux intitulés : le *Point du Jour*, rédigé par Barrère; le *Courrier de Provence*, rédigé par Mirabeau.)

C'était ainsi que Turgot comprenait la Révolution française. « Dans la pensée de ce patriotique réformateur, dit M. Mignet, biographe de Cabanis (*Journal des Débats* du 17 juin 1850), cette Révolution ne devait pas s'opérer par la force convulsive du peuple, mais par la sagesse graduelle du gouvernement; non au moyen de l'insurrection, mais de la loi; elle aurait été accomplie au profit de la liberté, mais à l'aide de la Commune. La faiblesse de Louis XVI donna aux événements un autre cours; mais, ajoutons-le, ce qui les dénatura surtout, ce fut la violence des partis et de la population parisienne, leur aveugle instrument. »

Je ne connaissais pas cette pensée de Turgot, quand j'écrivis les lignes qui précèdent, et c'est le lendemain seulement que mes regards sont tombés sur cette analyse de M. Mignet, qui m'apprend cette identité de mes sentiments et de ceux du grand économiste.

Une fois ramené aux Tuileries, le roi ne fut plus que

le prisonnier des Parisiens. Sa fuite, déterminée, le 21 juin 1791, par les angoisses et les tortures morales au milieu desquelles il vivait, augmenta la rigueur de sa captivité. Le club des Jacobins répandit et développa dans le peuple l'idée de la république. Ce fut alors, dans le courant de juillet, que des masses populaires se réunirent au champ de Mars, pour y signer, sur l'autel de la patrie, une pétition tendant à la déchéance de Louis XVI. L'Assemblée, qui représentait la France, persévérait cependant dans sa prédilection pour la monarchie constitutionnelle. C'était là le vœu du pays. Mais ses destinées et celles de ses législateurs étaient entre les mains des clubs et de cette populace parisienne qui détournait de jour en jour la Révolution de ses voies régulières. Elle ne fut que plus exaspérée par le châtiment que Lafayette lui infligea au champ de Mars. Mais, par cette répression énergique, Lafayette défendait en bon citoyen la Constitution et la souveraineté nationale. De quel droit la populace parisienne faisait-elle cette manifestation publique contraire aux lois et aux vœux du pays? Cette manifestation hâta la conclusion du traité de Pilnitz, la déclaration de guerre du roi de Prusse, Frédéric-Guillaume II, et le manifeste du duc de Brunswick. Paris, comme toujours, engagea ainsi la France entière dans une situation qu'elle ne se serait pas faite, si l'Assemblée législative n'eût été soumise qu'à l'influence régulière de la nation.

Barrère a donc tort, et il raisonne au rebours de l'opi-

nion de Turgot, quand il loue la prise de la Bastille et
blâme l'exécution de la loi martiale au champ de Mars.

Paris avait mis le roi dans la nécessité de pourvoir à
sa sûreté personnelle et à celle de sa famille. Les Girondins eux-mêmes songeaient à transférer à Rouen le
pouvoir exécutif et le Corps législatif. L'Assemblée
législative s'y opposa. Aux préparatifs des Tuileries
répondirent ceux des Jacobins et des faubourgs. L'horrible journée du 10 août 1792 détruisit violemment la
Constitution, entraîna l'Assemblée législative à la suspension du pouvoir exécutif, et comme en février 1848,
jeta la France en république, par la crainte de l'anarchie
et la nécessité de se rallier au seul pouvoir resté debout.
Ce n'est pas ainsi que se fondent des gouvernements
durables et des institutions vraiment nationales et fécondes en heureuses conséquences.

Depuis lors, la France fut livrée à la révolte et à
l'anarchie. L'armée des Ardennes, forte de soixante
mille hommes, refusa de marcher, aux ordres de son
général Lafayette, contre les auteurs de cette nouvelle
rébellion. Il n'y eut plus de discipline qu'en face de
l'ennemi. Mais le patriotisme ne suffit pas pour la sta-
bilité de l'état social d'une nation nombreuse. L'enthousiasme guerrier rend à un peuple la conscience de
sa force et de son droit à exister; mais la victoire ne
peut suppléer à l'empire des lois.

Les massacres de septembre 1792 ne furent qu'un
épisode, une conséquence nécessaire de ces premiers

crimes populaires qui livraient les citoyens à la tyrannie
d'une faction et d'une populace fanatisée par les excès
de la presse parisienne.

Les crimes des factions succédèrent à l'insurrection
des masses, et la France fut soumise, comme Paris, au
droit, non du plus fort, mais du plus traître. Les assas-
sinats de Septembre préludaient, au reste, dignement,
dans cette capitale, à l'élection de Robespierre, de Marat et de Danton. La démagogie régnait à Paris : les
élections de Paris se firent sous son influence, et les
élus de Paris devinrent les maîtres de la France; c'est
la loi constante de nos révolutions. Aussi, Barrère, républicain, bien qu'il répète à tout propos que la France
n'est pas faite pour la république, ne reconnaît la possibilité de ce gouvernement, qu'autant qu'il y aura
deux Chambres, et qu'elles tiendront leurs séances
dans toutes les villes de France alternativement. Et
cette nécessité se fonde à ses yeux, non-seulement
sur les dangers de la démagogie, mais sur les influences des salons de Paris, qui ne laissent pas aux
représentants toute leur spontanéité et leur indépendance morale.

Et quand les Parisiens élirent-ils Marat? Alors qu'il
était déjà abhorré, et que son exécrable journal, prépa-
rant les forfaits du 2 et du 3 septembre, avait démontré
l'impossibilité de laisser à la presse une liberté sans
frein. La liberté illimitée de la presse n'en est pas
moins préconisée encore aujourd'hui. Ses partisans

nous diront sans doute : « Des vieillards, des femmes, des prêtres, ont été égorgés dans les prisons, par suite des excitations d'un journal infâme, qui répétait sans cesse que le peuple devait exterminer ses ennemis. N'importe : c'est la faute des honnêtes gens ; ils auraient dû opposer un contre-poison aux drogues de Marat, et calmer par leurs journaux les passions de la multitude. » En vérité, on ne peut comprendre la scélératesse et l'imbécillité de certains esprits !

Qu'un journaliste devienne fou, maniaque, et plusieurs le deviennent par ambition, tenez pour certain que sa folie deviendra contagieuse et qu'il comptera de nombreux partisans. Il n'y aura jamais système si absolu, si monstrueux, qui n'ait ses adeptes, ses fanatiques et ses séides.

On a comparé la liberté absolue de la presse à une soupape de sûreté qui prévient les explosions de la machine à vapeur. Il serait plus exact de dire, que la liberté de la presse est une machine à soupape de sûreté, qui laisse échapper le feu de son brasier et qui brûle ses chariots et ses voyageurs. C'est la dictature de la calomnie contre les choses et contre les hommes.

Tant que le siége du gouvernement sera fixé au milieu d'une population nombreuse, sa principale habileté, son principal objet, dans les temps de révolution, sera d'empêcher les émeutes, et le but de l'opposition sera de les exciter. Il se trouvera toujours aussi un

tiers parti, formé pour les exploiter. La politique sera
réduite aux proportions d'une affaire de police, et les
destinées du pays seront comprimées par cette contention perpétuelle de ses forces vives.

1793.

Au commencement de cette année, la Convention,
réunie depuis le 21 septembre 1792, se trouvait déjà
dans la dépendance de Danton, appuyé sur la Commune
de Paris, les Cordeliers et la force armée, dont le commandement était confié à Henriot, ancien espion de
police. Ce fut sous cette pression que la Convention
institua le tribunal et les comités révolutionnaires pro-
posés par Jean Debry, malgré l'opposition de Barrère,
de Vergniaud et de Cambon.

Ce fut aussi sous l'influence du journal de Marat et
de l'exaspération de la population parisienne, que la
Convention condamna le malheureux Louis XVI. La
Gironde se laissa entraîner à cette cruelle faiblesse, pour
ne pas paraître, aux yeux d'une populace furieuse,
moins patriote que la Montagne.

L'Assemblée ne devait pas tarder à être elle-même
victime de la tyrannie de la Commune. Le 31 mai,
Henriot vint, à la tête de la force armée et de quarante-
huit pièces de canon des Sections de Paris, demander
l'arrestation et l'éloignement de trente-deux députés

qui s'opposaient, disait-il, au bien public. Les Girondins furent arrêtés, par suite de ce complot de Danton, Robespierre, Lacroix, Marat, et de toute la Montagne. Ainsi, à moins de deux ans d'intervalle, les Tuileries recevaient deux assauts, dirigés l'un contre le roi, l'autre contre la souveraineté nationale.

Du besoin de se séparer d'une métropole qui violait la représentation nationale, naquit le fédéralisme, qui donna lieu aux déchirements de Lyon, de Marseille, de Bordeaux, de Caen; qui livra l'arsenal de Toulon aux Espagnols et aux Anglais, au nom du roi de France, et compromit si gravement l'unité française.

La seconde Constitution, présentée à la Convention, le 15 août 1793, par le second Comité de Salut public, n'empêcha pas le Midi et l'Ouest de se soulever, pendant que la frontière du Nord était envahie par Cobourg. Elle ne fut même jamais mise à exécution, ayant été suspendue par une proclamation de l'Assemblée nationale.

Ce qui fonctionna très-complétement, ce fut la loi des suspects, en vertu de laquelle une moitié de la France allait emprisonner l'autre. Cette loi fut proposée par Merlin, au nom du Comité de Législation, et l'on vit bientôt les prisons de Paris regorger d'individus des deux sexes, arrêtés dans la ville et dans les environs, à dix ou douze lieues (octobre 1793 ou brumaire an II).

Pendant ce temps-là, Robespierre, membre du Comité de Salut public, Danton et les Jacobins, poursuivaient auprès du Comité de Sûreté générale le procès des Girondins, afin de légitimer l'arrestation arbitraire de ces représentants. « C'est ainsi, dit Barrère, qu'en révolution, un attentat, une faute, une violation des droits en attire une seconde, une troisième, et une nouvelle crise en est la conséquence nécessaire. » N'approuvez donc pas la prise de la Bastille ?

Barrère ne ressemble pas mal, dans ses récits, à ces héros de romans, qui, enlevés par des brigands, aiment mieux devenir leurs complices que leurs victimes, et racontent ensuite ce qui se passe dans la caverne, en se donnant le plus beau rôle possible.

Il se garde bien, toutefois, de nous dire par le menu ce qui se faisait sur le grand chemin. Il détourne ses regards de tout ce sang qui se répandait sur nos places publiques, et à l'entendre, on pourrait croire que tout s'est passé en conversation.

1794.

Ce qui ne lui échappe jamais, c'est la funeste influence de la Commune de Paris en toutes circonstances, notamment dans les guerres de la Vendée. Il va jusqu'à dire que ces guerres furent entretenues par les intrigues de cette Commune et de Danton.

C'est avec l'appui de cet horrible pouvoir et de ses

anciens révolutionnaires, que Robespierre, Saint-Just et Danton, purent couvrir la France d'échafauds, et *battre monnaie sur la place de la Révolution.*

Le témoignage de Barrère est précieux à cet égard ; car cet homme, qui ne fit mal que par faiblesse, et qui regrettait Louis XVI, ainsi qu'il le dit lui-même, éprouvait le besoin de faire retomber les *crimes de son temps* sur leurs premiers auteurs, et c'est surtout la Commune et les factions de Paris qu'il accuse.

Robespierre n'eut pas même le mérite, ou du moins ce qui serait un mérite aux yeux de son parti, d'avoir fanatisé la populace de Paris. Ce fut Marat surtout qui la porta à cet excès de démence furieuse dont Robespierre ne fit que profiter dans l'intérêt de son ambition personnelle.

Grâce à l'ascendant qu'il avait su prendre sur les masses par ses déclamations au club des Jacobins, Robespierre, chef d'un triumvirat formé de Couthon et de Saint-Just, obtint, du silence de la Convention terrifiée, cette horrible loi du 22 prairial 1794, qui ne fut pas même discutée, et qui eut pour résultat des supplices en masses dans toutes les classes de la population.

Marche de Robespierre :

« Ainsi se résume la marche de Robespierre. D'abord il s'empare du 31 mai, fait par Danton, qui eut peur de cette violation tyrannique, ouvrage de ses mains. Quelques mois après, Robespierre traita Danton comme

un usurpateur et usurpa sur lui. Il extermina des représentants dont il redoutait la liberté et l'éloquence;
il ne consulta plus ceux qui restaient, mais son club.
Sa puissance augmenta d'une manière effrayante,
quand il mit la main sur l'encensoir, le 20 prairial
(fête de l'Être suprême), et la main sur les derniers
restes de la liberté civile, le 22 prairial. Bientôt il
usurpa le pouvoir du peuple, en dirigeant la Convention
par la crainte, le gouvernement par les dénonciations
au club, la cité par la terreur, les lois par la violence,
et le tribunal révolutionnaire par ses intelligences
secrètes. Il usurpa tous les pouvoirs; il terrifia toutes
les volontés; il absorba, quelques instants, toute la
république en lui seul. Mais la Convention se souvint,
le 9 thermidor, pendant quatre heures, qu'elle était
investie des pouvoirs nationaux, et Robespierre ne fut
plus. » (Tome II, page 207.)

Dans les premiers jours de thermidor 1794, Saint-
Just demanda vainement la dictature pour Robespierre
aux Comités réunis de Salut public et de Sûreté générale.

Les sommes que le Comité de Salut public avait mises
à la disposition de la Commune, pour fournir aux subsistances et aux approvisionnements de Paris, furent
employées par elle à fomenter un nouveau mouvement
populaire, de concert avec les clubs des Cordeliers et
des Jacobins. Robespierre voulait, par ce moyen, obtenir la suspension des séances de la Convention et l'arres-

tation de dix-huit députés. Il avait convoqué, dans ce but, à l'hôtel de ville, tous les membres des comités révolutionnaires, au nombre de quatre ou cinq cents ; mais le Comité de Salut public, par l'organe de Barrère, fit annuler cette convocation et interdire pour l'avenir ces réunions illégales. Depuis six semaines, depuis le 20 prairial, Robespierre, régnant par le club des Jacobins et par la Commune, sur la Convention, et par la Convention, sur la population de Paris, exerçait la tyrannie la plus sanguinaire. Dans les premiers jours de thermidor, il demanda, aux deux Comités réunis de Salut public et de Sûreté générale, l'établissement de quatre tribunaux révolutionnaires. Éconduit par les deux Comités, il voulut renouveler, le lendemain 8, sa proposition à la Convention et obtenir l'arrestation de dix-huit députés. On crie : *A bas le tyran!* et l'on appelle Barrère à la tribune. Le 9, Henriot, qui voulait pénétrer dans la salle des séances pour la fermer et se rendre maître de Paris par les Sections armées, est chassé du Carrousel. Alors, Robespierre fit appeler les quarante-huit compagnies de canonniers sur la place de Grève : pendant que la Convention s'assemblait, Robespierre fit publier un décret de la Commune, qui mettait hors la loi la Convention. En même temps, la Convention en faisait publier un autre, qui mettait hors la loi les membres de la Commune, et les quatre députés, Robespierre, Saint-Just, Couthon et Lebas, qui s'étaient réunis à elle pour délibérer contre la représentation nationale.

30

Barrère fit une proclamation pour appeler à la défense de l'Assemblée les canonniers réunis sur la place de Grève. Alors se renouvelèrent les événements du 4 août 1413. Les canonniers se portèrent, comme autrefois les arbalétriers de Paris, de la place de Grève au Carrousel. Les Sections se rendirent également, sous la conduite de plusieurs représentants, à l'appel de la Convention. Les conjurés, informés de la marche des bataillons sectionnaires, prirent la fuite, comme les Cabochiens, et Robespierre, mutilé par un coup de pistolet qu'il s'était tiré dans la bouche, fut arrêté, par les gendarmes, dans une salle de la maison commune, et conduit au Comité de Salut public, où il attendit, le reste de la nuit et une partie de la journée suivante, l'heure de son exécution.

La réaction de Thermidor montra par ses excès tous les dangers du gouvernement républicain, qui ne peut arracher la France au despotisme d'un parti que pour la rejeter sous la tyrannie d'un autre. Elle fut secondée par la liberté illimitée de la presse, qui, demandée par Fréron, devint l'arme des thermidoriens comme elle avait été l'instrument de Danton, de Marat et de Robespierre.

AN III (1795).

Le 12 germinal, les ouvriers ameutés dans le Carrousel demandaient, à la Convention, dont ils menaçaient

la sûreté, du pain et la mise à exécution de la Constitution de 1793. On a prétendu que cette sédition avait été
excitée par Barras et Fréron, qui la payaient 5 francs
par tête. Qu'importe ! elle n'en prouve pas moins, comme
toutes les autres, que le gouvernement à Paris est à la
merci des émeutiers et de ceux qui les payent.

Les Comités de Salut public et de Sûreté générale
prétendirent, au contraire, que la sédition était le résultat des intrigues des quatre accusés, au nombre desquels se trouvait Barrère, et ils furent condamnés à la
déportation à Cayenne. Barrère seul fut enfermé dans
la citadelle de l'île d'Oléron, et ensuite dans les prisons
de Saintes. (T. II, page 284.)

*Extrait du Compte-rendu adressé par Barrère à ses com-
mettants, sur les faits qui précèdent.*

Le 10 *octobre* 1792, il fut nommé membre du Comité
de Constitution, avec Sieyès, Thomas Paine, Brissot,
Pétion, Vergniaud, Gensonné, Danton et Condorcet. On
a dit, de cette œuvre mort-née, qu'elle avait été présentée par la Tyrannie et acceptée par la Terreur.

Le projet proposait pourtant l'établissement de deux
Chambres.

16 *décembre* 1792. — Barrère attribue les élections de
Paris à l'influence de Philippe d'Orléans, dit Égalité,
dont le parti, appuyé sur la Commune, aurait en même
temps assuré le règne de ce prince, disposé l'opinion à

la mort du roi, et effrayé la République naissante par le massacre des prisonniers, qu'ordonnèrent dans tous les départements les nombreux commissaires de la Commune de Paris. Il existe un arrêté de cette Commune, qui ordonne de massacrer dans toutes les prisons, et qui est signé *Panis, Sergent, Marat, Duplain, Desforgues*.

Quoi qu'il en soit des véritables pensées de Philippe Egalité, ce qui ressort de ces faits, c'est la funeste dictature de Paris sur la France, et l'arme terrible qu'elle fournit aux intrigues et aux ambitions personnelles. Le despotisme du Comité révolutionnaire, à la tête duquel se trouvaient Hébert et Chaumette, était sans cesse activé par les chefs factieux de cette Commune. Ces brigands avaient plus de pouvoir, à Paris, que la Convention et que le Comité de Salut public.

13 *mars* 1793. — Les meneurs de quelques Sections, des Jacobins, des Cordeliers, du Club électoral, et quelques hommes de la Commune de Paris, formèrent un complot contre la Convention, qui devait éclater du 9 au 10 mars, et dont Vergniaud fit connaître les détails, dans la séance du 13 mars.

Marat demanda l'ordre du jour, en déclarant qu'il avait proposé à la Société populaire de défendre la Convention. Elle était donc réellement menacée? Du reste, il l'attaqua profondément lui-même, en disant : « Personne n'a été plus affligé que moi de voir ici en présence deux partis, dont l'un ne veut pas sauver la patrie, et

dont l'autre ne le peut pas. » Les appelants au peuple,
il les accusa de vouloir *sauver* ce qu'il appelait la tyrannie. On vota l'impression du discours insolent de Marat ;
on délibéra sur l'impression du discours de Vergniaud.
Barrère appuya ce dernier. « On parle d'un comité d'insurrection, dit-il : eh ! contre qui cette insurrection ? Il
n'y a plus que la nation assise sur le trône ; il n'y a
plus d'insurrection que celle des brigands, que celle
des agents de Louis, des émissaires de Vienne, de Ber-
lin et de Madrid ! »

« Une Section s'est déclarée, devant le conseil général
de la Commune, en état d'insurrection permanente. Le
Conseil lui demande ce qu'elle entend par ces mots ; elle
répond qu'elle se déclare armée permanente... Une armée permanente ! C'est à la France entière seulement,
qu'il appartient de porter ce nom !

« On parle d'insurrection ! Eh bien ! Messieurs les in-
surgents de Paris ! allez contre les brigands de l'Autriche et de la Prusse mettre à l'épreuve cet amour ardent
de la liberté, dont vous vous dites animés !

« Mais le Comité dont on vous parle arbore d'autres
couleurs ! Les siennes sont les proscriptions et la perte
de la chose publique. Ce qui le prouve, c'est qu'à l'é-
poque où le Comité existait, des Sections écrivaient que
la *souveraineté devait être provisoirement exercée par le
département de Paris...* »

Cette proposition, toute ridicule qu'elle est, a été
réalisée de fait, et Paris a gouverné la France.

Le rapport du décret qui ordonnait l'impression des deux discours, fut adopté.

Brisez donc cet intrument des factions, en mettant le gouvernement hors de sa portée. Les factions peuvent agir sur une population agglomérée; mais leurs forces s'épuisent, quand elles s'attaquent à la France entière. A Paris, il y a, il y aura toujours des factions; en France, il n'y a que des partis.

Danton devait insurger Paris, afin de fournir à Dumouriez un prétexte de marcher sur cette ville. Ce fut, du moins, l'accusation de Lasource.

6 *avril* 1793. — Création du premier Comité de Salut public, composé de Barrère, Delmas, Bréard, Cambon, Jean de Bry, Danton, Guyton-Morveau, Treillard, Lacroix.

L'accusation de Marat, le 13 mars, excita tant d'émotion dans Paris, que, le 15, des commissaires, soi-disant représentants de la majorité des sections de Paris, vinrent demander la destitution de vingt-deux membres de la Convention.

Le 21 mai, on proposa de distribuer les billets aux Sections, afin que les habitués n'y commissent plus les mêmes scandales.

10 *juillet*. — Renouvellement des membres du Comité de Salut public : Jean-Bon-Saint-André, Barrère, Gasparin, Couthon, Thuriot, Saint-Just, Prieur (de la Marne), Hérault de Séchelles, Lindet (Robert).

Les mesures les plus violentes et la *guerre* des pauvres contre les riches, sont adoptées par ce Comité.

Le 17, Robespierre aîné est nommé du Comité, à la place de Gasparin, démissionnaire.

Le système de Danton consistait, suivant Barrère, à former en dehors de lui un gouvernement provisoire, le plus despotique et le plus exécrable qu'il aurait été possible, puis de le renverser, ainsi que la Convention qui l'aurait créé, au moyen de son club, de ses sectionnaires à 40 sous, de ses aboyeurs, de ses journalistes, de ses armées et de ses comités révolutionnaires. Dans le cas où il n'aurait pu parvenir à renverser ainsi le gouvernement provisoire, alors il se proposait de décrier son énergie, en adoptant lui-même un système de tolérance et de clémence. Tel fut l'objet de son discours du 1er août 1793.

Qu'on ne dise donc pas que la Terreur fut nécessaire pour sauver la nationalité française. Elle ne fut qu'un moyen de succès pour les despotes et les factieux. La Terreur de Robespierre succéda à celle de Danton, et l'une n'était pas plus désintéressée que l'autre. Mais il était dans la destinée commune de ces scélérats, de trouver, chez les historiens de nos jours, des juges plus indulgents que leurs propres collègues et que les hommes qui les voyaient à l'œuvre, et pouvaient suivre d'heure en heure l'infernal manége de leur politique. La vérité est qu'ils n'ont été grands, ni par la profondeur, ni par l'habileté, ni par la pureté de leurs desseins. Ils n'ont été grands que par le crime. Au point

de vue de leur politique et de leur ambition, ils ont
été médiocres et vulgaires. Assassiner les gens pour en
avoir raison, ne pouvait être considéré comme une
preuve de génie, que dans un siècle où toutes les
idées morales sont aussi oblitérées que les idées politiques; mais ce qu'il ne faut jamais perdre de vue,
c'est que toutes ces combinaisons, plus atroces les
unes que les autres, n'étaient possibles qu'au sein d'une
population immense renfermant toute la lie de la population française.

En effet, comment s'y prirent Danton et Robespierre
pour livrer vingt-cinq millions d'hommes au plus sanguinaire et au plus dégoûtant despotisme? Des rassemblements factieux à la place de Grève, des plaintes tu-
multueuses sur les subsistances, des pétitions violentes
et des adresses nombreuses, une députation des Jacobins et des quarante-huit Sections, une foule de hur-
leurs entourant la Convention, des discours incendiaires.
Ce fut sous la pression de ces mesures, que cette
Assemblée décréta, le 5 septembre 1793, la terreur à
l'ordre du jour; la formation, à Paris, d'une armée révolutionnaire de six mille hommes avec douze cents
canonniers; des armées semblables pour les départements; l'épuration des comités révolutionnaires, l'établissement des tribunaux révolutionnaires, la loi des
suspects, etc., etc.

Barrère, qui jette feu et flammes, dans les réunions,
contre Danton et Robespierre, proposa, comme rappor-

teur à la Convention, toutes les mesures demandées par ces monstres. Il s'excuse, en disant que c'était pour les régulariser ; mais il s'est fait guillotineur, pour ne pas être guillotiné, voilà le fait.

3 *octobre*. — Mise en état d'arrestation de soixante-treize représentants, parce qu'ils avaient réclamé en faveur de la liberté de la Convention, dans les journées du 31 mai et du 2 juin. « Ce jour-là, dit Barrère, créa tous les maux, sépara plus fortement la Convention en deux parties, viola le principe sacré de la représentation nationale. » Eh non ! citoyen Barrère, le germe de tous ces malheurs était dans la prise de la Bastille et dans les journées d'octobre 1789. Vous êtes plus frappé de la séance du 3 octobre, parce que c'est elle qui a produit le 9 thermidor dont vous avez été victime, et aussi, parce que n'assistant pas à cette séance du 3, vous êtes plus à l'aise pour signaler les violences qui s'y sont commises, sans doute *avec* l'assistance des Pache, des Chaumette, de la Commune et des Sections de Paris.

Le 29 octobre, une députation des Jacobins vient se plaindre de ce que les trente-huit députés retenus en prison n'étaient pas encore jugés. C'était ainsi que les Cabochiens pressaient le jugement de Des Essarts.

1er jalon. — Le triumvirat Marat, Danton et Robespierre, fit la journée du 31 mai, qui viola les droits du peuple et la dignité de la représentation nationale. Cette journée fut brutale et violente comme ses auteurs.

Observations de Barrère sur les moyens des meneurs du 31 mai, etc., etc.

2ᵉ jalon. — Danton et Robespierre voulurent faire sanctionner le coup d'Etat du 31 mai et du 2 juin, à l'époque de l'acceptation de la Constitution (fin d'août). Huit mille députés des colléges électoraux approuvèrent *tacitement* ces journées, et *réclamèrent tacitement* des mesures sévères contre les conspirateurs et l'arrestation immédiate des gens suspects. Danton appela cette époque l'*initiative de la Terreur*.

3ᵉ jalon. — La Terreur vint le 5 septembre. Les Sections demandèrent des prisons; les Jacobins et les Sections voulurent que la Terreur fût mise à l'ordre du jour. Danton voulut des armées révolutionnaires; les Jacobins et les Sections voulurent la proscription des députés arrêtés illégalement le 2 juin; Robespierre voulut aussi la Terreur.

4ᵉ jalon. — Le 3 octobre éclaire une nouvelle violation de la représentation nationale. Cette violation partait du même système que le 31 mai; elle en était la suite, elle en fut le complément : les mêmes hommes l'inspirèrent. Le Comité de Sûreté générale en fut l'instrument le jour même, comme le Comité de Législation en avait été l'instrument quelques jours plus tôt, en proposant la loi du 17 septembre sur les gens suspects.

5ᵉ jalon. — Bazire avait fait décréter que la France était en révolution jusqu'à la paix. Le 10 octobre, Saint-

Just fit décréter le gouvernement révolutionnaire. C'était le despotisme de quelques-uns, organisé sous les couleurs du patriotisme.

Rien de tout cela n'était possible, sans la pression d'une population nombreuse!

.   .   .   .

SOCIÉTÉS SECRÈTES EN 1851.

NOTE DE L'ÉDITEUR.

Lucien Davesiès de Pontès avait bien jugé le rôle funeste que jouait Paris en fait de révolutions, lorsqu'il demandait à grands cris que le Gouvernement abandonnât la capitale pour se transporter dans une autre ville quelconque et y établir son siége. Ce système, cependant, trouva plus de contradicteurs et d'adversaires que de partisans, et la République de 1848, malgré la leçon des terribles journées de juin, avait conservé à Paris le titre et les priviléges de capitale.

Aussi, le socialisme, qui régnait en maître dans cette capitale, continua son active propagande, en formant un vaste réseau de sociétés secrètes, qui enveloppa bientôt la France entière. Lucien Davesiès de Pontès, nommé sous-préfet à Joigny, voyait avec inquiétude s'approcher la nouvelle crise de désordre social, qu'il avait annoncée. C'est alors qu'il découvrit un des centres de la vaste organisation révolutionnaire que le so-

cialisme avait créée dans la plupart des départements.
En novembre 1851, il mettait la main sur le fil de la
conspiration que tramait dans l'ombre la société secrète de la Nièvre, et trois mois plus tard, à la suite du
coup d'État du 2 décembre, un mot d'ordre, parti de
Paris, faisait éclater dans toute la France une des plus
redoutables insurrections qui aient jamais menacé la
société française. C'était la guerre sociale, comme au
24 juin 1848, comme au 18 mars 1871.

—

« Bléneau, le 13 novembre 1851.

« Monsieur le Préfet,

« J'ai reçu seulement aujourd'hui, à trois heures un
quart de relevée, votre lettre datée du 11. A ce moment
même, quatre individus que j'avais fait arrêter allaient
partir pour Joigny, dans une voiture escortée par six
gendarmes. D'autres les auraient probablement re-
joints en prison, dans la journée de demain. Après
avoir lu votre lettre, j'ai renvoyé chez eux gendarmes
et prisonniers.

« C'était une enquête judiciaire que je faisais, et
voici pourquoi :

« J'avais à constater la situation du pays. Or, personne ne pouvait me la faire connaître. Il s'agissait de
sociétés secrètes, à l'existence desquelles on croyait,

mais qu'il était impossible de découvrir au moyen
d'une enquête administrative. Je procédai, d'ailleurs,
en cas de flagrant délit, suivant le Code de justice
criminelle, car j'avais à apprécier les paroles et les
actes d'individus poursuivis par la clameur publique.

« M. le procureur de la République m'avait déclaré
qu'il ne pouvait pas agir, parce qu'il n'y avait pas de
faits dénoncés, mais il n'en était pas moins convaincu,
comme moi, de la gravité de la situation ; il en était si
convaincu que je viens d'apprendre qu'il a obtenu, de
M. le ministre de la Justice, l'objet de ses démarches
tendant à augmenter la force publique dans les cantons
de Saint-Fargeau et Bléneau.

« La situation était donc grave. Chacun en avait le
sentiment. Le parquet ne pouvait pas agir. Une enquête
administrative eût été complétement inutile à l'endroit
de conspirateurs qui s'engagent au silence par les plus
terribles serments. Il n'y avait pas moyen d'arriver à
une solution, si, procédant à la fois comme sous-préfet
et comme commissaire général de police, je n'avais
placé mon action dans l'intervalle que les lois ont laissé
entre les fonctions de sous-préfet et celles de procureur de la République.

« J'ai le droit de faire conduire devant le magistrat
les inculpés que j'ai interrogés, en vertu de l'Ordonnance royale du 16 mai 1816.

« Voilà, Monsieur le Préfet, l'explication légale de
ma conduite, et dans les circonstances exceptionnelles

où se trouve le pays, j'ai pensé que si l'interprétation de quelques textes pouvait être douteuse, il fallait les interpréter dans l'intérêt de la sûreté et de la sécurité publiques, agir promptement surtout et résolûment.

« Mon but, qui était de rassurer ce canton, était à peu près rempli, quand m'est parvenue votre lettre du 11. Si elle m'enlève la satisfaction de porter tout de suite au parti du pillage et de la guillotine tous les coups dont j'allais le frapper, j'aurai, du moins, mis dans les mains de la justice les principaux fils de la trame qu'il ourdissait dans certains cantons du département. Ce sont les résultats de mon enquête judiciaire qui vont donner au parquet des faits constatés, quand le parquet était paralysé, faute de constatation d'aucun fait. Si j'ai failli, c'est avec une bonne intention, et j'espère que les résultats de ma faute me vaudront votre indulgence.

« J'ai interrogé plus de cent personnes demeurant dans la commune, etc. »

« Joigny, le 24 novembre 1851.

« Monsieur le Préfet,

« Mon dernier rapport mensuel vous faisait pressentir que les dispositions insurrectionnelles de quelques populations de la Nièvre et du Cher se propageaient, par l'action des sociétés secrètes, dans l'arrondissement de Joigny et surtout dans la Puisaie, contrée limitrophe à ces deux départements. Les faits ne devaient pas tarder à justifier mes prévisions. Pour accuser exactement la portée de circonstances que vous connaissez déjà, je vous demande la permission d'en retracer toute la suite et de baser mes appréciations sur quelques détails précis.

« Dans la soirée du 8 de ce mois, M. le procureur de la République, accompagné de M. le substitut, vint me donner communication de deux lettres qu'il avait reçues ce même jour. L'une adressée par un riche propriétaire de Champcevrais à son gendre, capitaine des pompiers de Bléneau, témoignait des plus vives alarmes et exprimait la crainte que des bandes organisées par les sociétés secrètes ne vinssent piller la nuit les propriétaires du canton. Cette appréhension était inspirée au signataire par une révélation que lui avait transmise un habitant de Champcevrais, lequel avait appris, d'un habitant de Bléneau, que des rassemblements fréquents réunissaient dans les bois deux cents hommes de Bléneau, cent cinquante de Rogny, cinquante de Saint-Privé, cinquante de Champcevrais. L'autre lettre, écrite par M. le juge de paix de Bléneau, ajoutait à ces renseignements que les conjurés devaient, disait-on, égorger les gendarmes, ainsi que trois ou quatre personnes de Bléneau, *pour commencer;* que l'auteur de la première lettre désirait vivement rester étranger à toute instruction judiciaire, parce qu'il craignait d'être assassiné;

qu'enfin des mesures promptes et énergiques étaient devenues indispensables.

« M. le procureur de la République, après une assez longue conférence, me déclara qu'il croyait devoir s'abstenir jusqu'à ce que des faits positifs lui fussent dénoncés, et qu'il m'encourageait à prendre les mesures nécessaires pour prévenir des désordres que rien encore ne lui donnait le moyen de constater.

« En conséquence, je partis le lendemain pour Bléneau, après vous avoir instruit, Monsieur le préfet, du motif de mon voyage. Les informations que je pris le soir même et le lendemain de mon arrivée me confirmèrent dans l'idée que je m'étais faite de la situation, et me prouvèrent, en outre, l'inutilité complète d'une enquête administrative pour découvrir des complots, dont je savais le secret assuré par des menaces de mort et par les plus terribles serments. Une initiative énergique pouvait seule me mettre à même de dévoiler les trames dont les fils nous échappaient depuis si longtemps. Retourner à Joigny sans aucun document nouveau qui pût déterminer l'action de la justice, ou bien attendre pendant quarante-huit heures l'arrivée incertaine de M. le procureur de la République, c'eût été perdre tout le bénéfice de l'émotion causée dans le pays par la présence inattendue du sous-préfet et de dix-huit gendarmes; c'eût été laisser aux plus compromis le temps de circonvenir et de terrifier ceux dont je pressentais déjà les aveux. Je me trouvais évidemment dans une de ces circonstances où il faut savoir assumer une certaine responsabilité. Je me décidai donc à procéder sur-le-champ à une enquête judiciaire, en vertu de l'ordonnance du 16 mai 1816 qui a conféré aux sous-préfets les fonctions attribuées aux commissaires généraux de police. Je ne me dissimulais pas les doutes qui se sont élevés sur le maintien et sur l'application de cette ordonnance; mais, dans l'incertitude où me laissait la législation, je pensais qu'il fallait l'interpréter dans l'intérêt de la sûreté et de la sécurité publique.

« Dans la journée du 10, je commençai mon enquête, que je continuai pendant quatre jours, recueillant tous les indices, tous les témoignages, au fur et à mesure qu'ils se produisaient, et envoyant chercher simultanément dans les communes voisines tous les individus, au nombre de cent environ, qui m'étaient signalés comme inculpés ou comme témoins.

« Le premier jour de l'enquête, de nombreuses déclarations établissaient déjà l'existence de sociétés secrètes à Bléneau, à Rogny, à Saint-Privé; mais je n'avais encore aucun aveu d'un des membres de ces sociétés. Le lendemain, j'obtins, d'un des affiliés à la société de Bléneau, un aveu complet et trop circonstancié pour laisser le moindre doute, non pas sur son exactitude absolue, mais du moins sur sa sincérité. Je crois devoir entrer dans quelques explications pour constater la valeur de ce document.

« Le sieur Perrin, garde champêtre à Champcevrais,

et vieux soldat de l'Empire, avait reçu de son fils une demi-confidence. Cédant aux bons conseils de son père, le jeune Perrin m'avoua que le nommé Mousset, journalier à Bléneau, lui avait proposé récemment de faire partie d'une société secrète dans laquelle il venait d'être admis.

« Mousset nia d'abord le fait obstinément ; mais je lui rappelai mot pour mot la formule du serment qu'il avait prêté, et que j'avais apprise par des rapports étrangers à cette affaire. Convaincu dès lors que j'avais la preuve de sa culpabilité, Mousset, défaillant et le front inondé de sueur, eut à peine la force de balbutier ses dénégations. Les terreurs de l'initiation retenaient la vérité sur ses lèvres. Je le rassurai ; je lui promis, pour prix de sa franchise, l'indulgence de la justice : il avoua enfin. Le jour, l'heure, le lieu, le bandeau dont on avait couvert ses yeux, le serment qu'on avait exigé de lui, les pistolets qu'il vit ensuite braqués sur son visage pendant qu'on le menaçait de mort s'il révélait le secret de la société, les noms de celui qui l'avait embauché, de celui qui lui avait servi de parrain, du président dont il avait reconnu la voix, avant que ses yeux fussent découverts, les noms de tous les frères présents à sa réception, Mousset me donna tous ces renseignements avec des détails et des observations incidentes qui ne me permirent pas d'élever le moindre doute sur la véracité de sa déposition.

« La nuit, épouvanté d'un appareil menaçant, il a pu

se méprendre sur l'identité de quelques individus;
mais quant au fait de cette scène, que le pauvre journalier n'aurait certainement pu raconter s'il n'en avait été
un des acteurs, il me parut incontestable.

« Les neuf affiliés désignés par Mousset étaient :

« Piot (François), journalier, qui avait proposé à
Mousset de faire partie de la société.

« Leclerc (Alexandre), journalier, qui lui avait servi
de parrain.

« Plumet, dit Poulot, tisserand, qui présidait la réunion.

« Devillaine, menuisier, sous-lieutenant des pompiers.

« Michaud (Hippolyte), jardinier de M. le juge de paix.

« Lemaître-Leprêtre, charron, ancien soldat du génie,
dont la réception a précédé de quelques instants celle
de Mousset.

« Régnaud (Désiré), charron.

« Tillier (Marien), dit Savoret, ancien militaire, sur
l'identité duquel Mousset se trompe probablement.

« Laplcignée, cordonnier, qui paraît être un chef de
section, et chez lequel je fis saisir une glace encadrée
d'un bois peint en rouge et des portraits de Considé-
rant, de Barbès et de Félix Pyat.

« Ces individus, tous misérables, chargés de famille,
illettrés, à l'exception du seul Laplcignée, se trouvaient
dans toutes les conditions les plus propres à les rendre
accessibles aux séductions du socialisme, et formaient
apparemment une des décuries de Bléneau.

« Des témoignages irrécusables, consignés également dans mes procès-verbaux, me parurent établir que les simples adeptes ne sont reçus que par une seule décurie, et ne savent les noms des autres affiliés, qu'autant qu'ils peuvent les reconnaître dans les réunions tenues la nuit dans les bois.

« Des témoins dignes de foi, auprès desquels on avait fait des tentatives d'embauchage, m'ont désigné trois autres affiliés à la société de Bléneau. Ce sont les nommés Janvier, menuisier, Gessat (Jules), et Gauthier, menuisier à Villeneuve-les-Genêts.

« Tous ces inculpés se sont retranchés dans un système de dénégation absolue. Mais tous les témoins et Mousset lui-même, après une timide rétractation, ont persisté dans leurs dépositions.

« Quant à ce qui regarde la société de Rogny, elle était présidée par un vieux sabotier, le père Dufour, qui lisait le journal *l'Union républicaine* aux frères et amis, réunis les lundis et vendredis soir dans sa boutique ou dans le cabaret de son gendre, le nommé Cagnat. Goguet, journalier, et Hippolyte Courant, tonnelier, étaient les habitués les plus assidus de cette réunion. Ce dernier parlait, à tout propos, de meurtre et de guillotine; sa haine contre les bourgeois et les riches était passée à l'état de monomanie. Riche ou pauvre, quiconque possède était à ses yeux un *aristo*, dont on devait faire justice dans trois mois, quand la Sociale aurait triomphé. C'est l'espoir exprimé hautement par plusieurs individus que désigne mon enquête.

« A Saint-Privé, une société secrète paraît aussi s'être formée sous la présidence d'un nommé Pic (Appolinaire), cabaretier; mais je n'ai pu parvenir à en constater l'existence par des témoignages suffisants.

« Tel était le résultat de mes investigations, Monsieur le Préfet, lorsque j'ai dû les cesser par suite de vos injonctions. Le 15, j'étais de retour à Bléneau, avec vous, M. le procureur de la République et M. le juge d'instruction de Joigny. Vous avez vu l'instruction, recommencée sur mes documents, les confirmer tous, sans en acquérir de nouveaux jusqu'à présent. Vous avez pris un arrêté pour fermer le cabaret Cagnat. Les onze inculpés les plus compromis ont été arrêtés, et la Chambre des mises en accusation va bientôt statuer sur les suites à donner à cette procédure.

« Dans quel but et sous quelle influence ces associations se sont-elles formées? On les suppose organisées par un clerc d'avoué d'Auxerre, originaire de Bléneau, qui est venu l'hiver dernier passer quelque temps dans cette commune et avec la présence duquel les premières réunions secrètes ont paru coïncider. Elles devaient probablement attendre jusqu'en 1852 le mouvement général, préparé dans les départements voisins pour un effort suprême de la démocratie socialiste. La misère aura déterminé quelques impatients à devancer le moment de l'action commune. On assure que, peu de jours avant mon arrivée à Bléneau, des gendarmes sont tombés, la nuit, par hasard, au milieu d'un rassemblement, formé, dans la commune de Moncresson, pour piller les châteaux de M. de Filhol et de M. de Castres. Les bruits, dénoncés par le garde-champêtre de Champcevrais, prenaient peut-être leurs sources dans un projet de même nature.

« La procédure a déjà révélé et révélera sans doute de plus en plus l'affinité qui existe entre les sociétés de Châtillon-sur-Loing, de Rogny, de Bléneau, de Saint-Privé. Si l'instruction les poursuit de proche en proche, elle les retrouvera vraisemblablement à Saint-Fargeau, à Saint-Sauveur, à Saint-Amand et dans d'autres communes de la Nièvre.

« Quel que soit le résultat définitif de la procédure, la découverte de ces associations, formées à quinze et à dix-sept lieues de Joigny, et les mesures qui en ont été la suite, ont déjà produit un excellent effet. Dans les cantons de Bléneau et de Saint-Fargeau, les honnêtes gens se rassurent; les ennemis de l'ordre les plus exaltés sont consternés. Dans cette dernière localité, leur chef, le nommé Roguet, déclare qu'il ne se mêlera plus de politique et qu'il ne s'occupera plus que des affaires de son auberge. A Joigny, on remarque les allées et venues de certains agents de la démagogie; mais les principaux meneurs paraissent aussi découragés et semblent se ménager déjà des prétextes et des moyens de se débarrasser de leur parti.

« Nous avons arrêté les progrès d'un mal, d'où pouvait résulter, dans un avenir prochain, la nécessité de l'état de siége. Mais des mesures de répression ne sont pas les seules que réclame la situation de la Puisaie. Les populations de cette contrée, comprise dans les anciens domaines des seigneurs de Courtenay, ont perdu les avantages de l'ancien régime, sans participer à ceux que la Révolution du siècle dernier a faits à la plupart des communes françaises. Je ne crois pas impossible d'apporter certains adoucissements à leur sort, et j'aurai l'honneur incessamment de vous transmettre quelques propositions à ce sujet.

« Veuillez agréer, Monsieur le Préfet, l'expression de ma haute considération.

« Le sous-préfet de Joigny. »

FIN DES ÉTUDES SUR L'HISTOIRE DE PARIS.

TABLE DES MATIÈRES.

FIN DE LA TABLE DES MATIÈRES.

www.ingramcontent.com/pod-product-compliance
Lightning Source LLC
Chambersburg PA
CBHW050317030726
47505CB00003B/752